KB201713

인기 투표 1위 시릴 서덜랜드

인기 투표 2위 시리우스 유리시즈

전생한 대성녀는 성녀임을 숨긴다

6

토야

Illustration chibi

줄거리

전설의 대성녀였던 전생과 성녀의 힘을 숨기고
기사로서 노력하는 피아.

하지만 숨기려고 해도 숨겨지지 않는 성녀의 능력의 편린이며
그 언동으로 인해 기사들과 기사단장들에게 영향을 주고
어느새 그들은 피아의 곁으로 모여들게 되었다.

피아는 특별휴가를 써서 언니를,
그리고 몰래 자빌리아를 만나러 가기로 한다.
그런 꿍꿍이가 다 보이는 피아에게 카티스도 동행을 요청한다.

게다가 출발 전날, 거리에서 우연히 그린과 블루를 만난다.
전에 같이 모험했던 두 사람과 재회한 걸 기뻐하는 피아였으나
어째서인지 두 사람도 영봉흑악 여행에 동행하게 된다.

영봉흑악의 기슭에서 언니와 그리고 정상에서 자빌리아와 재회한 피아는
반가운 얼굴들과 함께 평화로운 시간을 보냈다.

등 장 인 물 소 개

피아 루드

루드가의 막내.
전생에는 왕녀이자 대성녀.
성녀의 힘을 숨기고 기사가 되었지만….

자빌리아

피아의 사역마.
세상에 하나뿐인 흑룡.
이 대륙의
삼대 마수 중 하나.

사비스 나브

나브 왕국
흑룡 기사단 총장.
왕제(王弟)이자
왕위계승권 제1위.

시릴 서덜랜드

제1기사단장.
필두 공작가의 가주이자
왕위계승권 제2위.
'왕국의 용'이라는 이명을
지녔다. 검 실력은 기사단 최강.

카티스 바니스타

제13기사단장.
과거 제1기사단 소속.
전생은 「청기사」 카노푸스.

레드, 그린, 블루

아르테아가 제국의 황제(皇帝)와 황제(皇弟)들.

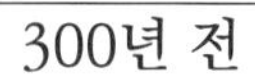

300년 전

세라피나 나브

피아의 전생.
나브 왕국의 제2왕녀.
세상에 하나뿐인 「대성녀」.

시리우스 유리시즈

300년 전에 왕국 최강이라고
불리던 기사.
근위 기사단장을 맡았으며
은발에 은백색 눈동자를 지닌
미남.

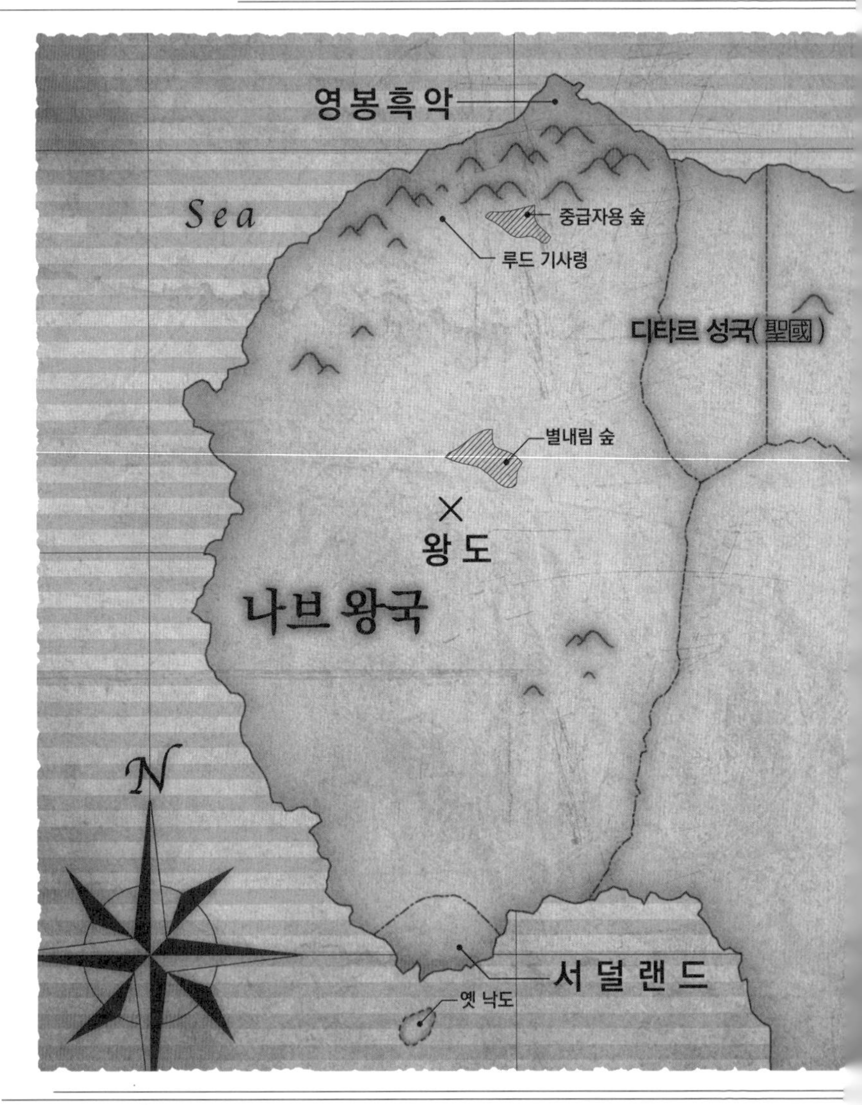
영봉흑악
Sea
중급자용 숲
루드 기사령
디타르 성국(聖國)
별내림 숲
왕도
나브 왕국
N
서덜랜드
옛 낙도

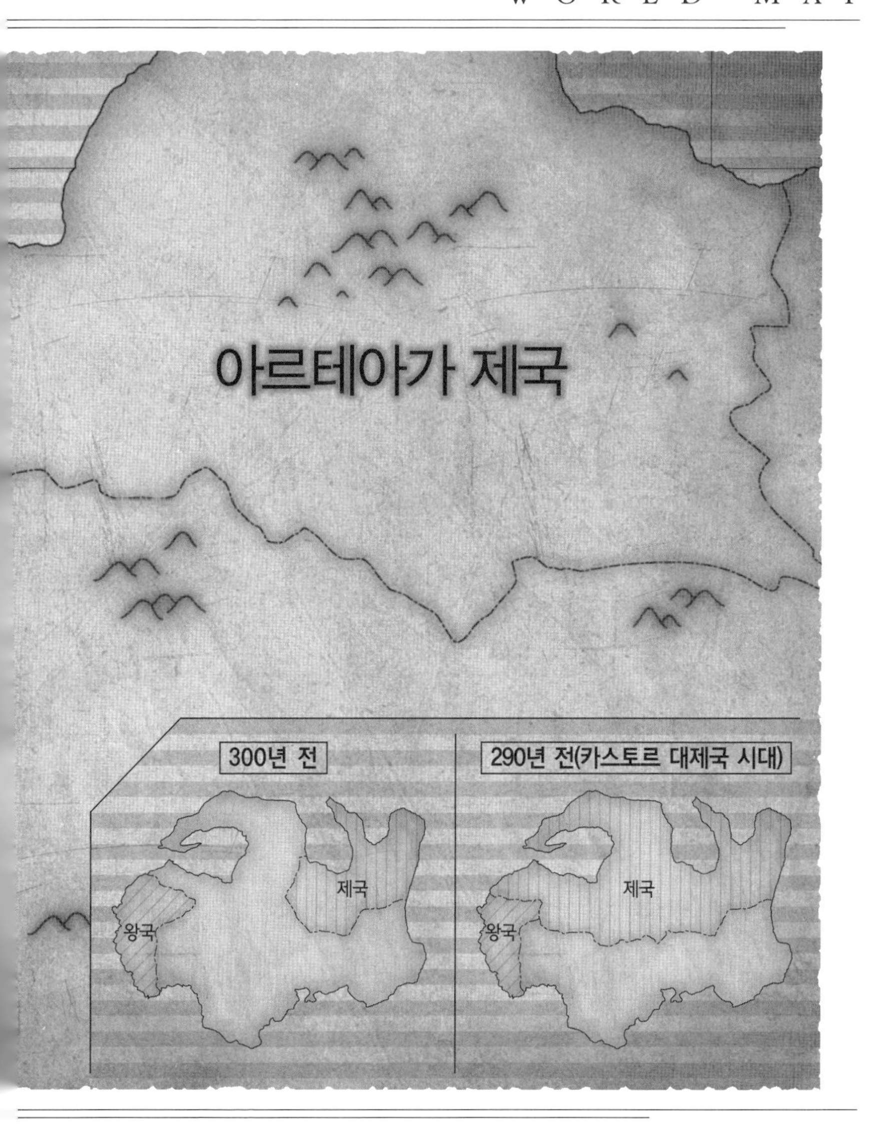
아르테아가 제국
300년 전
제국
왕국
290년 전(카스토르 대제국 시대)
제국
왕국

나브 왕국 흑룡 기사단

총장 사비스 나브

	기사단장	부단장	단원
제1기사단(왕족 경호)	시릴 서덜랜드		피아 루드, 파비안 와이너
제2기사단(왕성 경비)	데즈먼드 로난		
제3마도기사단(마도사 집단)	이노크		
제4마물기사단(마물사 집단)	퀜틴 아거터	기디온 오크스	파티
제5기사단(왕도 경비)	클라리사 애버네시		
제6기사단(마물 토벌, 왕도 부근)	재커리 타운젠트		
제7기사단(마물 토벌, 북방)			
제8기사단(마물 토벌, 동방)			
제9기사단(마물 토벌, 남방)			
제10기사단(마물 토벌, 서방)			
제11기사단(국경 경비, 북쪽 끝)	가이 오즈번		올리아 루드
제12기사단(국경 경비, 동쪽 끝)			
제13기사단(국경 경비, 남쪽 끝)	카티스 바니스타	코디	
제14기사단(국경 경비, 서쪽 끝)		돌프 루드	
제15기사단(국경 경비)			
제16기사단(국경 경비)			
제17기사단(국경 경비)			
제18기사단(국경 경비)			
제19기사단(국경 경비)			
제20기사단(국경 경비)			

기 사 단 표
(300년 전)

나브 왕국 기사단

직위	이름
기사단 총장	웨젠
제2기사단장 (왕성 경비)	하다르 보노니
제3마도기사단장 (마도사 집단)	츠이 브랜드
제5기사단장 (왕도 경비)	알나이르 카란드라
제6기사단장 (마물 토벌, 왕도 부근)	엘나스 카파로

붉은 방패 근위 기사단

직위	이름
단장	시리우스 유리시즈
호위기사	카노푸스 블라제이

나브 왕국 왕가 가계도
(300년 전)

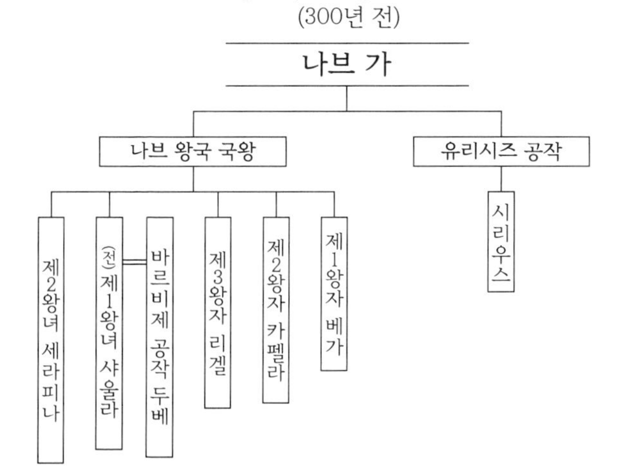

CONTENTS

38 영봉흑악 2 009
【SIDE】 아르테아가 제국 황제(皇弟) 그린 에메랄드 028
39 영봉흑악 3 034
【막간】 문양을 지닌 마인 045
40 2문양의 새 흉내 062
41 영봉흑악 4 107
퀜틴 단장에게 주는 선물 148
「전생한 대성녀는 성녀임을 숨긴다」 인기 투표 결과 발표 172
인기 투표 제1위 【시릴 서덜랜드】【SIDE】
제1기사단장 시릴 「기사의 맹세」 174
인기 투표 제2위 【시리우스 유리시즈】
세라피나의 유혹과 시리우스의 저항 (300년 전) 189
인기 투표 제3위 【피아 루드】 피아, 일일 기사단장이 되다 213
인기 투표 제4위 【사비스 나브】
피아, 사비스 총장에게 '대성녀의 장미'를 헌상하다 233
인기 투표 제5위 【퀜틴 아거터】【SIDE】
제4마물기사단장 퀜틴 「피아의 선물에 광희난무하다」 251
인기 투표 제6위 【샬롯】
피아와 샬롯, 이웃 나라의 왕족과 약초를 채집하러 가다 265
후기 288

The Great Saint who was
incarnated hides being a holy girl

38 영봉흑악 2

다음 날 아침, 나는 개운한 기분으로 눈을 떴다.

힘차게 몸을 일으키려고 했으나 배 위에 작아진 자빌리아가 올라가 있다는 걸 깨닫고 머리만 들어 올린 자세에서 정지했다.

……자빌리아의 이 절묘한 무게가 기분 좋단 말이지.

덕분에 푹 잔 건지도 모른다는 생각을 하며 구경하고 있었더니 자빌리아는 눈을 감은 채 머리를 부비부비 문질렀다.

어머나, 귀여워라. 나도 모르게 웃음이 흘렀다.

나는 즐거운 기분으로 입을 열었다.

"어머머, 용들의 왕은 어리광쟁이시군요! 괜찮습니다, 이 어리광은 저희만의 비밀로 해드릴게요."

장난기가 발동해 흑룡왕과 그 시녀라는 설정으로 대화를 시작하자 자빌리아는 웃기다는 듯 쿡쿡 웃었다.

"음, 알았느니라. 짐은 오늘 하루 작아진 상태로 피아의 어깨에서 지내겠다."

"어엇! 다른 용들이 보는 앞에서 그래도 괜찮아?"

자빌리아가 나에게 맞춰서 흑룡왕 모드로 말을 맞춰주는 건 좋았지만, 정작 내용이 문제였다.

나는 자빌리아의 한마디에 내 역할을 잊어버리고 난감해져서 눈썹을 실그러트렸다.

"왕이면 위엄이 넘치는 존재여야 하지 않아? 작은 상태로 내 어깨에 앉아있으면 다 무너질 텐데."

"후후, 고작 그 정도로 나를 얕잡아보는 용은 여기엔 없어. 있다고 해도 그 용은 보는 눈이 없다는 소리고."

"으음, 하지만 누구보다 컸던 자빌리아가 갑자기 작아져서 내 어깨 위에 있다면 대체 무슨 일이 일어난 거냐며 다들 놀랄 것 같은데?"

"좋아, 시험해볼까?"

그런 간단한 대화로 오늘 하루 자빌리아가 작은 상태로 지내는 게 정해졌다.

자빌리아도 참. 나중에 곤란해져도 나는 몰라!

나는 불만을 표현하듯 자빌리아에게 힐끗 시선을 보냈지만, 막상 자빌리아는 천연덕스러운 모습으로 옷을 갈아입은 내 어깨 위에 올라탔다.

어쩔 수 없으니 그대로 동굴에서 나와 탁 트인 장소까지 걸어갔다.

중간에 여러 마리의 용을 만났지만 다들 내 어깨에 앉은 자빌리아를 보자마자 움찔 굳어버려서 움직임을 멈추었다.

…어라? 정말 자빌리아의 말대로 작은 자빌리아라고 해도 충분히 박력이 있나 보네.

자빌리아가 옳았음을 인정한 나는 순순히 패배를 선언했다.

"제가 졌습니다, 용왕님."

"음, 용서하마. 짐은 피아를 귀애하고 있으니."

"어머나, 흑룡왕님도 참. 일개 시녀에게 간단히 그런 말씀을 하시다니, 바람둥이 타입의 왕이셨군요."

그런 대화를 나누며 어제 저녁을 먹었던 장소에 도착하자 카티스 단장님과 그린, 블루는 이미 일어나 있었던 건지 의자용 통나무에 앉아있었다.

"좋은 아침, 피…… 아?!"

평온하게 인사하던 블루는 어깨 위에 앉은 자빌리아를 보고는 깜짝 놀란 표정으로 바뀌었다.

"어, 어라. 흑룡은 세상에 단 하나밖에 없는 고대종이라고 들었는데, 흐, ……흑룡의 아이?"

블루의 발상이 웃겨서 그만 웃음을 터트리고 말았다.

"푸핫, 재미있는 발상이잖아. 블루! 어머나, 흑룡왕님인 줄 알았던 이 검은 분은 흑룡왕님이 아니라 아기님이었군요. 확실히 박력이 부족한 귀여운 모습이시긴 하지만…… 후후후, 아이참, 자빌리아 아기로 착각 당했어!"

참지 못하고 크게 웃자 자빌리아는 어디까지나 담백한 표정으로 대답했다.

"괜찮다. 짐의 귀여운 피아가 즐거워하면 그것만으로도 만족스럽구나."

"푸흐흐흐, 자빌리아도 참. 바람둥이 왕 연기 잘하네."

그렇게 대답한 뒤 자빌리아와 함께 웃어젖혔다.

어안이 벙벙해진 얼굴로 우리를 바라보는 그린과 블루와는 다르게 카티스 단장님은 피곤한 모습으로 일어났다.

"좋은 아침입니다, 피 님. 흑룡. 두 분 다 푹 주무신 건지 건강하시군요. 다행입니다."

카티스 단장님의 말투에 무언가가 걸렸다. 단장님은 푹 못 잔 건가? 그 얼굴을 빤히 쳐다보자 눈 밑이 희미하게 거뭇거뭇 죽어 있었다.

"어, 카티스는 별로 못 잤어? 장소가 바뀌면 잠을 못 자는 섬세한 타입이었구나."

아니면 카티스가 안내받은 동굴이 자기 불편한 곳이었나?

그렇다면 자빌리아의 침상은 쾌적했으니까, 오늘 밤은 바꿔줘야겠다는 생각을 하고 있을 때 카티스 단장님이 부정하기 위해 고개를 저었다.

"아뇨, 걱정하실 필요 없습니다. 어젯밤은 이래저래 떠오르는 일이 많아 잘 타이밍을 놓쳤을 뿐입니다."

"흐응?"

카티스 단장님은 무언가 일이 있어도 걱정 끼치고 싶지 않아서 숨기는 경향이 있으니까, 본인이 괜찮다고 해도 실제로 괜찮은지 아닌지 알 수 없단 말이지…….

그렇게 생각하면서도 상태가 심하게 안 좋아 보이는 건 아니었기에 그 이상 추궁하지도 못하고 비어있는 통나무에 앉았다.

나는 주는 대로 찬물을 마시면서 계속 궁금했던 걸 자빌리아에게 질문했다.

"그런데 그, 자빌리아는 용들에게 어떤 훈련을 시키는 거야?"

정말로 물어보고 싶었던 건 자빌리아가 이 산에서 하고 싶은 일이 무엇이며, 그건 언제 끝나 내 옆으로 돌아와 줄 수 있냐는 점이었다. 하지만 그걸 직접적으로 물어보는 건 너무 압박하는 것처럼 느껴졌기 때문에 자연스러움을 가장해 순서대로 물어보기로 했다.

자빌리아는 작게 웃은 뒤 기뻐하는 목소리로 대답했다.

"후후. 피아가 나에게 관심이 있구나. 용이라고 하나로 묶어서 부르긴 해도 다양한 종이 있으니까. 그리고 종마다 특기가 달라서, 우선은 다양한 종별로 용을 모아 단체행동 속에서 그들의 특성을 살리는 걸 가르치고 있어."

"그렇구나. 하지만 다양한 장소에서 모인 것치고 다들 무척 사이가 좋네."

어제 저마다 종별로 사는 장소가 다르다는 걸 가르쳐주면서 용들의 보금자리를 안내해주었을 때의 풍경을 떠올리며 말을 이었다.

적룡이나 청룡이 함께 목욕하거나 둥지 생활이 기분 좋도록 환경을 조절하는 모습을 보고 신기한 광경이라고 생각했기 때문이다.

자빌리아는 내 말에 동의하듯 고개를 끄덕였다.

"원래 용종은 무리 짓는 습성이 있으니까, 종이 달라도 그렇게 거부감은 없는 것 같아. 식량인 마물을 같이 사냥하면서 연계하는 걸 자연스럽게 학습하는 것 같고. ……애초에 내가 용왕이 되려고 한 건 무리 짓는 마물도 많으니까, 그런 마물에게 숫자의 힘으로 지지 않기 위해서거든. 연계를 익히는 게 가장 중요하지."

확실히 무리 짓는 마물은 골치 아프지. 나는 자빌리아의 말에 동의했다.

평소에 같이 행동하는 동일종 마물이 무리 지어 공격하는 경우만이 아니라 제각기 생활하는 다른 종의 마물이 전투할 때만 연계하는 것도 아주 까다롭다.

"연계해서 공격하는 마물은 확실히 쉽게 상대할 수 없지. 그런데 전투 훈련이라면, 특정한 마물을 적으로 상정하는 거야?"

"맞아. 펜릴처럼 대형으로 무리를 만드는 특히 성가신 마물은 미리 전투법을 상정하면서 훈련해. 그 외의 상위종은 무리를 짓냐 마냐를 따지지 않고 전투법을 연구하지. 하지만 마물 중에서 제일 성가신 존재라면 틀림없이 마인이야."

자빌리아의 입에서 한 단어가 툭 굴러 나왔다.

그건 아무런 저의 없이 가볍게 나온 한 마디였을 뿐인데.

"……!"

'마인'이라는 단어를 들은 순간, 내 전신은 공포로 얼어붙었다.

"피아?"

그린이 의아한 표정으로 물었다.

갑자기 움직임을 멈춘 나를 걱정한다는 걸 알았기에 안심시켜 주려고 했지만, 목이 멘 듯 목소리를 내는 게 어려웠다.

입술을 꾹 깨물고 침묵하자 대답이 없는 걸 이상하게 여긴 건지 블루마저 걱정하며 물었다.

"피아, 왜 그래?"

나는 대답하는 걸 일단 포기한 뒤 컵을 들고 있던 두 손을 테이블에 내려놓고 딱딱해진 손가락을 하나씩 컵에서 떼는 것에 집중했다.

눈앞의 간단한 작업에 집중하여 마음을 안정시키려는 의도였다.

부들부들 떨리기 시작한 손가락을 천천히 떼고 있자 평소와는 다른 내 상태를 알아차린 그린과 블루가 그 이상은 아무것도 물어보지 않고 가만히 지켜보았다.

……눈치가 빠른 어른들이구나.

섬세하지 못한 것처럼 보여도 필요할 때는 제대로 상황을 파악하고 침묵을 지킬 수 있으니까.

물론 마찬가지로 조용히 지켜보는 자빌리아와 카티스 단장님에게도 해당하는 말이지만.

그런 생각을 하며 시간을 들여 모든 손가락을 컵에서 떼어낸 나는 작게 숨을 내쉬었다.

그리고 갈라진 목소리로 말했다.

"……마인이, 무서워."

발언하자마자 완전히 어린아이 같은 말이란 생각이 들었지만 웃는 사람은 아무도 없었다.

오히려 마치 내가 중요한 세상의 이치를 입에 담기라도 한 것처럼 그린이 무겁게 내 말을 따라했다.

"……그래. 마인이 무섭구나."

카티스 단장님은 말없이 일어나더니 자기 겉옷을 내 몸에 둘러

주었다.

체격 차이가 나다 보니 옷이 아주 커서 내 몸을 거의 덮어버렸지만, 덕분에 세상으로부터 숨은 듯한 착각이 들어 안심했다.

"산의 아침은 춥습니다."

카티스 단장님이 덧붙이듯 중얼거렸지만 그 말을 그대로 믿기는 어려웠다.

단장님이 마치 세상 모든 것으로부터 가리듯 내 몸에 옷을 덮은 원인은 산의 추위가 아닐 것이다.

그리고 내가 추위를 느끼는 건 기온 때문이 아니라 긴장했기 때문일 것이다.

나는 후우 한숨을 쉬었다.

……이런 식으로 단어 하나에 움찔거려서는 안 되지.

어제 '마인'을 자칭한 가이 단장님에게 겁먹었던 것도 그렇다.

나는 두 손을 깍지 낀 후 300년 전의 기억을 돌아보았다.

——내 근위기사단장이었던 시리우스는 절대로 도망치지 않았어.

카노푸스도 그래. 불리한 현실에서 눈을 돌리지 않았어.

그리고 어젯밤 이야기로는, 전생의 조카인 카스토르가 제국의 황제가 되어 훌륭하게 나라를 다스렸다고 한다.

다들 훌륭하게 행동했는데 나 혼자 도망쳤다간 그들 누구도 볼 낯이 없어진다.

나는 얼굴을 들어 그린을 정면으로 바라보았다.

"마인은…… 지금 세상에 얼마나 남아있을까?"

간단하고 기본적인 의문.

하지만 그런 질문부터 시작해야만 할 정도로 나는 마인에 대해 무지했다.

———옛날에, 아직 전생을 떠올리기 전인 어린 시절에 언니에게서 수도 없이 들었다.

대성녀가 마왕을 토벌한 후 왕을 잃은 마인들은 차례차례 봉인되었다고.

마지막 한 명까지 봉인되었다고, 언니는 그렇게 말했지만…….

전생의 기억을 되찾은 나는 아쉽게도 그 말을 믿을 수가 없었다.

왜냐하면 그 교활하고 강력한 '마왕의 오른팔'이 봉인되었으리라는 생각이 도저히 들지 않았기 때문이다.

그리고 아마도 오른팔은 전생의 오빠들이 마왕성을 떠나기도 전에 경애하는 마왕의 상자를 되찾고 봉인을 풀었을 테니까.

따라서 '마왕의 오른팔'과 '13문양의 마왕'이 이 세상에 남아있다는 게 내 추측이다.

그렇게 생각하며 그린을 바라보자 그는 신중한 표정으로 천천히 입을 열었다.

"……'시작의 서'에는 세상에 33개 문양의 마인이 있다고 적혀 있었는데……."

"뭐?!"

그린의 입에서 나온 말이 극비 중의 극비 정보였기 때문에 나는 놀라서 소리쳤다.

어떻게 된 거지? 그린의 직업은 모험가 아니었어? 어쩌면 집안

자체는 상회 같은 걸 경영하는 부잣집이 아닌가 추측하기도 했었는데, ……'시작의 서'쯤 되면 수준이 달라진다.

왜냐하면 그건 각국의 왕족 수준의 최상위자에게만 공유되는, 최상급 극비 정보이기 때문이다.

"그, 그린은 모험가지? 내가 듣고 싶었던 건 제국 내에 퍼져있는 마인 관련 소문이었는데. 그 내용과 언니에게 들은 왕국 내의 소문이 일치하면 소문은 사실에 가깝다고 간주할 수 있지 않나 해서……."

내가 상정했던 내용과 그린의 발언 내용이 너무 달랐기 때문에 난감해하며 물어보자, 그린은 '그래'라고 대답하며 얼굴을 찌푸렸다.

"너는 원해서 그 자리에 있는 거였지. 그래서 카티스를 포함한 네 주변 사람들에게 우리의 정보를 명시하는 건 꺼리는 거고."

그린의 알쏭달쏭한 말에 카티스 단장님이 눈을 가늘게 떴다.

"그래. 내가 나의 역할을 이해하고 있는지 확인하기 위해 정도 이상으로 떠본 건가. 완벽히 불필요한 일이다만. 명심해라, 그린. 조언을 하나 하지. 피 님을 이해하고 싶다면 피 님의 말씀을 그대로 해석해라."

그린은 순간 카티스 단장님의 말을 음미하듯 눈썹을 찡그렸다가 바로 고개를 끄덕였다.

"알았어."

그 후 그린은 나를 향해 몸을 돌렸다.

"피아, 네가 알고 싶다는 건 제국의 소문이었지? 그렇다면…… 제국에선 마인은 전부 봉인되었다는 게 통설이야."

블루도 형의 말에 동의하며 고개를 끄덕인 뒤 내용을 보충했다.

“그래. 어린아이들을 훈육하기 위해 겁을 줄 때 말고는 등장하지 않아. ‘말 안 듣는 나쁜 아이에겐 마인이 찾아온다’라면서.”

“그렇구나…….”

언니에게 들은 이야기와 똑같다는 생각을 하며 깍지 낀 두 손을 바라보자, 그린이 말을 이었다.

“일단 말을 꺼냈으니 끝까지 하자면, ……내가 아는 사람 중에 좀 높으신 분이 있거든. 그 사람에게 ‘시작의 서’에 대해 들은 적이 있어. 물론 극비지만, 피아는 내 은인이니까. 듣고 싶다면 내가 아는 한 말해줄게.”

“어?”

튀어 오르듯 고개를 들자 이쪽을 똑바로 바라보는 그린과 눈이 마주쳤다.

“듣고 싶어…….”

깜짝 놀랄 만큼 내 입에서 선뜻 그 말이 흘러나왔다.

그리고 입 밖으로 낸 순간, 그게 내 심정을 정확하게 드러내고 있다는 걸 깨달았다.

그린이 어디까지 아는지는 모르고, 그의 정보가 진실인지도 알 수 없지만 들을 수 있는 건 뭐든 듣고 싶었다.

“알았어.”

그린은 고개를 끄덕인 후 생각을 정리하기 위해 허공으로 시선을 던졌다.

그 짧은 침묵 사이에 자빌리아는 내 어깨에서 내려가 무릎 위에 앉았다.

그러고는 내 배에 머리를 부비부비 비볐다.

자빌리아가 나에게 용기를 불어넣어 주고 있다는 걸 깨달은 나는 기뻐서 품에 꼬옥 끌어안았다.

그 후 이야기를 듣기 위해 그린에게 고개를 돌리자 그는 염려하는 기색을 보이면서 입을 열었다.

"'시작의 서'에 있는 내용은 이래. '세계에 33개 문양의 마인이 있도다.' 피아, 네가 아는 내용과 중복될지도 모르지만, 마물 중에는 인간형을 지닌 '마인'이라 불리는 존재가 있어. 그리고 그중에서도 특히 강력한 마인은 예외 없이 몸에 문양이 각인되어 있기 때문에 '문양을 지닌 마인'이라고 불리지."

"그래……."

나는 300년 전의 지식을 요점 정리하는 듯한 기분으로 그린의 이야기를 들었다.

전생에서는 왕녀이자 대성녀이기도 했기 때문에 어떤 기밀이든 나에게도 넘어왔고, '시작의 서'도 들어본 적이 있다.

때문에 과거의 지식과 대조하면서 이야기를 들었다.

"마인의 힘은 문양의 개수에 비례해. 그리고 그 몸에 각인된 문양의 수는 마인에 따라 제각각이지. 문양이 하나뿐인 마인도 있고, 세 개인 마인도 있어. '시작의 서'에는 그 문양의 수를 모두 합치면 33개가 된다고 적혀있지."

그 말이 맞다. 300년 전에도 같은 이야기를 들은 적이 있었다. ……거기까지 생각했을 때 호흡이 부자연스럽게 흐트러지기 시작했다.

……아, 또. 허둥지둥 가슴을 누르며 호흡을 가다듬으려고 노력했다.

매번 이렇다. 마인을 생각하면 바로 심장이 경종을 치기 시작한다.

침착해지기 위해 심호흡하자 블루가 걱정하는 표정으로 손을 뻗었다.

"피아, 괜찮아?"

나는 가슴을 누르던 손으로 블루의 손을 잡은 후 안심시키기 위해 웃었다.

"……그래, 괜찮아."

속이 좀 안 좋아진 것만으로도 알아차리고 걱정해주는 존재가 있다는 게 든든했다.

나는 한 손으로 자빌리아를, 반대쪽 손으로는 블루를 잡은 후 괜찮다고 스스로를 타일렀다.

카티스 단장님도 그린도 있으니 보호받고 있다는 느낌이 들어서 공포도 날아간다.

그린은 블루와 마찬가지로 걱정스러운 표정이었지만, 말을 끝내는 게 먼저라고 판단한 건지 계속 이야기를 이어갔다.

"대성녀님이 '13문양의 마왕'을 봉인한 후 세간의 소문대로 마인은 전부 봉인되었다, ……고 말하고 싶지만 실제로는 남은 마인들은 300년 전에 갑자기 세상에서 모습을 감췄어."

"뭐?!"

생각지도 못한 이야기에 진정되어가던 심장이 다시 쿵 뛰었다.

눈을 크게 부릅뜬 나를 더 이상 자극하지 않도록 그린이 조용한 목소리로 말을 이었다.

"'문양을 지닌 마인'은 문양이 하나여도 강력하니까, 300년 전의 마인들은 다들 숲이나 언덕에 성을 세워서 부하를 거느리며 살고 있었어. 그런데 대성녀님이 마왕을 봉인하자마자 마인들은 성을 버리고 모습을 감추기 시작했지."

"그건……."

어째서지?

내 예상과 다르게 마왕은 계속 봉인된 건가? 그렇기에 열세가 되었다고 느낀 마인들은 모습을 감춘 거야?

———모르겠어.

한정된 정보밖에 없으니 마인들이 증발한 이유는 알 수 없지만, ……현실은 내 예상을 나쁜 의미로 뛰어넘어 여러 명의 마인이 아직 이 세상에 남아있다는 소리다.

"……마인, 이……."

아직 이 세계 어딘가에 몇 명이나 남아있다.

새파랗게 질린 나를 보고 그린은 두 팔을 벌린 뒤 진정시키기 위해 천천히 움직였다.

"피아, 마인을 두려워하는 네 감정은 아주 정상적이야. 300년 전에 마인은 전부 모습을 감췄어. 그래서 다들 마인의 두려움을 잊고 아이를 혼내기 위한 으름장으로만 써먹게 되었지만…… 마인은 의도적으로 숨었을 뿐, 세상에서 사라진 건 아니니까. 두려움을 잊지 않는 네 감정은 생물로서 올바른 반응이야."

그린의 표현은 독특했지만, 그 표정에서 나를 위로해주려고 한다는 건 이해할 수 있었다.

……그린은 친절하구나. 그리고 나를 잘 보고 있어.

나는 고마움과 괜찮다는 마음을 담아 그린을 향해 고개를 끄덕였다.

그 후 그린이 알려준 마인 이야기에 집중했다.

아무래도 어릴 때 들었던 이야기는 진실과는 조금 다른 모양이었다.

언니의 이야기로는, 대성녀가 마왕을 토벌한 후 마인들은 차례차례 봉인되어 전부 사라졌다고 했지만, 실제로는 여러 명의 마인이 도망쳐서 숨어버린 모양이다.

가슴께를 누르자 심장이 부자연스럽게 쿵쾅거리기 시작했다. 마인을 생각할 때면 일어나는 이상 상태가 다시 몸 전체에 퍼져나갔다.

나는 자빌리아를 껴안은 팔에 힘을 줘서 떨리는 한숨을 내쉬었다.

괜찮아. 참을 수 없을 만큼 심각한 상태는 아니야.

그렇게 스스로를 타이른 뒤 이야기를 마저 듣기 위해 고개를 들고 그린을 바라보았다.

내 심정을 이해한 건지 그린은 작게 고개를 끄덕인 뒤 말을 이었다.

“백성들을 괜히 불안하게 만들 필요는 없으니까. 대외적으로는 모든 마인을 봉인한 걸로 되어있지. 하지만 실제로는…… 대성녀님 사후에 봉인된 마인은 지극히 일부야. ‘2문양의 달 아가씨’, ‘5문양의 소용돌이 파열’.”

‘2문양의…… 달 아가씨.’

그 이름에 서늘한 감각을 느끼고 작은 목소리로 중얼거렸다.

그러자 그린은 나에게 힘을 불어넣기 위해 크게 고개를 끄덕였다.

“걱정하지 마, 피아! 그 두 마인은 이미 봉인되었어. 게다가 대성녀님은 생전에 ‘13문양의 마왕’을 포함해 20개 문양의 마인을 봉인하셨지. 즉 여태까지 봉인된 마인의 문양을 합치면 27개 문양이 돼.”

……그렇다. 전생의 나는 마왕을 포함해 20개 문양의 마인을 봉인했다.

“마인의 문양은 전부 합치면 33개 문양이니까. 세상에 숨어있는 마인은 앞으로 6개 문양뿐이야.”

그린은 당연한 사실이라는 듯 말했지만……, 그때 처음으로 그린의 말에 의심이 치밀었다.

……정말로 그럴까?

나는 아무래도 마왕이 봉인된 상자에서 도망쳤을 것 같다는 의심을 버릴 수 없었다.

그래서 현재 이 세계에는 총 6개 문양의 마인에 더해 ‘13문양의 마왕’이 존재할 것 같았다.

그리고 총 6개 문양의 마인 중에 나를 죽인 '마왕의 오른팔'이 포함되어 있을 터…….

내 생각을 읽은 것도 아닐 텐데, 그린은 한층 중요한 말을 입에 담았다.

"도망친 6개 문양의 마인 중에 1개 문양은 알아. '1문양의 오른팔'이라고 불리던 마왕의 측근이야."

그 말을 들은 순간 몸이 움찔 굳었지만, ──동시에 이해했다.

……그거 봐, 역시 오른팔은 도망쳤어. 그리고…….

───그래. '마왕의 오른팔'은 1개 문양의 마인이었다.

'그랬던가? 몸에 더 많이…….'

순간 생각이 갈라질 뻔했으나, **전생에 죽기 직전에 봤던 '마인의 오른팔'에게는 문양이 하나밖에 각인되어 있지 않았다**는 걸 떠올렸다.

───그래, 1개 문양이었어.

나는 어째서인지 내 생각에 안심하며 숨을 내쉬었다.

그러자 내 생각을 읽은 듯한 자빌리아가 안심시키듯 어리광을 부리는 것처럼 전신을 딱 붙였다.

나는 자빌리아를 껴안은 채 그 등을 천천히 쓰다듬었다.

그러자 신기하게도 쿵쾅쿵쾅 빠르게 뛰던 심장이 조금씩 차분해졌다.

괜찮아, 괜찮아.

나에게는 자빌리아도, 카티스 단장님도, 그린과 블루도 있어. 괜찮아.

심장 박동이 차분해진 걸 확인한 뒤 시선을 들어 지금이 한 걸음 내디딜 때라고 생각하며 카티스 단장님에게 질문했다.

"카티스, 대성당을 방문해서 마왕의 상자를 확인할 수 있을까?"

———대성당.

전 세계의 교회와 성녀를 통솔하는 구원의 총본산.

그리고 이 세상 어디보다 수비가 견고하고, 마인들을 봉인한 상자를 보관하고 있는 장소다.

카티스 단장님은 흠칫 숨을 삼켰지만, 곧바로 면목이 없다는 표정이 되어 고개를 저었다.

"……어렵습니다."

"그렇겠지."

뻔히 알고 있던 대답을 듣고 나는 수긍하듯 중얼거렸다.

대성당은 구원을 원하는 수많은 사람에게 문을 열어놓았지만, 마인들을 봉인한 상자를 보관한 가장 안쪽 방은 한정된 사람밖에 들어갈 수 없다.

그야말로 한 줌밖에 안 되는 성직자와 각국의 국왕 · 황제만이라고 단언할 수 있을 만큼 허락된 자는 극소수다.

그 방에 들어가 마왕의 상자를 확인할 수 있는 건, ……성직자 말고는 대륙 내에서도 대국으로 불리는 나브 왕국 국왕 정도가 아닐까. 혹은 아르테아가 제국의 황제거나.

"응, 무리네!"

일개 기사가 국왕 폐하에게 부탁할 수 있을 리 없으니까 깔끔하게 포기해야지.

나는 마왕의 상자를 확인하는 걸 단념하고 차선책을 궁리하기 시작…… 하려던 그때. 그린이 입을 열었다.

"피아, 나에게 맡겨줄 수 있어?"

"어?"

"……조금 전에도 말했듯이 내 지인 중에 좀 높으신 분이 있거든. 마왕의 상자를 확인하는 것도 어떻게든 될 거야."

놀라는 내 앞에서 그린은 강한 눈빛으로 그렇게 단언했다.

【SIDE】 아르테아가 제국 황제(皇弟) 그린 에메랄드

내가 피아에게 느끼는 감정을 이해하는 건 누구도 불가능할 것이다―― 완전히 같은 처지에서 같은 체험을 한 형, 아르테아가 제국의 황제를 제외하고.

아르테아가 제국은 나브 왕국과 대륙의 세력을 양분하는 대국이다.

역사는 길고, 지배가 비치는 영토는 넓고, 다스리는 백성의 수도 많다.

그 제국의 정실 소생으로 형인 루비, 나, 남동생 사파이어, 여동생 네 명이 태어났다.

어머니는 오래된 혈통을 지닌 유서 깊은 가문 출신으로, 그 배에서 태어난 우리의 입지는 절대적이었다―― 만약 저주에 걸리지만 않았다면.

아버지의 측실이 저주를 거는 바람에 나와 형은 태어났을 때부터 계속 얼굴에서 피를 흘렸다.

그게 일반적인 상태였기 때문에 원래 그런 것으로 받아들이긴 했으나, 늘 통증이 동반되고 안색도 파리하고 몸에서 힘이 빠져나갔다.

제국의 충신들은 우리의 상태를 동정하는 것도 아니고, 그렇다면 황위는 이어받을 수 없다며 잘라냈다.
부지 외곽에 형식상의 별궁을 받고, 어머니와 저주로 인해 계속 잠든 여동생과 함께 형제 셋이서 서로를 의지하며 사는 나날.
성장하면서 나는 이해했다.
어머니는 훌륭한 육체를 주셨다고.
키가 쑥쑥 자라고 전신에 근육이 붙고 단련하면 강철처럼 단단해지는, 흔치 않은 육체였다.
머리도 마찬가지다.
책을 읽으면 우스울 정도로 빠르게 흡수하고 여러 개의 언어도 어렵지 않게 익힐 수 있는, 보기 드물게 뛰어난 두뇌였다.
그런데도 태어났을 때부터 걸린 저주 때문에 나는 내게 주어진 재능을 살리지도 못한 채 무의미한 존재가 되었다.
그 무엇도 될 수 없다고, 처음부터 버려졌다.
아아. 나는 무엇 하나 중요한 역할을 이루지 못한 채 죽어가는구나. 세월이 흐를수록 체념이 깊어져 갔으나── 어느 날 갑자기 세상이 뒤집혔다.
그때까지 나를 뒤덮고 있던 안개가 날아가자 세상이 반짝반짝 빛나기 시작했다.
그리고 멍하니 서 있는 나의 세상을 순식간에 바꿔놓은 여신은 장난기 가득한 표정으로 등을 떠밀어주었다.
『당신들에게 길을 개척해나갈 힘을 주었습니다. 이로써 당신들은 뭐든 할 수 있습니다.』

——그 말대로였다.

내 저주는 순식간에 풀리고, 그걸 안 제국의 충신들은 황당할 정도로 태세를 뒤집었다.

『그토록 지독한 저주를 해주하다니, 틀림없이 여신을 만나신 겁니다! 아아, '창생의 여신'께선 황자님들이 황위를 이어받는 걸 원하시는군요!!』

『대단한 일입니다! 저희 일족은 전력으로 루비 황자님이 황제가 되실 수 있도록 지원하겠습니다.』

한순간에 세상이 바뀌었다.

허락되지 않았던 많은 것들이 몇 배가 되어 손 안에 돌아왔다.

그 순간 느낀 건, 전신이 떨릴 정도의 감사.

——아아, 피아.

네게 모든 감사를 바치자.

나에게 모든 것을 준 널 위해서라면, 세상도 바칠 수 있을 테지——…….

그 후 형은 아르테아가 제국의 황제가 되었고, 나는 그 스페어가 되었다.

형에게 무슨 일이 있을 때 모든 것을 대신할 역할로서 제국의 황위계승권 제1위를 받았다.

그건 어마어마한 권력이 부여되는 지위였다.

이 신분을 이용하면 전 세계의 모든 문이 열릴 것이다.

그러니까, ——피아가 카티스에게 부탁하는 걸 보고 그가 실행할 수 없다는 대답을 돌려주었을 때, ——그것이야말로 내가 해야 하는 역할임을 이해했다.

피아가 원하는 건 대성당에 가서 그곳에 보관되어 있을 '마왕의 상자'의 존재를 확인하는 것.

대성당은 전 세계에 퍼진 교회의 정점이며, 마왕의 상자를 보관하는 가장 안쪽 방에 들어갈 수 있는 건 지극히 한정된 소수의 사람뿐이다.

즉 전 세계를 뒤져도 10명도 안 될 것이고, ……그중 한 명이 나다.

"피아, 나에게 맡겨줄 수 있어?"

그렇기에 아무런 주저도 없이 내 역할이라는 자신감을 갖고 발언했다.

하지만 어째서인지 내 말을 들은 피아는 놀란 듯 쳐다보았다.

"어? 하지만 그런……."

당황하는 피아의 태도에 고개를 갸웃거렸다.

상식적으로 이해할 수 없을 만큼 기적의 힘을 지닌 피아는 틀림없이 여신이 인간의 모습으로 현현한 존재일 것이다.

그렇기에 우리 형제가 아르테아가 황실의 핏줄이라는 건 간파하고 있을 텐데, 왜 피아는 놀란 반응을 보이는 걸까.

아, 어쩌면 이 핏줄로도 대성당 안쪽 방에는 들어가지 못한다고 생각하는 걸까.

……즉 시험?

이 혈통으로 어느 정도의 일이 가능한지.

지혜와 용기로 무엇을 이룰 수 있는지.

"그렇구나, 피아……."

그렇다면 할 수 있는 최선을 다해 가장 좋은 결과로 부응할 뿐.

"네 의뢰를 받아들이겠어."

진지한 표정으로 고개를 끄덕이자 피아는 걱정된다는 듯 말을 거듭했다.

"어, 정말? 그건, ……고마워. 하지만 무리는 하지 마."

"그래, 물론이야."

피아의 의뢰다. 무리는 당연히 해야지.

나는 반드시 피아에게 최고의 결과를 가져갈 것이다.

마음속으로 결의하고 있을 때, 걱정하듯 바라보는 피아와 시선이 마주쳤다.

그 표정이 의미하는 바는 무엇일까.

——피아는 마왕의 상자의 존재를 확인하길 원한다.

대체 무엇을 위해?

……대성녀님이 마왕을 봉인하고 세상에 평화가 찾아왔다는 건 다들 아는 바이다.

그렇기에 다들 마왕이 봉인되었다는 점에 의문을 품지 않고, 마왕의 상자에 대해 생각하지도 않지만, ……피아는 무언가를 의심하는 건가? 마왕을 봉인한 상자가 대성당에 있다는 걸?

피아의 의문이 의미하는 바를 떠올리자 등에 오싹한 오한이 퍼졌다.

그 후 모든 것을 이해하고 있다는 듯한 표정으로 피아를 바라보는 카티스와 흑룡에게 시선을 옮겼다.

——내가 눈치채지 못했을 뿐, 세상은 위험에 처해 있는 건가?

순간적으로 나는 누가 봐도 알 수 있을 만큼 새파랗게 질렸으나, ……그런 나를 바라보는 카티스와 흑룡의 시선은 놀라지도 의심스러워하지도 않고 잔잔했다.

그 반응에 그들은 모든 것을 이해하고 있으며, 내 생각을 긍정한 듯한 기분이 들었다.

나는 침을 꿀꺽 삼킨 뒤 주먹을 꽉 쥐었다.

……내가 이 지위를 얻은 건 스스로를 지킬 수단이 없는 국민을 지키기 위해서다.

그런데도 가까이에 존재하는 위험을 알아채지 못했다면, 터무니없는 얼간이다.

늦게나마 간신히 피아의 진의를 깨달았다.

아아, 그래. 피아는 자신이 바라는 것처럼 위장했지만 실제로는 내가 깨닫도록 유도한 것이다.

세상에 위험이 닥쳤음을.

주어진 역할을 완수해야 함을.

그렇다면 대성당에 가는 건 아르테아가 제국의 황제(皇弟)가 꼭 해야 하는 역할이다.

——나는 진실을 알기 위해 할 수 있는 일은 뭐든 하겠다고 맹세했다.

39 영봉흑악 3

"자빌리아, 그린에게 부탁한 그 일 말인데. 괜찮았던 걸까?"

아침을 먹은 뒤, 자빌리아와 함께 풀밭 위에 앉아 품속에 있는 친구에게 물었다.

조금 전 카티스 단장님, 그린, 블루 세 사람은 영봉흑악을 탐사하러 나가버렸기 때문에, 집 보기 중인 나는 자빌리아를 안고 그린과 나눈 대화를 회상했지만…….

결국 그린이 자청하는 대로 마왕의 상자를 확인해달라고 부탁하게 되었다.

그린은 문제없다며 선뜻 받아들였지만 정말로 실현할 수 있을지 새삼스럽게 걱정되었다.

"그린은 의리를 보여주었구나……."

나는 작은 목소리로 툭 중얼거렸다.

분명 카티스 단장님에게 거절당한 나를 보고 어떻게든 해줘야겠다는 생각에 나선 거겠지.

하지만 그린의 집안은 생선집인지 고깃집인지, 잘 해봐야 상회일 터.

귀족도 아닌 그린이 나브 왕국의 기사단장인 카티스조차 입실할 수 없는 대성당 가장 안쪽 방에 대체 어떻게 들어가려는 걸까.

약속했다는 이유로 무리하지 않는다면 좋겠는데.

걱정하며 생각에 잠긴 나를 힐끗 본 자빌리아는 심드렁하게 대답했다.

"분명 피아가 생각지도 못한 연줄이 있어서 어떻게든 되지 않을까."

"에이, 자빌리아도 참! 남 일이라고 너무 무성의하잖아."

나는 그린을 떠올리며 다시금 자빌리아의 발언을 생각해보았으나, 대단한 연줄은 없을 것 같다고 결론을 내렸다.

그린이 말하던 '좀 높으신 분이라는 지인'이 어쩌면 굉장히 높으신 분일지도 모르지만…… 그래도 그린에게 대단한 지인이 있을 것 같아 보이진 않는단 말이지.

"그린은 다른 사람에게 의지하지 않고 뭐든 자기 힘으로 돌파해온 타입으로 보이니까, 혼자서 할 수 있는 범주의 일밖에 못 하지 않을까."

그렇게 말하자 자빌리아는 동의의 뜻으로 고개를 끄덕였다.

"응, 피아는 보는 눈이 있네. 나도 그렇게 생각해. 즉 자기 힘으로 어떻게든 하지 않을까?"

그린에게는 연줄이 있을 것 같다는 앞의 발언을 냉큼 뒤집어버린 자빌리아를 보니 정말로 관심이 없다는 게 전해져서 얼굴을 찌푸렸다.

"하지만 상대는 대성당인걸. 개인이 어떻게 할 수 있는 수준이……."

말하던 도중에 뚝 멈췄다.

자빌리아는 인간들의 세계와 관련이 없는 곳에서 생활하니까 이런 이야기는 재미없을 거다.

게다가 이미 그린에게 부탁했으니 이제 와서 고민해봐야 늦었고.

나는 마음을 바꾸고 품 안의 자빌리아를 쓰다듬었다.

애초에 상대는 300년이나 되는 시간 동안 전혀 모습을 드러내지 않았던 마인들이다.

오늘, 내일, 갑자기 나타날 가능성은 한없이 낮다.

그러니 성급하게 무언가를 해야만 하는 일도 없을 터.

나는 내 안에 있는 마인에 대한 공포를 털어내기 위해서도 그렇게 스스로를 타일렀다.

하지만…….

어느새 조금 전의 대화로 생각이 돌아가 버렸다는 걸 깨달은 나는 한숨을 내쉬었다.

하지만, ……생각지도 못했어.

설마 '마왕의 오른팔'이 1개 문양이었다니.

다시 생각해보면 확실히 그 마인의 몸에 각인되어 있던 문양의 개수는 하나뿐이었다.

문양의 수와 마인의 힘은 비례하니까, 냉정하게 따지면 오른팔은 그렇게 강한 상대가 아니었다는 셈이다.

그런데도 나는 왜 이렇게까지 오른팔을 무서워했던 거지.

나를 죽인 상대라 공포가 몇 배로 증폭된 걸까?

"……그런 건지도 몰라. 애초에 '마왕의 오른팔'의 문양이 하나였다는 걸 조금 전에 막 떠올렸을 정도니까."

전생의 기억이란 신기하게도 한 번에 전부 떠오르는 건 아닌 모양이다.

대부분 처음 며칠 사이에 떠올리긴 했으나, 드문드문 늦게 떠오르는 기억도 있다.

그러니 오늘에야 '마왕의 오른팔'이 1문양의 마인이었다는 걸 떠올렸지만, ……신기하게도 오른팔에 대한 공포가 줄어들진 않았다.

마왕을 봉인해서 녹초가 된 상태에 나타난 마인이니까 교활하고 방심할 수 없는 상대라는 건 확실하지만, 힘 자체는 그리 대단하지 않을 텐데.

———그렇게 생각해도 머릿속 어딘가에서 부정한다.

『아니, 그 마인은 무시무시하게 강해.』

……하지만 왜 그렇게 느끼는 건지는 알 수 없었다.

나는 아직 떠올리지 못하는 게 있는 걸까.

불안해하면서도 상대를 알고 적의 모습이 보이기 시작한 듯한 느낌에 조금 안심했다.

『남아있는 건 총 6개 문양의 마인. ……문양이 없는 마인은 불명.

문양을 지닌 마인 중에 1개 문양은 '마왕의 오른팔', 혹은 '1문양의 오른팔'.

어쩌면 6개 문양에 더해 '13문양의 마왕'이 풀려났을 지도 모른다.

———이것이 전부.』

나는 후우 숨을 뱉은 후 거듭 괜찮다고 스스로를 다독이며 무릎 위에 앉은 자빌리아를 꼭 껴안았다.

그린이 왜 그렇게 마인의 정보를 자세히 아는 지는 불명이지만, ———어쩌면 '좀 높으신 분이라는 지인'이 굉장한 정보망을 지닌 건지도 모르지만———카티스 단장님의 태도로 보아 그린의 말은 사실 같았다.

왜냐하면 카티스 단장님은 전생에 내 호위 기사였기 때문에 대성녀가 지닌 정보를 모두 공유했으며, 마인에 대해서도 많은 것을 알았기 때문이다.

더해서 왕국의 중추에 있던 시리우스에게서도 많은 정보를 입수했고, 내가 죽은 뒤에도 마인들의 동향을 보았을 테니 마인에 대한 정보량은 상당히 많을 터.

그 카티스 단장님이 부정하지 않았다는 건, 그린의 발언에 오류가 없었다는 셈이다.

……사실은 카티스 단장님에게 이것저것 물어보는 게 간편하고 빠르겠지만 전생에서 내 마지막에 대한 이야기를 했을 때 단장님이 울어버렸으니까.

그때 카티스 단장님의 마음을 가볍게 해주려고 마왕과 같이 죽어서 아프지 않게 가버렸다고 거짓말을 했는데, 그래도 단장님은 눈물을 뚝뚝 흘렸으니까.

그래서 카티스 단장님에게 마인 이야기를 하면 내 마지막을 떠올리고 다시 슬퍼할 것 같아 망설여졌다.

"아무튼 이번에는 카티스에게 물어보지 않아도 다양한 게 판명

되었으니 문제없지."

몇 명의 마인이 이 세상에 남아있다는 건 뜻밖이었지만, 그래도 절망적인 상황은 아닐 것이다.

어쨌거나 이 이상 생각해도 공포가 축적될 뿐, 아무것도 해결되지 않을 테니까.

그러니 지금은 그보다도……. 나는 자빌리아를 바라보았다.

"자빌리아, 저기, 그게……."

하지만 막상 입을 열자 어떻게 말을 꺼내야 할지 알 수 없었다.

"왜 그래? 피아."

"그게, 이건 그냥 질문인데. 자빌리아는 언제까지 이 산에 있을 거야?"

어리둥절한 자빌리아의 표정을 본 순간 '아차. 질문이 너무 직접적이라서 돌아오라고 말한 거나 마찬가지잖아'라고 반성했다.

자빌리아는 왕이 되는 걸 원하니까 방해하면 안 된다고 그토록 나를 타일렀는데, 본심이 툭 튀어나오고 말았다.

나는 허둥지둥 얼버무리기 위해 말을 거듭했다.

"그러니까, 즉 자빌리아는 존재감이 크구나해서! 이 산에 돌아오자마자 겁에 질린 마물들이 산에서 나가버릴 정도라니 대단하잖아."

거기까지 말했을 때 언니에게 부탁받았던 걸 떠올렸다.

"……그래서 흑악에서 도망친 마물들에 대처하느라 이곳의 기사가 아주 바쁘다고 해. 그러니까 가능하다면 도망치는 마물의 수를 조금만 줄여줄 수 없겠냐고, 요새에 있는 기사에게 부탁받았는데."

자빌리아는 재미있는 이야기를 들었다는 듯 귀를 까딱 움직였다.

"그렇구나. 피아의 언니가 부탁한 거라면 어떻게든 해줘야겠지."

"어? 나는 언니가 부탁했다는 말은 한마디도 안 했는데?"

자빌리아는 변함없이 예리하구나! 아니면 이게 나와 연결되어 있기 때문인 걸까? 감탄하면서 바라보자 자빌리아가 노골적으로 눈을 흘겼다.

"음. 짐은 이 산의 왕이니 말이다. 이 산에 대해서라면 뭐든 알고 있지."

"어머나, 흑룡왕님 부활! 그렇다면 이 가엾은 것의 부탁을 들어주소서."

"피아는 전혀 가없지 않지만, 부탁은 들어주겠노라."

그 후 자빌리아는 완전히 예상하지 못한 말을 했다.

"그럼 마물 유출의 근본적인 원인을 제거하도록 할까. 그래, 짐은 피아와 함께 산에서 내려가야겠다."

"……어?"

얼떨떨해서 입을 벌린 나를 재미있다는 듯 바라보던 자빌리아였으나, 갑자기 몸이 뻣뻣해졌다.

이어서 무언가를 찾는 것처럼 목을 쭉 뻗더니 전신의 움직임이 멈췄다.

놀라서 쳐다보자 자빌리아는 노골적으로 긴장한 기색으로 무언가에 집중하는 모양이었다.

긴급사태가 일어난 건지도 모르니 조용히 기다렸다.

하지만 잠시 시간이 지나도 자빌리아는 정지한 채였기에 조심조심 말을 걸었다.

"……자빌리아?"

그러자 자빌리아는 한 박자 후에 난감하다는 듯 고개를 저었다.

"호랑이도 제 말 하면 온다더니 정말이네."

"어? 호랑이?"

무슨 말인지 이해할 수 없어 되묻자, 자빌리아가 의미심장한 표정으로 바라보았다.

"아무래도 카티스 일행이 마인과 마주친 모양이야."

"……?!"

놀라서 눈을 부릅뜨고 지금 막 들은 단어를 따라했다.

"마…… 인?"

◇ ◇ ◇

믿어지지 않는 기분으로 되묻는 나에게 자빌리아는 고개를 끄덕였다.

"마인이라고 해도 대단한 마력은 없어 보여. 문양이 없는 녀석인가?"

자빌리아는 어깨를 으쓱한 후 조금 전과는 다르게 편안한 모습으로 기지개를 켰다.

"그 세 명이라면 문양 없는 마인 정도는 어떻게든 되겠지."

하지만 나는 도저히 편안해질 수 없어서 몸을 경직시킨 채 품

안에 있는 자빌리아를 내려다보았다.

"자, 자빌리아, 하지만 마인은 300년 동안 한 번도 모습을 보이지 않았다고……."

"응, 그래. 굉장한 우연이지. 세 명 중 한 명은 믿어지지 않을 만큼 운이 나쁜 게 아닐까."

"아니, 그래도……."

허둥대는 내 품 안에서 느긋하게 누워있던 자빌리아였으나, 불현듯 귀를 꿈틀 움직였다.

"어라?"

그러고는 누워있던 몸을 일으키더니 고개를 들어 탐색하듯 먼 곳을, ……눈에는 보이지 않을 만큼 먼 곳을 본다 싶더니 별안간 자기 몸에 꼬리를 딱 붙였다.

당했다는 듯 작게 한숨을 쉰 자빌리아는 감탄하는 목소리로 말을 이었다.

"대단한데, 마력량을 제어하고 있다니. 정정할게, 피아. 문양을 지닌 마인인 것 같아. 후후, 이거 제법이야."

마물의 본능인 건지, 그 힘을 감지한 자빌리아가 즐겁게 웃었다.

하지만 나는 상황을 즐길 여유가 없었다.

카티스! 그린! 블루!

마인과 대치하고 있을 세 명이 걱정되어 순식간에 심장이 경종을 쳤다.

아아, 어째서 하필이면 그 세 사람은 300년 동안 모습을 드러내지 않았던 마인과 마주치는 거야! 심지어 문양을 지닌 마인이라니!

자빌리아의 말대로 어마어마하게 운이 나쁜 인물이 한 명 섞여 있는 거야! 아니면 셋 다?!

가슴을 꾹 누르며 그렇게 생각했지만, 곧바로 300년 전을 떠올렸다.

그래. 카티스 단장님은 전생의 호위 기사 시절 문양을 지닌 마인과 대치한 적이 있었지.

그러니까 마인의 힘도 대처법도 알고 있고, 자신이 어떻게 행동해야 하는지 이해하고 있을 거야.

조금이라도 안심할 수 있는 요소를 찾아내서 희망을 품어보려고 했으나, 그렇게 쉬운 일이 아니라는 건 알고 있었다.

문양을 지닌 마인을 상대할 땐 한 번의 실수만으로도 돌이킬 수 없는 사태가 되어버리니까.

그러니 그 세 사람은 한 번의 실수도 저지르면 안 되는데, 세 명 중 두 명은 마인과 대치하는 것 자체가 처음이다.

너무 불리해…….

나는 입술을 깨물고 매달리듯 자빌리아를 바라보았다.

"자빌리아, ……세 사람이 있는 곳에 안내해줘."

마인에 대한 공포로 알아듣기 어려울 만큼 목소리가 갈라졌지만, 자빌리아에겐 전해진 모양이었다.

그럼에도 내 안색을 본 자빌리아는 타이르듯 말했다.

"피아, 그 세 사람이라면 자력으로 잘 도망칠 수 있지 않을까. 어쩌면 팔 한두 개쯤 잃어버릴지도 모르지만, 죽지는 않을 거야.

그러니까 피아는 여기서 세 사람을 기다리는 게 최선이라고 봐.”

그리고 회복 마법으로 세 사람을 고쳐주면 된다고 자빌리아는 설득했다.

자빌리아가 가장 우선시하는 건 내 안전이다.

나 말고 다른 사람을 걱정한다고 해도, 내 안전과 천칭에 걸린 순간 우선순위가 눈에 띄게 내려간다.

거기에 내가 마인에게 공포를 느껴서 평소처럼 행동하지 못한다는 걸 이해하고 있기 때문에 더욱더 마인에게 다가가지 못하게 하고 싶어 한다는 건 이해할 수 있었다.

하지만 마인과 대치한 세 사람을 내버려 둔다는 선택지를 택할 수 있을 리 없었다.

“자빌리아, 나는 갈 거야!”

“응, 그럴 줄 알았어.”

자빌리아는 체념한 듯 곧바로 고개를 끄덕인 후 하늘로 고개를 들었다.

그러고는 순식간에 확 커지더니 올려다봐야 하는 크기로 돌아갔다.

넋을 놓아버릴 정도로 크고 아름다운 흑룡이 몸을 숙이며 날개를 활짝 펼쳤다.

“타, 피아. 네 마음을 존중해서 최대한 서두를게. 공간을 가르고 이동할 거니까 떨어지지 않도록 꽉 붙잡아.”

【막간】 문양을 지닌 마인

“이 산에는 겉보기와 다르게 식물이 많이 자라고 있구나.”

블루는 나뭇가지에서 늘어진 덩굴을 잡고는 의외라는 듯한 어조로 중얼거렸다.

앞서 걸어가던 그린과 카티스가 발을 멈추고 블루를 돌아보았다.

———세 사람은 흑룡의 영역인 정상 부근에서 내려와 흑악의 모습을 둘러보는 중이었다.

아침을 먹은 뒤, 카티스가 흑악을 탐사하러 나가겠다고 하자 그린과 블루가 자기도 가겠다며 동행을 희망했기 때문에, 결국 셋이서 나오게 되었다.

아직 아침이라고 부를 수 있는 시간대에 고요한 산속을 여기저기 돌아다니는 행위는 무척 기분 좋았다.

흑룡이 구석구석 잘 관리하는 건지 이 장소에 올 때까지 마물이 나오지도 않았기에 세 사람은 여유롭게 주변을 관찰하면서 저마다 자유롭게 행동하고 있었다.

카티스는 블루의 호기심에 찬 표정을 보고는 정중하게 대답했다.

“그래. 게다가 평소에는 볼 수 없는 식물이 많지. 아마도 이 산 특유의 흑토(黑土)가 영향을 줘서 독자적인 식생을 이룬 것으로 보인다."

카티스는 신기한 식물을 조금씩 꺾어서 등에 멘 가방에 넣었다.

익숙한 손동작으로 같은 작업을 반복하는 카티스의 모습을 그린과 블루가 물어보고 싶다는 듯한 눈으로 바라보았다.

그걸 알아차린 카티스는 손을 멈추고 두 사람의 의문에 대답했다.

"피 님께서는 약초에 관심이 많으시니, 특이한 약초를 발견하면 채집해서 가져다드리려는 거다. 다만 나는 그렇게 약초를 잘 아는 것은 아니라 채집한 식물은 대부분 평범한 잡초일지도 모르지."

""그렇구나!""

카티스의 대답을 들은 그린과 블루는 경쟁하듯 눈에 띄는 식물을 꺾기 시작했다.

하지만 이 두 사람은 명백하게 약초와 약초가 아닌 것을 식별하지 못하는 모양이었다. 카티스보다 잡초가 섞일 확률이 높아 보였다.

한차례 주변을 확인하고, 약초일 것 같은 식물을 채집한 후 세 사람은 앉기 좋아 보이는 바위에 앉았다.

의외로 쾌적한 시간이었다. 그 사실에 셋 다 놀랐다.

가장 중요하게 여기는 것이 같다는 게 전부인 관계인데도 왕도에서 이 산까지 여행하는 짧은 기간에 이해한 점이 있었던 모양이었다.

예를 들어 높은 신분이면서 자기현시욕이 강하지 않아 으스대진 않지만, 능력과 신분을 어떤 때에 사용해야 하는지 알고 있기에 필요한 순간에는 자신이 하겠다고 나서는 인물들임을 카티스는 이해했다.

한편 사려 깊고 능력도 뛰어나지만 피아를 보조하는 것에 전력을 기울이는 거물임을 그린과 블루는 이해했다.

서로의 행동에서 상대의 됨됨이를 추측한 결과, 서로를 받아들일 수 있을 정도로는 문제가 없었던 듯하다.

그리고 그러한 심리는 자연스럽게 태도에 드러나는 법이므로, 어느새 편안하게 대화를 주고받을 수 있게 되었다.

서로를 인정하고 동료로 받아들였다고 느낀 그때, ――마침 블루가 즐거워하며 웃음을 흘렸을 때―― 근처에서 돌멩이를 밟는 소리가 들렸다.

순간 전원이 튀어 오르듯 고개를 들었다.

그리고 소리가 들린 방향으로 목을 돌려 그 소리의 발생원을 바라보았다.

"안녕."

마을 처녀라는 느낌의 노란색 원피스를 입은 15살 정도의 소녀였다.

어깨까지 내려가는 검은 머리카락에 검은 눈동자를 지닌 소녀가 바구니를 들고 웃고 있었다.

""""……………."""""

얼핏 어디에나 있는 소녀로 보이지만, 누구 한 명 대답하지 않았다.

오히려 시선을 떼지 않은 채 앉아있던 장소에서 일어난 후 각자의 무기에 손을 올렸다.

왜냐하면 너무나도 부자연스러운 상황이기 때문이다.

이 산은 흑룡이 다스리는, 흉악한 마물이 다수 서식하는 장소다.

그런 산에 젊은 아가씨가 혼자 올라와 무사할 수 있을 리 없다.

더불어 상대가 누구라고 한들 5미터 정도의 거리까지 가까이 왔는데도 눈치채지 못할 세 사람이 아니다.

그렇기에 전원이 신중한 표정으로 지금 있는 거리를 유지하려 했다.

소녀가 한 걸음 내딛자 같은 거리만큼 뒤로 물러나는 식으로.

"어라, 혹시 나 경계하는 거야?"

소녀는 눈을 스윽 굴리더니 어깨에서 단정히 자른 검은 머리카락을 찰랑거렸다.

"하지만 왜? 나는 평범하게 귀여운 소녀인데. 그렇게 못되게 굴면 울어버릴 거야."

우에엥, 명백하게 우는 척하는 그 모습에 피부에 소름이 돋을 만큼 공포를 느꼈다.

카티스는 눈도 깜빡이지 않고 소녀를 바라보며 간결하게 질문했다.

"흑발흑안—— 마인인가?"

카티스의 말을 들은 순간 옆에 있던 그린과 블루는 충격을 받고 몸을 굳혔다.

하지만 두 사람은 괜한 말은 한마디도 하지 않고 무기를 잡은 손에 힘을 주었다.

한편 소녀는 두 손으로 얼굴을 덮고 우는 척하는 자세를 유지하며 웅얼거리는 목소리를 냈다.

"너무해, 너무해. 처음 보는 사람을 향해 마인이라니, 오빠들 인기 없지? 애초에 요즘 세상에 머리카락과 눈동자 색이 검은색이니까 마인이라니, 편견이야."

카티스는 간격을 유지한 채로 담담하게 대답했다.

"하지만 틀리진 않지. 마인은 자신의 색에 자긍심을 느끼기 때문에 색을 바꾸지 않으니까."

"흐응. ……하지만 지금은 검은색이 유행하는걸. 돈만 내면 어떤 색으로든 염색해주니까."

그렇게 말하며 소녀는 얼굴을 덮고 있던 두 손을 내리더니 비웃는 듯한 표정으로 바라보았다.

"뭐, 아무리 돈을 낸다고 해도 이렇게 예쁜 검은색은 재현하지 못하지만."

그러고는 머리카락 한 움큼을 손가락에 감았다.

"우후후, 그러니까 오빠는 '여태껏 본 적이 없을 만큼 고운 흑발에 반짝반짝 빛나는 검은 눈동자구나. 아름다워. 멋져. 대단해. ——마인인가?'라고 말하는 게 정답이었는데."

소녀는 보란 듯이 눈을 흘기고는 말없이 서 있는 세 명을 향해 생긋 웃었다.

"하지만 그렇게 물어봐도 나는 부정했겠지만. '인간이야. 마인은 전부 봉인되었잖아'라고. 그렇지?"

소녀는 두 손을 팔랑팔랑 흔든 후 자신의 머리를 꾹 눌렀다.

그렇게 해서 정수리부터 측두부에 걸친 라인을 드러냈다.

"봐봐, 뿔이 없잖아. 마인이 아니랍니다."

그 후 소녀는 카티스에게 시선을 던졌다.

"어라? 이렇게까지 말했는데 어째서 믿어주지 않는 거야? 오빠, 그 살기 위험하다고. 점점 나를 죽일 생각이 커지잖아. 에이, 산속에서 여자아이를 죽이고 싶어 하는 타입이야? 무서워라! 시체를 숲속에 묻어서 증거 은멸까지 한꺼번에 할 수 있다고 생각하는 건지도 모르지만, 아무리 산속이라고 해도 살인은 곤란하지 않을까?"

도발 같은 말을 들은 카티스는 침묵을 유지한 채 소녀를 바라보고 있었다.

얼핏 보면 평소처럼 냉정해 보이지만, 검을 쥔 손은 하얗게 변색되어 있어 무언가 격렬한 감정을 억누르고 있다는 게 보였다.

평소에는 온화한 눈동자도 상대를 죽여버릴 듯 격렬한 색을 띠고 있다.

지금 당장에라도 덤벼들 듯한 분위기를 감지한 그린과 블루는 상황을 파악하지 못했으면서도 냉정해지라고 달래듯이 말했다.

"카티스, 알고 있을 테지만 살인은 중죄야. ……그리고 확실히 부자연스러운 점도 많지만 나한테는 이 소녀가 인간으로 보여……."

"300년이나 되는 시간 동안 마인은 한 번도 모습을 드러내지 않았어. 그러니까 어지간해선 마주칠 것 같지 않은데……."

하지만 둘 다 '인간이 맞다'고 단정할 수 있는 확증은 없었기에 말을 흐렸다.

무엇보다 여태까지 본 카티스의 언동으로 그가 얼마나 우수한지 충분히 파악하고 있었기 때문에, 자신들은 감지하지 못하는 무언가를 느꼈을지도 모른다는 생각이 들었기 때문이다.

그 결과 두 사람은 카티스를 제지하지도 못하고, 무슨 일이 일어났을 때 움직일 수 있도록 긴장하며 카티스와 소녀 쌍방으로 시선을 움직였다.

한편 카티스는 마음속에 소용돌이치는 격정을 누르며 소녀를 노려보았다.

"흑발흑안에 이 마물투성이인 산에 혼자 들어온다는 점에서 마인이라고 단정하기에는 충분하다. ――오판이었다면 네놈의 무덤에 대고 사과하지."

그 말과 함께 카티스는 허리에 찬 검을 빼 들더니 그대로 소녀를 향해 휘둘렀다.

빠르고 막힘 없는 동작이었기 때문인지 소녀는 움직이지도 못하고 카티스를 바라보고 있었다.

푸욱, 살점을 가르는 소리와 함께 카티스의 검이 소녀의 왼쪽 가슴에 꽂혔다.

――순간, 소녀의 가슴에서 피보라가 흩날렸다. 그 피는 검을 찔러넣은 카티스를 더럽혔다.

소녀가 들고 있던 바구니가 데굴데굴 굴러 안에 있던 게 튀어나왔다.

""카티스!!""

그린의 눈에도, 블루의 눈에도 카티스가 저항하지 않는 소녀를 찌른 것처럼 보였다.

두 사람의 외침이 울려 퍼지는 가운데 소녀는 입에서 커헉 피를 뱉고는 크게 경련하며 고개를 하늘로 향하더니 그대로 눈을 까뒤집었다.

조용한 침묵 속에서 그린과 블루의 흐트러진 호흡 소리만이 울렸다.

몇 초 동안 소녀는 그 자세 그대로 정지해있었으나, ──갑자기 안구만 휙 돌아가며 다시 눈동자가 나타났다.

그린과 블루가 눈을 부릅뜨는 가운데 소녀는 고개를 들더니 초점이 안 맞는 눈으로 카티스를 응시했다.

"어? 진짜로 벴네. 아무리 그래도 예상하지 못했어. 와, 이거 치명상이잖아. 나 죽었네."

소녀는 연신 너무하다고 중얼거렸다.

그러고는 카티스를 매도했다.

"이야, 이만한 일을 저질러놓고도 안색 하나 바꾸지 않는 오빠야말로 인간이 아니네. 내가 마인이라는 확신이 없는데도 베다니 제정신이 아니야. 응, 인간의 마음이 없어. 인간이 아닌 거야."

소녀는 유리구슬처럼 감정이 없는 눈으로 카티스를 보고는 토해냈다.

"이 살인자."

"너는, 인간이, 아니다."

소녀의 비난을 들은 카티스는 악문 잇새로 한 마디 한 마디를 끊어 뱉듯이 말을 토했다.

가슴에 커다란 검이 박힌 소녀는 그런 카티스를 무시하듯 쳐다보았다.

"당연히 인간이거든? 뿔도 없고, 피도 붉잖아. 봐봐, 기적적으로 아직 말할 수 있지만 심장을 찔렸으니까 이제 곧 죽을 거야. 아아, 짧은 인생이었어. 미련이 철철 남네."

소녀는 가슴에 박힌 검에 시선을 주고는 마치 베개라도 되는 것처럼 머리를 올렸다.

"후우, 슬슬 지쳤어. 마지막 때가 왔나 봐. ……거기 두 오빠, 내가 이 하늘색 머리 오빠에게 죽었다는 걸 영주님에게 제대로 보고해줘. 아아, ……주마등이……."

그 말을 끝으로 소녀는 잠시 침묵했으나, 다시 입을 열었다.

"……으, 시간 걸리네. ……300년 치를 돌아보는 건 쉽지 않구나. 아차, 너무 많이 말했나. ……삐삐삐삐삐."

소녀는 새 울음소리 같은 목소리를 내더니 검에 올려두었던 머리를 벌떡 일으키고는 가슴에 꽂힌 검에 손가락질했다.

"저기, 이제 피 꽤 많이 흘렸으니까 아무리 그래도 죽었을걸. 그러니까 이 검 빼주지 않을래?"

하지만 힘을 줘서 검을 잡은 카티스가 한 마디도 대답하지 않는 걸 보고는 무언가 짐작이 간 듯 물었다.

"어라? 못 빼는 거야? 드디어 사후경직이 시작된 건가. 아아. 그렇다면 나는 완전히 죽은 거네. 네, 사망확정. 그리고 살인자

탄생.”

그러더니 소녀는 다리를 뒤로 크게 움직여 한 걸음 물러나면서 몸에서 검을 주르륵 빼냈다.

동시에 검을 든 카티스가 뒤로 훌쩍 물러났다.

마개 역할을 하던 검이 빠지자 소녀의 왼쪽 가슴에서 피가 힘차게 흘러나왔다.

하지만 그 색은 곧바로 붉은색에서 검은색으로 변화했다.

소녀가 무성의하게 한쪽 손으로 가슴께를 닦자 손바닥에 검은 액체가 흥건히 묻어났다.

그 색을 본 소녀의 입술이 씩 뒤틀렸다.

“이런, 찔리고 시간이 지나서 피가 변색했나봐. 삐삐, 삐, 새카만 피라니, 마치 인간이 아닌 것 같잖아.”

그러고는 재미있다는 듯 소리 내어 웃었다.

“삐삐, 삐, 삐, 삐, 삐, 삐, …………”

그 기묘한 웃음소리에서 불길함을 느낀 세 사람은 한 걸음 더 뒤로 물러나 간격을 벌렸다.

그 모습을 보고 소녀는 한층 더 웃었다.

“삐삐삐, 삐, 삐, 삐, 삐, 삐, 삐, 삐, 삐, 삐…………”

소녀가 웃으면서 구멍이 뚫려있던 가슴께를 콱 움켜쥐자 놀랍게도 순식간에 상처가 아물었다.

소녀는 유쾌하다는 듯 틀어막힌 가슴을 내려다보고는 손에 묻은 검은 액체를 자신의 뺨에 스윽 문질렀다.

“삐삐, 삐, 내 웃음소리는 신경 쓰지 마. 처음에 같이 살던 가족이 개새끼들이라서 3초 만에 다 죽어버렸지만, 한동안 그 집에 틀어박혀 있었거든. 인간은 전부 죽여버려서 집 안에는 개들이 기르던 새밖에 없었어. 그래서, '세 살 버릇 여든까지' 간다는 그런 느낌?"

소녀는 손에 묻은 검은 액체를 날름 핥았다.

"말을 배워야 하는 첫 시기에 같이 있던 게 새라서 웃음소리가 새 소리가 되었지 뭐야. 삐삐삐삐삐, 그래서인가? 다들 나를 '새 흉내'라고 부르더라. 안이하지?"

고개를 든 소녀의 검은자위가 커져 있었다.

흰자 부분이 거의 보이지 않게 되어, 인간의 얼굴 기분에서 크게 벗어난 모습은 위화감을 주었다.

그래서 소녀의 모습을 본 세 사람의 등에 오싹한 오한이 달렸다.

두근, 두근. 매섭게 뛰기 시작한 심장을 의식하며 그린이 금서 안에서 봤던 단어를 중얼거렸다.

"새 흉내라고? 너는, ……마왕이 봉인되었을 때 모습을 감춘 마인 중 한 명인 '2문양의 새 흉내'인가?"

소녀는 눈을 가늘게 휘고는 우유를 앞에 둔 고양이 같은 표정으로 웃었다.

"……정답. 300년 동안 모습을 드러내지 않았는데, 정확하게 불러주다니 영광이야."

마인이 자신의 존재를 긍정한 순간 그 머리 위에 흉악한 두 개의 뿔이 나타났다.

그린과 블루는 숨을 삼키며 한 걸음 뒤로 물러났다.

마인을 상대할 때의 적절한 간격을 모르기 때문에 무의식중에 행동한 결과였으나, 다르게 보자면 마인의 박력에 눌렸다고도 할 수 있었다.

흐느적거리며 서 있는 마인은 처음 나타났을 때와 마찬가지로 그 자리의 누구보다 작은 몸을 지녔는데도 별안간 질량이 바뀌어 완전히 다른 생물이 되어버린 듯한 박력이 느껴졌다.

그것은 마치 눈에는 보이지 않는 힘이 마인에게서 흘러나오기 시작한 듯한 감각이었다.

마인의 검은 머리카락은 어깨까지 내려가는 길이였는데, 어느새 허리까지 자라 있었다.

노란색이었던 옷도 마인의 검은 액체를 뒤집어썼기 때문인지 대부분 검은색으로 물들었다.

"삐삐삐삐삐, 삐, 삐, 삐, 삐, 삐…………."

기이한 분위기에 삼켜져 아무 말도 하지 않는 세 사람 앞에서 마인이 기묘한 목소리로 웃었다.

마인이 손을 들어 검은 피로 더러워진 뺨을 훔치자 그 아래에서 두 개의 문양이 나타났다.

그 문양은 각자 새의 깃털 같은 모양으로, 두 개가 나란히 그려진 모습은 한 마리의 새를 연상하게 했다.

"삐삐삐, 삐, 삐, 삐, 삐, 삐, 삐, 삐, 삐…………."

그린, 블루, 카티스 세 사람은 무기를 들고 완전한 임전태세가 되어 마인과 마주했다.

압도적인 강자를 앞에 뒀을 때의 감각이 전신에 밀려들었다. 긴장으로 손끝이 얼얼해졌다.

그린과 블루는 처음으로 마인과 대치했음에도 불구하고 감각으로 이해했다.

———한 번이라도 실수하면 이 자리에서 죽는다.

왜냐하면 이쪽을 보는 마인의 눈은 감정이 일절 비치지 않기 때문이다.

인간의 모습으로 의태했던 때의 표정과 마찬가지로, 이 마인은 인간의 감정을 이해하지 못했다.

그럴싸한 표정을 선택해서 모방하고 있을 뿐.

아마도 마인은 인간과 같은 희로애락의 감정이 없는 것이다.

따라서 감정을 이해하지 못하고 흉내밖에 낼 수 없다.

그 결과 마인은 감정에 얽매이지 않고 아무런 주저도 집착도 없이 쉽게 인간의 목숨을 거둘 수 있다.

고도의 전투능력에 더해 일절 망설이지 않는 강철 같은 정신.

———마인이 최강의 종족이라고 두려움을 사는 이유가 여기에 있었다.

마인은 웃음을 거둔 후 흰자위가 거의 없는 눈으로 세 사람을 바라보았다.

그들이 세 명 있어도 자신을 쳐다본다고 느낄 정도로 특수성을 지닌 새카만 눈으로.

"아아, 오빠가 죽이는 바람에 인간이 끝나버렸어. 하지만 그러면 여기에 있는 나는 뭐가 되는 걸까? 삐삐삐, 무언가 무서운 것으로 재탄생했나? 삐삐삐삐삐, 나를 죽여서 그래. 자업자득이야."

마인은 조금도 경계하지 않는 모습으로 한 걸음 발을 내디뎠다.

한 걸음 더.

"있지, 나는 뭘까? 밤의 어둠보다도 검은 머리카락에, 완벽한 절망을 의미하는 검은 눈동자를 지닌 나는? 머리 위에 선택받은 자임을 증명하는 뿔을 받았고, 더군다나 두 마리의 마인을 죽여서 얻은 두 개의 문양을 지닌 나는?"

그렇게 말한 마인이 얼굴 앞으로 흘러내린 자신의 검은 머리카락을 뒤로 넘겼다.

"자, 오랫동안 불리지 않았던 내 이명을 한 번 더 불러볼래? ──대답, 해줄게."

"2문양의 새 흉내."

도발하는 대로 카티스가 마인의 이름을 불렀다.

"아아, 정말 그 이름으로 불리는 건 오랜만이야! ……응? 뭐야?"

"지금부터 널 재우겠다."

"……어라?"

새 흉내가 경계하듯 눈을 가늘게 휘었다.

"죽이는 게 아니라 재운다고? ……흐응."

물어보는 듯한 말이었으나 카티스가 대답할 기색이 없다는 걸 본 새 흉내는 손가락질했다.

"그런데 후학을 위해 가르쳐줘. 어째서 날 마인이라고 생각한 거야? 자랑은 아니지만 지난 100년 동안은 누구도 의심하지 않았는데."

"…………."

카티스가 대답할 마음이 없다는 듯 입술을 꾹 다물자 그걸 본 새 흉내가 한숨을 쉬었다.

"오빠는 현명하구나. 어떤 말이 힌트가 될지 알 수 없다고 한마디도 안 하다니. 나에게 하고 싶은 말이 많을 텐데도. ……하지만 눈으로 말한다는 말이 있잖아? 그 눈, 놀라울 정도로 나를 증오하고 있어. 가족을 마인에게 살해당한 녀석들의 눈이 그런 느낌이었는데, 300년 동안 어떤 마인도 대대적으로 문제를 일으키지 않았잖아. 그렇다면 그 감정은 어디에서 온 걸까?"

"…………."

그래도 대답하지 않는 카티스를 보며 새 흉내는 칭찬을 담아 손을 흔들었다.

"삐삐삐, 이래도 입을 안 여는구나. 대단한 정신력이야. 그만큼 감정을 억누를 수 있다니 훌륭해."

하지만 새 흉내의 칭찬과는 다르게 사실 카티스는 그렇게까지 냉정하지 않은 모양이었다.

그걸 증명하듯 카티스는 떨리는 호흡을 천천히 내쉬었다.

그러고는 말없이 검을 겨누었다.

"……흐응, 싸우려고? 여기서는 도망쳐야지. 아까 가르쳐줬잖아. 내 몸에 검을 박으면 내가 조금만 근육을 조여도 연약한 오빠 따위는 빼지도 못한다는 걸. 무기를 잃어버린다고."

그래도 입을 열지 않는 카티스를 향해 새 흉내는 손을 크게 벌렸다.

"이렇게까지 말했는데도 시험하고 싶다면 해 봐. ……아, 내 몸은 조금 전의 그 약한 것과는 다르니까 참고하고."

어딜 봐도 새 흉내의 얄팍한 도발이었으나, 카티스는 말없이 마인을 향해 달려가더니 힘을 실어 검을 든 팔을 똑바로 찔러넣었다.

그 검은 정확하게 새 흉내의 심장을 노렸지만, 새 흉내가 살짝 몸을 비트는 바람에 어깨에 박혔다.

""카티스!""

설마 카티스가 도발에 응할 줄은 몰랐던 건지 그린과 블루는 놀라서 소리쳤지만, 무기를 들고 그의 좌우로 퍼졌다.

그런 세 사람의 반응을 보며 새 흉내가 웃겨서 견딜 수 없다는 듯 웃음을 터트렸다.

"삐삐삐삐삐, 오빠는 고지식하다고 해야 하나 우직하구나! 정말로 어리석은 타입이야! 나에게 생채기를 내는 대신 무기를 잃겠다니."

깔깔깔 조롱하면서 웃던 새 흉내였으나, 카티스는 아랑곳하지 않고 새 흉내의 어깨를 찌른 검을 바라보았다.

"《신체 강화》 공격력 2배!"

"……어?"

놀라서 눈을 부릅뜨는 새 흉내를 무시한 카티스는 검을 든 손에 힘을 주더니 그 몸에서 주르륵 빼냈다.

그러고는 한 번 더 검을 겨눴다.

새 흉내는 조롱하는 웃음을 순식간에 지워버리더니 처음으로 한 걸음 뒤로 물러났다.

"……흐응, 뭐야 그거. 그런 건 먼 옛날에 빨간 머리 성녀님과 함께 사라졌다고 들었는데? 진짜………… 뭐야?"

"네놈이 알 필요는 없다."

카티스가 조용한 격정을 담고 그렇게 선언한 순간── 하늘이 갈라졌다.

하늘에 별안간 검으로 그은 듯한 대각선의 선이 그려지더니, 그 선이 위아래로 벌어지며 이질적인 공간이 펼쳐지고 푸른 하늘이 나타났다.

그리고 그 안에서 커다란 날개를 펼친 검은 용이 유유히 등장했다.

하늘에서 내려오는 흑룡의 비늘이 태양을 반사하며 반짝반짝 빛났다.

천천히 착지하는 흑룡의 등에 탄 사람은 세 사람이 가장 이 자리에 있길 원하지 않던 사람이었다.

"피 님!"

"""피아!"""

그 때문에 흑룡에서 훌쩍 뛰어내린 붉은 머리카락의 소녀를 바라보는 표정에도, 그 이름을 부르는 목소리에도, ──셋 모두 고통스러운 울림이 섞여 있었다.

40 2문양의 새 흉내

자빌리아가 내려선 곳은 카티스 단장님 일행의 후방 20미터 정도 떨어진 장소였다.

마인이 나타났다고 들었을 때부터 맹렬하게 뛰기 시작한 심장을 옷 위로 누르며 재빠르게 주위를 둘러보았다.

시선 끝에 검은 머리카락의 소녀와 마주 보는 카티스 단장님과 그 후방에서 대기하는 그린, 블루가 보였다.

세 사람 모두 제대로 서 있고, 다친 듯한 모습은 보이지 않았기에 안도하면서 멈췄던 숨을 내쉬었다.

……아아, 다행이다. 마인을 만났다고 듣고 크게 다친 게 아닌지 걱정했는데 무사하구나.

허둥지둥 달려가자 가까워질수록 소녀――처럼 보이던 것의 모습을 뚜렷하게 확인할 수 있었다.

그러자 안정을 찾아가던 심장이 다시 쿵쿵 속도를 올리며 뛰기 시작했다.

마인――……?

7할의 확신과 3할의 위화감을 느끼며 카티스 단장님 근처까지 달려간 나는 그의 옆에서 발을 멈췄다.

전방 5미터 정도 되는 거리에 선 마인인 듯한 존재에 시선을 고정한 뒤 말없이 그 모습을 응시했다.

"……………."

머리에 두 개의 뿔이 났고, 흰자위가 거의 보이지 않는 눈으로 이쪽을 빤히 바라보는 용모는 전형적인 마인의 모습이었으나, ──그 표정과 입고 있는 옷에서 위화감을 느꼈다.

마인은 보자마자 바로 마인임을 알 수 있는── 표정 없는 수려한 미모에 독특한 문양이 들어간 검은색 옷을 입었다.

나는 전생의 기억 속에서 마인에 대한 정보를 필사적으로 긁어모았다.

마인은 인간과는 완전히 다른 존재다.

그렇기에 외모적인 특징이 인간과 흡사하다고 해도 바로 마인임을 간파할 수 있었다.

하지만 눈앞의 마인은 마인 특유의 얼어붙은 듯한 무표정이 아니라, 입꼬리를 올리며 미소 같은 걸 짓고 있었다.

옷도 얼핏 검은색으로 보이지만 군데군데 원래의 색이었을 노란색이 보였다.

……머리에 난 뿔만 없다면 마치 인간처럼 보이기도 하는 모습이었다.

눈앞의 존재를 어떻게 생각해야 하는지 알 수 없어 입술을 꾹 깨물자, 즐거워하는 목소리가 날아왔다.

"저런, 확실히 여기가 흑룡의 서식지라지만 흑룡이 나 한 명을 환영하려고 공간을 이동해 오다니 굉장한데. 삐삐삐, 나를 정중하게 환대해주려는 거야?"

"……!"

그 말을 들은 순간 깨물고 있던 입술 틈새에서 소리 없는 신음이 새어 나오며 정체를 알 수 없는 소름이 등을 타고 올라왔다.

공포와 경악으로 한계까지 눈을 부릅뜬 내 입술에서 떨리는 말이 굴러떨어졌다.

"………말, 했어."

내 말을 들은 마인은 불만어린 표정을 지었다.

"싫다, 날 얼마나 머리가 나쁘다고 생각하는 거야? 당연히 인간의 말 같은 건 쉽게 흉내 낼 수 있지."

하지만, 하지만, 하지만!

마인은 자신들의 최상위 생물이라고 믿기 때문에 어지간한 일이 아니고서야 그들의 언어 외의 다른 말은 사용하지 않을 터인데.

적어도 눈앞의 마인처럼 의미가 있는 내용을 우리의 언어를 써서 말하는 건 말도 안 된다.

눈앞의 상황에 이해력이 따라잡지 못해 눈을 부릅뜬 채 응시하자, 마인은 생각에 잠기듯 한쪽 손을 들어 이마를 짚었다.

그 동작마저 인간을 모방한 것 같아, 마인은 이렇게 행동하지 않는다는 생각이 강해졌다.

"아, 그러고 보면 마지막으로 모습을 보였던 300년 전에는 다들 인간의 말을 거의 쓰지 않았던가? 그래, 그렇구나. 그래서 마인은 마인의 말만 쓸 수 있다고 믿고 있었나 봐."

마인은 이해했다는 듯 고개를 주억거린 후 웅얼웅얼 무슨 말을 중얼거렸다.

"……뭐, 종족으로서 방향 전환이지…… 명령이라고 할까……."

그러더니 기분을 전환하려는 듯 손을 팔랑팔랑 내저은 후 흥미롭다는 얼굴로 나에게 시선을 맞추었다.

"삐삐삐, 훌륭한 붉은 머리야. 이렇게 선명한 빨간색은 처음 봤어. 마치, ……300년 전의 왕녀님 같은걸?"

그렇게 말하며 내 붉은 머리카락을 빤히 바라본다.

"……게, …………한, 행복한 왕녀님."

마인은 알아듣지 못할 만큼 작은 목소리로 중얼거린 후 입술을 일그러트렸다.

"뭐, 어쨌거나 전원 여기서 이별이야. 내 모습을 본 자를 그대로 돌려보낼 수는 없거든. 없었던 일로 만들어야지."

그렇게 말하더니 눈앞의 마인은 마치 인간처럼 씩 웃었다.

아니, 웃는 것처럼 보이는 표정을 만들었다—— 하지만 눈은 웃지 않아 얼어붙은 듯한 빛을 띠고 있었다.

……300년은 길다.

성녀의 회복 마법이 열화한 것처럼, 정령이 모습을 보이지 않게 된 것처럼, 크게 변화한 것이 많이 있다.

그리고 그 변화는 마인에게도 나타났다.

애초에 마인은 인간을 피해 깊은 숲이나 높은 산에 성을 짓고 살았는데, 눈앞의 마인은 인간을 피하는 것처럼 보이지 않았다.

왜냐하면 이렇게까지 인간과 흡사한 언동을 모방할 수 있으니까.

이 개체가 특별한 건지.

아니면 남은 마인 중 일부는—— 혹은 전부가 인간들 사이에 섞여 있는 건지.

"……설마 그럴 리 없어. 완전히 다른 생물인걸. 가까이 있는데 눈치채지 못할 리가 없지."

문득 정신을 차리자 옆에 와 있었던 것만 같은 공포를 느끼는 바람에 그 두려움을 털어내고자 목소리를 냈다.

그 후 진정하기 위해 눈을 감은 다음 일, 이, 삼, 하고 마음속으로 수를 세며 깊게 숨을 내쉬었다.

그리고 천천히 눈을 뜬 뒤 쓰러뜨려야 할 자라고 생각하며 다시 마인을 쳐다봤다.

뿔이 돋아난 이형의 모습을.

인간을 모방하는 것 같지만 온전히 모방하진 않은, 냉혹함이 드러난 마인의 모습을.

……역시 무서워.

눈앞에 있는 마인은 '마왕의 오른팔'이 아닌 다른 마인이고, 힘도 능력도 다르다는 건 알지만 머리부터 발끝까지 마비된 듯한 감각이 퍼진다.

말없이 내 안의 감정과 싸우고 있자, 일촉즉발의 사태임에도 불구하고 카티스 단장님이 검을 들지 않은 쪽 손으로 내 손을 꽉 붙잡았다.

"피 님, 괜찮으시다면 물러나 계십시오. 이 '새 흉내'는 기껏해야 2문양의 마인입니다. 당신의 손을 번거롭게 할 필요도 없습니다."

카티스 단장님이 손을 잡자 그 손의 온도를 의식한 덕분에 내 손이 긴장으로 차가워졌다는 걸 깨달았다.

……아아, 역시 몸이 공포를 기억해서 평소와 같은 상태를 유지하지 못하는 거야.

이 상태에서 나는 이 세 사람과 자빌리아를 지킬 수 있을까.

불안을 가늠하지 못해 무심코 카티스 단장님에게 말했다.

"그, 렇다면, ……여기선 도망치자. 봉인할 '상자'도 없고 반드시 지금 싸워야만 하는 것도 아니야."

이 마인은 내가 성녀라는 걸 모른다.

그러니 여기서 도망친다고 해도 큰 문제는 없을 것이다.

그렇게 생각하는 나에게 카티스 단장님은 명백한 반대의견을 던졌다.

"……죄송하지만 저는 과거에, 앞으로 마인을 보면 한 명도 남김없이 봉인하겠다고 맹세했습니다. 저는 제 맹세를 깰 수는 없습니다."

——카티스 단장님의 방침은 기본적으로 틀리지 않았다.

마인은 다들 호전적이고 지능이 높다.

자신의 성을 구축하고 많은 마물을 거느리며 제 욕망대로 행동하기 때문에, 개체에 따라서는 인간에게 막대한 피해를 준다.

혹은 마인은 변덕스럽고 충동적이기에 사소한 일이 계기가 되어 여태까지 무해했던 마인이 갑자기 인간에게 해를 끼치기 시작하기도 한다.

그러니 보면 바로 봉인하는 게 정답이긴 하지만, ——그건 승산이 충분할 때다.

그렇지 않으면 이쪽이 큰 피해를 입는데다 마인이 성녀와 어떻게 싸워야 하는지 경험하며 학습하게 된다.

게다가 마인과 마주치리라고는 생각지도 못했으니까, ──상정도 하지 않았으니까 애초에 봉인하기 위한 '상자'가 수중에 없었다.

그걸 이해하지 못한 카티스 단장님이 아닐 텐데도 전혀 물러날 기색이 없는 걸 보면, 냉정해 보이지만 실제로는 머리에 피가 거꾸로 치솟은 상태인 건지도 모른다.

그래서 그가 떠올릴 수 있도록 말을 이었다.

"카티스, 최근 일은 모르지만 여태까지의 생태로 보아 마인은 각자 따로 살면서 서로와 교류는 하지 않을 거야. 그러니 봉인해 버리면 이 마인이 사라진 걸 다른 마인은 눈치채지 못하겠지. 하지만 쓰러트리면…… 그 순간 모든 마인이 이 마인의 소멸을 눈치채."

그리고 그로 인해 마인을 쓰러트릴 수 있을 정도로 강한 존재가 있다는 걸 알려주는 사태가 일어나는 건 카티스 단장님도 피하고 싶을 것이다.

그렇게 생각하며 올려다보자 카티스 단장님은 내 손을 잡고 있던 손가락에 한순간 힘을 준 후 스윽 놓았다.

"피 님, 그 건에 관해서는 문제없습니다."

카티스 단장님의 진의를 확인하려고 그의 모습을 확인하자 카

티스 단장님은 평소와 같은 표정으로 고개를 끄덕였다.

어쩌면 카티스 단장님은 냉정함을 잃은 건지도 모른다고 걱정했는데, 아무래도 기우였던 모양이다.

그리고 그가 문제없다고 대답했다면 실제로도 문제가 없을 테니 이해했다는 뜻으로 고개를 끄덕였다.

마인은 인간의 말을 알아듣는다.

그 때문에 생각을 읽히지 않기 위해서도 카티스 단장님도 나도 이 이상 발언하는 건 자제해야 한다고 생각했다.

나는 몇 걸음 뒤로 물러나 떨리는 두 손을 바라보았다.

——내가 무엇을 할 수 있을까 생각하며.

그러는 동안 카티스 단장님은 검을 거머쥐더니 조금도 주저하지 않는 태도로 마인을 향했다.

카티스 단장님의 좌우에는 무기를 든 그린과 블루가 마찬가지로 마인을 향해 걸었다.

마인은 호전적인 표정으로 중앙에 선 카티스 단장님을 바라보더니 입꼬리를 씩 끌어올렸다.

동시에 마인의 긴 머리카락 끄트머리가 마치 살아있는 것처럼 쑤욱 올라갔다.

마인의 머리카락이 몇 개의 다발로 갈라지더니 카티스 단장님을 찔러버릴 듯 뻗어나갔다.

——마인은 몸의 일부를 무기로 바꿀 수 있다.

머리카락, 팔 등 마인에 따라 부위가 달라지지만 어쨌거나 검이나 도끼보다 단단하다.

따라서 막으려고 무기로 받았다간 보통 무기가 부러진다.

하지만── 카티스 단장님의 검은 그 공격을 전부 쳐내며 마인의 머리카락을 튕겨냈다.

쾅, 쾅. 무거운 것을 튕겨낼 때의 중후한 소리가 울렸다.

그 소리를 들은 순간 ──카티스 단장님이 검을 들고 마인과 싸우는 모습을 본 순간── 머릿속이 스윽 차가워지는 듯한 감각이 밀려들었다.

──나는 대체 뭘 하고 있는 걸까.

목에 검 끝이 닿은 듯한, 서늘한 감각과 함께 생각했다.

기사를 돕지도 않고 전장 한복판에 우두커니 서 있다니, ……이러고도 나는 성녀인 걸까.

내가 얼어있는 사이에 카티스 단장님은 다칠지도 모른다.

그 부상 때문에 마인에게 두려움을 느끼고 발이 움츠러들기 시작할지도 모른다.

기사가 그런 경험을 겪게 두는 건 성녀로서 절대 저지르면 안 되는 일인데.

나는 입술을 꽉 깨문 뒤 마인과 싸우는 카티스 단장님을 쳐다봤다.

그가 마인의 머리카락을 튕겨낸 것만 봐도 알 수 있었다── 카티스 단장님은 스스로 신체강화술을 걸었다.

저렇게 훌륭한 기사에게 나는 성녀로서 조력하지 않을 생각인 걸까.

마음속으로 자신을 질타한 후 나는 '2문양의 새 흉내'를 똑바로 바라보았다.

키가 작은 여성형으로, 인간과 흡사한 표정을 짓는 마인의 모습을.

……봐, '마왕의 오른팔'과는 다른 마인이야.

그 마인은 더 컸고, 그 얼굴에는 감정이 드러나지 않았으니까.

그렇게 생각한 순간 몸의 떨림이 뚝 잦아들었다.

같은 타이밍에 불현듯 공기를 토해내는 듯한 희미한 소리가 바로 뒤에서 들렸다.

그 소리가 자빌리아의 한숨이라는 걸 이해한 나는 가슴이 따뜻해졌다.

"……걱정해줘서 고마워, 자빌리아. 괜찮아졌어."

돌아보지 않고 앞을 바라본 채 작은 목소리로 인사했다.

나와 이어져 있기 때문에 얻은 능력인 건지 자빌리아는 내가 혼란스러워한다는 걸 파악한 것 같다.

그리고 나를 지키기 위해 바로 뒤에 있어 준 것이다.

——정말로 멋진 동료들이다.

카티스 단장님은 나에게 부담을 주지 않으려고 내 손을 번거롭게 할 필요도 없다고 하고선 주저 없이 홀로 마인에게 덤볐고, 그린과 블루는 상대의 역량을 알지 못함에도 카티스 단장님을 보조하려고 움직였다.

그리고 자빌리아는 내 마음을 존중해서 자유롭게 두면서도 묵묵히 수호해주고 있었다.

나는 천천히 숨을 내뱉었다.

마음이 차분해지자 내가 얼마나 동요했었으며 평소처럼 행동하지 못한 건지 알 수 있었다.

카티스 단장님을 본 순간 적과의 거리를 가늠하지도 않고 부리나케 다가간 것이 가장 대표적인 케이스다.

"괜찮아, 피아. 무슨 일이 일어나도 내가 있어. 주인을 지키는 게 내 역할이니까. 그리고 만약 내 차례가 없다면 피아는 내 막대한 마력을 마음대로 쓸 수 있어."

"고마워, 자빌리아."

……멋진 용이라니까.

자신의 손으로 마인을 봉인하고 싶다는 카티스 단장님을 존중해서 움직이지 않고 상황을 지켜보려는 것이다.

나는 그들의 성실함에 올바르게 부응해야만 한다.

……자, 성녀의 역할은?

나는 마인을 똑바로 바라본 뒤 한쪽 손을 슥 들어 올렸다.

◇ ◇ ◇

——마인과 대치하는 긴장감 속에서 나는 전생과의 차이를 씁쓸히 떠올렸다.

전생에서 마인과 싸울 때는 반드시 정령이 힘을 빌려주었는데, 그 애는 이제 없구나.

아니면 옛날처럼 이름을 부르면 다시 내 앞에 나타나 줄까.

'마왕의 오른팔'이 성녀의 존재를 알아채지 못하게 숨겨야 하니 정령을 부르지 못한다는 걸 알면서도 그런 무의미한 걸 상상했다.
그리고 주문 대신 들어 올린 한쪽 손을 입술에 대고 마인과 전투할 때면 반드시 입에 담았던 정령의 이름을 마음속으로 중얼거렸다.
……《세 · 》, 나에게 힘을 빌려줘.
그러자 마음속이 따뜻한 기분으로 가득 차올랐다.
그 따뜻함은 전생에서 내 정령이 주었던 수많은 추억 덕분임을 이해한 나는 마음속으로 정령에게 인사했다.
그 후 마음을 다잡기 위해 새 흉내와 카티스 단장님, 그린, 블루에게 시선을 옮겼다.
카티스 단장님의 유도 덕분에 새 흉내를 포위하는 듯한 포진을 이룬 세 사람은 연계하며 공격을 막고 있었다.
카티스 단장님과 마찬가지로 그린과 블루도 마인의 머리카락을 튕겨내고 있었기에 놀라서 쳐다보자, 그들이 든 무기가 쉽게 볼 수 없을 만큼 품질이 좋고 마법 부여가 걸려있는 무기임을 알아챘다.
……와, 굉장한데. 저 수준의 무기는 왕족이나 귀족이라고 해도 좀처럼 입수할 수 없을 텐데, 둘 다 대단한 무기를 갖고 있잖아.
그렇게 놀라며 새 흉내에게 시선을 옮겼다.
그러자 마인은 여유로운 표정으로 세 방향에서 들어오는 공격을 전부 막고 있었다.
심지어 새 흉내는 방어하는 사이사이 공격을 날려 카티스 단장님의 팔에, 그린의 이마에, 블루의 두 다리에 상처를 냈다.

시야 가득 붉은 피가 튀자 순간적으로 회복 마법을 발동할 뻔했지만, 입술을 깨물고 참았다.

……아직 안 돼.

새 흉내는 성녀가 있다는 걸 눈치채지 못했으니까, 이 타이밍에서 성녀임을 밝혔다간 전투방식을 바꿔서 싸움이 길어질 뿐이다.

그리고 내 역할은 최소한의 희생으로 전투를 끝내는 것이니 여기서 움직이는 건 성급한 판단이다.

내가 전생에 왜 죽었는지 아는 카티스 단장님은 마인과 싸우지 않게 하려고 내 도움 없이 새 흉내를 쓰러트리겠다 선언했지만, 상대는 문양을 지닌 마인이다.

회복 마법 없이 상대를 몰아세워 봉인하는 건 거의 불가능하고, 설령 성공했다고 해도 카티스 단장님은 심하게 다칠 것이다.

그걸 알면서도 그는 나를 배려한 것이다.

그런 충성스러운 카티스 단장님에게 내가 해줄 수 있는 최선은 약간의 실수도 없이 정확하게 마인을 몰아넣는 것이다.

그렇게 스스로를 타이른 뒤 우선은 상대의 힘을 가늠하려고 마인을 주시했다.

"……새 흉내의 생명력은 12,200, 잔존 생명력은 100%. ……강해."

나는 두 손을 꽉 움켜쥔 뒤 머릿속에서 도출된 수치를 중얼거렸다.

일반적으로 강하다고 불리는 A랭크 마물의 생명력은 1,000 정도다.

A랭크 위에는 S랭크 마물이 존재하지만, 그와 동급인 게 문양이 없는 마인이다.

'S랭크 마물'과 '문양이 없는 마인'은 그보다 하위의 마물과는 선을 그을 만큼 강한데, ――상대의 대략적인 강함을 랭크로 가늠할 수 있는 게 이 수준까지다.

왜냐하면 S랭크보다 더 위, ――'SS랭크 마물'과 '문양을 지닌 마인'은 저력을 알 수 없는 존재니까.

그들은 '규격 외'라는 분류로 묶이며, 그 분류에는 하한치만이 존재한다.

그 때문에 얼마든지 흉악한 괴물이 존재한다.

혹은 괴물만 존재한다고 해야 할까.

카티스 단장님은 강하다.

그린도 블루도 틀림없이 강하다.

그래도 종족 상 타고난 육체의 차이나 수명의 차이로 인해 발생하는 경험치에 기반한 교활함이나 전투능력의 차이는 쉽게 메울 수 있는 게 아니다.

――문양을 지닌 마인은 생물로서의 수준이 완전히 다르다.

육체적으로도 능력적으로도 탁월한데다 특수한 구조를 지니고 있어 지식이 없다면 쓰러트리는 게 어렵기 때문이다.

거기에 문양을 지닌 마인은 각자 구조가 다르기 때문에 우선은 냉정하게 상대의 특징을 간파할 필요가 있다.

새 흉내가 카티스 단장님과 그린, 블루를 얕잡아보는 것도 그 우위성을 자각하고 있기 때문일 것이다.

실제로 특출나게 강인한 마인의 육체 때문에 세 사람은 고전하는 것처럼 보였다.

셋 다 파고드는 기세도 좋고, 무기에 실린 힘의 이동도 스무스해서 보유한 모든 능력을 공격력으로 변환하고 있는데도 새 흉내에게는 상처가 생기지 않는다.

카티스 단장님은 육체를 강화해서, 그린과 블루는 마법을 부여한 무기를 사용해서 힘을 끌어올렸으나 새 흉내의 방어력이 더 높았다.

반대로 파고들지도 않고 그 자리에서 거의 움직이지 않는 새 흉내의 공격이 세 사람에게 타격을 주고 있다.

그 사실에 그린이 짜증 섞인 목소리로 외쳤다.

"하! 놀랄 정도로 딱딱하잖아! 이렇게 전력으로 공격해도 상처 하나 나지 않다니, 무시무시하네."

그린의 말대로 혼신의 힘을 실어 내리그은 참격은 새 흉내의 몸에 닿기 전에 그녀의 머리카락에 가로막혔다.

카티스 단장님이 새 흉내의 공격을 피하며 그린을 향해 냉정하게 대꾸했다.

"무기가 부러지지 않고 몸째로 날려가지 않는 것만으로도 대단한 거다."

"아니, 그거 칭찬이 아니거든! 알면서 한 말이겠지만, 무기 덕분이니까! 가문을 이어받으면서, 간신히 반출할 수 있게 된 '초황금시대'의 물건을! 보물창고에서 가지고 나온! 덕분! 이니까!"

새 흉내의 연속 공격을 받던 블루가 얼굴을 찡그리며 소리쳤다.

나는 그런 세 사람을 바라보며 두 손을 꽉 쥐었다.

……카티스 단장님의 말대로 그린과 블루는 대단해.

카티스 단장님에게는 마인와 전투해본 경험이 있는 데다 싸울 이유도 있다.

하지만 그린과 블루가 마인을 마주친 건 우연인데다 싸울 이유도 없는데, 아득히 격 위에 있는 미지의 존재임을 이해하면서도 두려워하지 않고 맞서 싸우다니.

……아니, 생각났어. 이 두 사람은 처음 만났을 때부터 그랬지.

처음 같이 싸웠던 마물도 격 위의 존재였지만, 레드를 포함한 삼 형제가 힘을 모아 쓰러트렸잖아.

원래 용감한 형제들이었단 생각을 하고 있을 때, 불현듯 새 흉내의 웃음소리가 들렸다.

"삐삐삐삐삐, 인간치고는 움직임이 나쁘지 않네. ……하지만 나에게 상처를 주진 못하는 모양이니 여기가 한계인가 봐. 공격을 막는 걸 보고 놀랐지만, 뭐 300년에 세 명 정도는 조금 강한 녀석이 있다고 이해하기로 할게."

새 흉내는 자유자재로 움직이던 머리카락을 뚝 멈추더니 카티스 단장님을 향해 고개를 돌렸다.

"생각하는 게 귀찮아졌어. 거기 오빠는 마인에 대해 조금 잘 아는 것 같지만, 왜 알고 있는지 물어봐도 대답해줄 것 같지 않고. 아니, 대답하면 내용을 검증해야 하니까 더 귀찮아지나. ……삐삐삐삐삐, 그럼 끝내기로 할까——."

새 흉내는 그렇게 말하며 상반신을 접었다.

그러자 등이 불룩하게 부풀어 오르더니 견갑골 부분의 옷이 찢어지면서 두 장의 커다란 날개가 나타났다.

새 흉내는 힐끗 시선을 올리고는 득의양양한 표정으로 세 사람을 바라보며 날개를 크게 펼치려했다.

그 순간, 아주 잠깐이긴 하나 새 흉내의 공격이 멈췄다.

———지금이야!

나는 새 흉내를 향해 주저 없이 달려가는 카티스 단장님, 그린, 블루 세 사람을 대상으로 주문을 외웠다.

"《신체 강화》 공격력 2배! 속도 2배!"

그러자 재빠르게 파고든 카티스 단장님이 힘이 배가된 순간 검을 휘둘러 새 흉내의 등에 돋아난 날개 한쪽의 날갯죽지를 잘라냈다.

"어?"

무슨 일이 일어난 건지 이해하지 못하고 얼빠진 소리를 낸 새 흉내의 반대편으로 이동한 그린이 남은 날개의 날갯죽지를 잘라냈다.

"……어?"

상정하지 못한 사태에 여전히 무슨 일이 일어났는지 파악하지 못한 듯한 새 흉내였으나, 무의식중에 방어하려는 건지 그 머리카락이 다시 솟구치면서 위협하기 위해 수평으로 쭉 뻗었다.

그러고는 한 박자 늦게 사태를 파악한 듯 새 흉내가 경악하며 소리쳤다.

"내…… 날개가아아아아아아?!!"

잘린 날갯죽지에서 검은 액체가 꿀럭꿀럭 흘러내리며 새 날개의 발치에 웅덩이를 만들었다.

그런 마인에게 시선을 고정한 채 나는 세 명을 향해 외쳤다.

"주목! 마인의 급소는 잘라낸 날갯죽지 부분이야!"

카티스 단장님은 이미 아는 정보지만── 문양을 지닌 마인은 문양이 없는 마인과 다르게 여러 개의 심장을 지녔다.

그리고 문양을 지닌 마인의 심장 개수는 문양의 수와 일치한다.

심장이 있는 장소는 마인에 따라 다르지만, 대부분 가장 힘이 필요한 장소에 파묻혀 있다.

즉, 많은 마인은 변태하기 때문에 그 변형되는 부위 근처에 심장이 존재한다. 날개가 달린 새 흉내라면 그 날개가 몸에 붙은 부분에 심장이 있을 터이다.

하지만 그건 마인에게 무엇보다 중요한 비밀이기 때문에 절대로 새어 나가지 않도록 만전의 주의를 기울이며 은닉하고 있다.

그것을 증명하듯 내 말을 들은 순간 새 흉내의 전신에서 살기가 확 솟구쳤다.

"너! 어디서 그걸!!"

그 말과 동시에 새 흉내의 머리카락이 좌르르 흩어지며 급소를 감싸기 위해 등 전체를 덮었다.

그러는 사이 나는 회복 마법을 발동시켜 세 사람의 상처를 흔적도 없이 깨끗하게 치유했다.

"피아, 너 진짜 매번 대단해! 어떻게 해야 한순간에 모든 상처를 치유할 수 있는 거야? 그리고 어떻게 해야 내 힘을 증폭시킬 수 있는 거야? 구조를 전혀 모르겠어!"

상처가 사라진 부위를 보며 그린이 감탄한 듯 중얼거렸다.

"형, 여신님이니까 우리가 이해할 수 있다고 생각하는 게 불경한 거야!"

블루는 지나치게 고양된 건지 형을 향해 알쏭달쏭한 대답을 했다.

그런 두 사람 사이에 선 카티스 단장님은 조용히 검을 거머쥐었다.

"피 님, 조력에 감사합니다."

카티스 단장님은 몸에 힘이 너무 들어간 걸까.

여유가 전혀 없는 카티스 단장님의 표정을 보며 마음속으로 그렇게 중얼거렸다.

마치 개인적인 원한이라도 있는 것처럼 새 흉내를 노려보고 있는데, 아마도 카티스 단장님과 이 마인은 처음 만났을 것이다.

그런데도 이렇게까지 증오하듯 새 흉내를 노려보는 건 전생에서 나를 지키지 못했다는 걸 후회하며 마인 전반에 적개심을 불태우고 있기 때문인 게 아닐까.

전생에서 마왕과 대치했을 때 카티스 단장님은 마왕성에 없었으니 책임을 느낄 필요도 없는데, 충성스러운 카티스 단장님답기도 하고 미안하기도 했다.

그런 카티스 단장님에게 보답하기 위해서도 최대한 힘을 보태기 위해 마인에게 시선을 옮겼다.

새 흉내는 두 다리로 땅을 딛고 두 팔을 앞으로 쭉 내민 듯한 자세로 자신을 포위한 세 사람을 노려보고 있었다.

하지만 내 시선을 알아차린 건지 새 흉내는 재빠르게 머리를 돌려 증오에 찬 표정으로 나를 노려보았다.

"빨간 머리, 너는 뭐냐?! 왜 잃어버린 마법을 쓸 수 있지?"

……지극히 당연한 질문이다.

전생엔 많은 성녀가 있었으나 신체 강화나 방어마법을 쓸 수 있는 건 나뿐이었기 때문에, 대성녀가 죽으면서 다들 전부 사라져버렸다고 생각할 터이다.

그런데 사라진 마법을 연달아 구사하는 나를 보면 의문을 느끼는 것도 당연하다.

뭐라고 대답해야 할지 고민하는 사이에 카티스 단장님이 얼음 같은 목소리로 새 흉내의 질문을 쳐냈다.

"무례하군! 마인 따위가 말을 붙여도 되는 상대가 아니다. 자중하도록."

……아, 그래. 물어본다고 꼭 대답해야 하는 건 아니지.

위험했다. 괜한 소릴 해버릴 뻔했다고 반성하는 사이에 카티스 단장님이 검을 겨누며 새 흉내를 향해 짓쳐 드는 게 보였다.

새 흉내는 조금 전과 마찬가지로 머리카락 다발을 움직여 카티스 단장님의 공격을 막으려 했지만, 캉 하는 날카로운 소리와 함께 그 머리카락이 잘려나갔다.

"무슨?!"

새 흉내가 놀란 듯 카티스 단장님을 쳐다보았으나 그는 무표정인 채 검을 옆으로 휘둘러 또 다른 머리카락 다발을 잘랐다.

그 실행력과 날카로운 검기에 감탄했다.

……사실 성녀의 전투 난이도는 적의 강함보다 동료의 전투 능력에 더 크게 좌우된다.

공격수가 어수룩하면 생각지도 못한 방식으로 움직여서 적의 공격에 휘말리기 때문이다.

하지만 그 점에서 카티스 단장님은 아주 싸우기 편한 동료였다.

왜냐하면 전생에서 호위 기사였던 그는 내가 참전한 전투에 거의 다 같이 참전했으니, 이보다 더 호흡을 맞추기 쉬운 상대는 또 없다.

……아니, 딱 한 명 있긴 하지만 애초에 그는 너무 강하니까 논외고.

은발에 은백색 눈을 지닌 전생의 근위기사단장을 떠올린 나는 그런 얼토당토않은 기사는 참고할 수 없다며 고개를 저어 그 모습을 쫓아냈다.

그 후 눈앞에 잇는 전투에 집중했다.

새 흉내의 날개를 자르는 건 성공했지만, 그래도 이 마인이 무시무시하게 강하다는 건 틀림없다.

그것을 증명하듯 날린 머리카락의 절반은 이미 재생했고, 머리카락 외의 부위에는 상처가 거의 없었다.

카티스 단장님은 물론이고 그린과 블루도 명백하게 일류 공격수이니 상대가 문양을 지닌 마인이 아니었다면 당장에라도 결판

이 났을 텐데, 이번만큼은 상대가 나빴다.

왜냐하면 문양을 지닌 마인은 애초에 세 명이서 쓰러트릴 수 있는 상대가 아니기 때문이다.

그런데도 셋 다 전혀 위축되지 않고 냉정하게 새 흉내의 생명력을 조금씩 깎아냈다.

신중하게 새 흉내의 공격을 막고, 빈틈을 봐서 무겁고 날카로운 일격을 꽂는다.

"……정말 강해."

나는 감탄하며 싸우는 세 사람을 바라보았다.

목숨이 걸린 이 국면에서 물러나지 않는 용기, 냉정하게 상황을 판단할 수 있는 통찰력, 뛰어난 공격 기량, 모든 게 하이 클래스다.

하지만, ——그래도 새 흉내에게 결정타를 넣기 위한 하나가 부족했다.

그리고 그걸 이해하고 있기에 조급해진 건지, 아니면 피로가 누적된 건지 그린과 블루에게서 실수가 나오기 시작하자 새 흉내의 공격이 들어오기 시작했다.

물론 두 사람에게 생긴 상처는 내가 바로 치유했지만, 그리 좋지 않은 상황이다.

여기서 버티지 못한다면 차이가 벌어질 뿐이니까.

그리고 오랜 시간을 산 마인이 그 기회를 놓칠 리 없다. 새 흉내는 두 팔을 검처럼 딱딱하게 만든 뒤 파고들어 그린의 옆구리와 블루의 허벅지에 큰 상처를 입혔다.

두 사람의 몸에서 선혈이 튀었다.

"회복!"

즉각 치유했으나, 몸을 파헤쳐지는 감각은 지울 수 없기에 정신적인 대미지가 두 사람에게 쌓여간다.

그리고 공격이 들어올 때마다 그 피로는 축적되는 모양이었다.

반면 새 흉내는 전혀 지친 기색 없이, 전투를 개시했을 때와 같은 속도로 공격을 이어갔다.

그 표정은 승리를 예감한 것 같기도 했고 여유가 있는 것 같기도 했다.

——새 흉내가 보이는 절대적인 자신감의 이유는 속성에서 오는 이점일 것이다.

마물은 각자 흙이나 물 등 속성을 지니고 있으며 그 속성에 영향을 받는데, 마인은 다들 암속성이다.

이 암속성이 골칫거리인 게, 광속성에는 극단적으로 약하지만 그 외의 속성을 상대로는 더 강하다.

그렇기에 세 사람의 공격이 약해져서 대미지가 별로 들어가지 않는다.

이 상황을 타개하려면 마인의 속성 효과를 내리면 된다. ……다만 싸우는 상대의 속성 효과를 낮추는 건 가능해도 암속성만큼은 테크닉이 필요하다.

상대가 대량의 마력을 사용한 순간—— 예를 들어 커다란 기술을 발동시키려고 하는 순간에 맞추지 않으면 효과가 잘 내려가지 않는다.

……난감하네.

어그로는 잘 못 하는데……. 하지만 달리 인원이 없으니까 어쩔 수 없다고 포기한 나는 한 손을 슥 들어 올렸다.

요컨대 빈틈이 있다고 생각하게 만들면 된다.

"어라라?! 손을 들었더니 어째서인지 손이 나무에 걸려서——, 넘어졌다!!"

큰 목소리로 설명하며 앞으로 굴렀다.

그러자 그린과 블루의 당황한 목소리가 들렸다.

""……피아?""

공격하는 소리가 멈췄길래 땅바닥에 처박았던 얼굴을 살짝 들어 확인하자 새 흉내에게서 거리를 벌린 그린과 블루가 당혹스러워하는 얼굴로 이쪽을 보고 있었다.

카티스 단장님을 확인할 용기는 없었지만, 빤히 쳐다보는 듯한 강렬한 시선의 압박감이 느껴졌다.

뒤에서는 기가 막힌 듯한 자빌리아의 한숨이 들렸다.

……역시나.

혼신의 연기였지만 누구 한 명 놀라지 않는 걸 보니 내가 일부러 넘어졌다는 걸 알아챈 모양이다.

으음, 평소엔 내 연기도 나쁘지 않지만, 이번엔 어그로를 끌어야 한다는 생각에 괜히 힘이 들어가서 조금 연기가 딱딱해져 버렸나 봐.

하지만 아군은 연기라는 걸 간파했어도 인간을 잘 이해하지 못하는 마인에게는 연기라는 걸 모를 테니까 틀림없이 낚일 거라고 믿고 땅바닥에 쓰러진 자세를 유지했다.

아니나 다를까 이상한 마법을 잇달아 날리던 내가 바닥으로 쓰러지고 세 사람이 새 흉내에게서 거리를 벌린 덕분에 마인은 시간적 여유가 생겼다고 판단한 모양이었다.

내 노림수대로 마인은 재빠르게 허리를 굽히더니 그 등에서 다시 날개를 꺼내려 했다.

마인의 등에서 날개의 일부가 비집고 나온 순간, 나는 엎드려 있던 땅바닥에서 벌떡 일어나 득의양양하게 입을 열었다.

"걸렸구나, 마인! 넘어진 건 연기였습니다!!"

""어?!""

그린과 블루가 내 연기를 마인이 믿은 줄 아는 거냐는 듯 경악한 얼굴로 눈을 부릅떴다.

아, 아니, 진짜로 마인은 속았단 말이야.

마인은 인간에 대해 전혀 모르니까, 두 사람에겐 어설퍼 보였던 연기에도 쉽게 낚인다고.

마음속으로 반박하며 나는 내 역할을 해내기 위해 마인을 향해 두 손을 벌렸다.

"가라앉아라, 그 몸에 속한 풍요로운 힘이여. ──'《신체 약화》 암속성 30% 감소'!"

마법을 발동한 순간 그린과 블루는 도저히 믿을 수 없다는 표

정으로 눈을 부릅떴다.

"어? 암속성을 내릴 수 있어?!"

"피아, 아무리 그래도 그건 과해! 완전히 성녀의 영역을 초월해 버렸다고!!"

두 사람의 목소리에 퍼뜩 정신을 차렸다.

……아, 맞다.

'나는 일시적으로 성녀의 힘을 사용할 수 있게 되었다'는 설정이었는데, 일반적으로 성녀의 능력이라 인식된 범주를 넘어버렸지.

하지만 이렇게 안 하면 마인을 쓰러트릴 수 없으니까…….

좋아. 어떻게든 마인을 쓰러트리고 싶다고 버틴 카티스 단장님이 원흉이니까 변명은 단장님에게 시키자.

카티스 단장님에게 떠넘기기로 한 나는 얼굴을 앞으로 돌리고 정면에 있는 마인에게 시선을 고정했다.

그러자 새 흉내는 자신이 보고 있는 게 믿어지지 않는다는 듯 멍하니 서 있었다.

……아, 그렇지.

이 마법을 발동시킬 때마다 모든 마인이 같은 반응을 보이는 걸 보면 그들에게도 놀라운 일인 모양이다.

마인에게 인간은 하위종족, 어디까지나 포식 대상이니까 자신들의 능력에 간섭할 수 있다고는 생각지도 못할 것이다.

『암속성은 최상위 속성으로 누구도 간섭하지 못한다.』

——그것이 암속성에 관한 상식이니까.

더 정확하게 표현하자면 광속성이 암속성에 간섭할 수 있다는 건 알려져 있으나, 광속성은 원래 회복 특화라서 마인의 공격력이나 방어력에 직접 영향을 줄 수 없다는 게 공통 인식이다.

그리고 그 공통 인식을 믿기 때문에 지금 당한 마법이 믿어지지 않는다는 듯 새 흉내가 굳어버린 거겠지.

실제로는 나는 암속성에 간섭할 수 있지만, ——이 마법을 발동시킨 경우엔 반드시 상대 마인을 봉인했기 때문에 암속성에 직접 영향을 주는 마법이 존재한다는 사실은 일절 새어 나가지 않았을 터.

게다가 마인들이 '암속성에는 누구도 간섭하지 못한다'고 오해하는 심리도 이해하지 못하는 건 아니다.

왜냐하면 암속성에 간섭하는 마법은 다른 속성에 간섭하는 마법보다 훨씬 어려우니까.

그렇기에 주문 영창이 필요하고, 통상보다 몇 배나 마력을 소비한다.

——지금도 그렇다.

암속성 약체화 마법을 걸었기 때문에 대량의 마력을 계속 잡아먹는 상태다.

아무리 내가 보통 성녀보다 많은 마력을 지니고 있다고 해도 이렇게 많은 양이 계속 빠져나간다면 곧 고갈될 게 틀림없다.

아니, 정령의 도움이 없는 상태에서 이 마법을 발동시킨 건 처음이니 얼마나 버틸 수 있을지조차 불명이다. ……아무리 자빌리아가 마력을 나눠 주고 있다고 해도.

그런 걱정이 들었지만 새 흉내 앞에서 약점을 보일 수는 없다.

나는 일부러 아무렇지도 않은 표정을 짓고는 어서 요리해달라는 양 카티스 단장님, 그린, 블루를 향해 한 손을 들고 미소 지었다.

이래 봬도 옛날엔 왕녀였으니까요.

감정을 숨기는 포커페이스는 특기랍니다.

하지만 내 표정을 확인한 카티스 단장님은 어째서인지 진지한 얼굴이 되더니 두 손으로 검을 고쳐 잡았다.

……어, 어라? 카티스 단장님이 검을 두 손으로 잡을 때는 단기 결전으로 전환할 때인데……. 어라라? 왜 그는 내 마력이 그리 오래 못 버틴다는 걸 알아차린 거지.

뒤에서 자빌리아가 움직인 기척이 난 것과 동시에 작은 으르릉 소리가 들렸다.

"크르르르르르르!"

자빌리아는 나와 이어져 있기 때문에 마력이 시시각각 소비되는 걸 느꼈을 것이다.

그러니 크게 울어서 마인을 위협하고 싶을 텐데, 용의 포효는 인간의 청각을 망가트리니 으르렁거리는 정도에서 멈춰주었다. 똑똑한 용이라니까.

아니, 애초에 마물의 본능으로 강한 상대와 싸우고 싶을 텐데 사연이 있다는 걸 이해하고 카티스 단장님에게 양보한 시점에서 이미 똑똑한 용이지만.

그리고 으르렁거리는 소리만으로도 자빌리아는 충분히 역할을 다해주었다.

새 흉내의 조급한 표정으로 보아도 암속성의 은혜가 경감된 지금 자신이 불리한 상황이라는 걸 이해한 모양이다.
그런 상황에서 자빌리아는 흑룡인 자신이 뒤에 버티고 있다는 걸 보여준 것이다.
자빌리아는 몰아넣는 것도 참 잘하는구나!
그렇게 감탄하는 사이에 카티스 단장님이 날카롭게 파고들면서 새 흉내를 향해 검을 휘둘렀다.
조금 전과는 다르게 카티스 단장님의 일격이 마인의 몸에 확실한 대미지를 주었다.
카티스 단장님이 새 흉내의 몸에서 검을 빼내는 것과 동시에 복부에서 검은 액체가 흩날렸다.
새 흉내는 믿어지지 않는다는 표정으로 칼에 베인 제 복부에 손을 올렸다.
“몸이 베였다고? 내가?!”
——암속성의 약체화.
고작 그 요소만으로 눈앞의 마인은 한 랭크 아래의 생물이 된 것처럼 강도가 약해졌다.
그리고 직접 그것을 체험한 카티스 단장님과 그린, 블루 세 명이 단숨에 공격을 가했다.
그들의 공격에 새 흉내의 머리카락이 서걱서걱 잘려나갔다.
세 사람은 순식간에 방어가 약해진 새 흉내를 몰아넣었다.
상대는 몇 배나 더 오래 살았고 전투에 능한 마인인데도 그 경험의 차이를 무시해버리다니, 이 세 사람은 정말로 강하구나. 나는 감탄하며 눈을 크게 떴다가 카티스 단장님에게 힐끗 시선을 주었다.
승패가 거의 정해진 지금, 카티스 단장님이 어떻게 할 생각인지 궁금했기 때문이다.
가장 큰 문제는 마인을 봉인하는 상자가 없다는 것.
왜냐하면 상자에 봉인하지 않으면 마인을 쓰러트린 순간 모든 마인이 새 흉내의 소멸을 알아채므로, 마인을 쓰러트릴 수 있는 존재가 있다는 걸 그들에게 알려주는 셈이 되기 때문이다.
그래서 300년 전에는 반드시 마인을 약체화한 후 봉인했는데, 마인을 봉인하는 상자는 아주 귀중하므로 한정된 사람만이 입수할 수 있었다.
애초에 대성당에서만 제작할 수 있는 특수한 물건이니 수가 적다.
그렇게 걱정하는 사이에 블루가 새 흉내의 견갑골에── 날개가 잘려나간 날갯죽지 부분에 검을 꽂았다.
"끅!"
고통스러운 신음을 흘리며 바닥에 무릎을 꿇는 새 흉내를 앞에 두고 블루는 검을 찌른 채 카티스 단장님을 돌아보았다.
"카티스!"
앞으로 하나.
그 생각이 든 것과 동시에 카티스 단장님이 새 흉내의 반대쪽 견갑골에 검을 찔렀다.
"좋아!"
소리 없이 바닥에 주저앉은 새 흉내를 본 그린이 고양된 환호성을 질렀다.

한편 카티스 단장님은 침착한 태도로 아직 끝이 아니라는 듯 새 흉내의 머리 위로 한쪽 손을 내밀었다.

그 손바닥 위에는 복잡한 문양이 각인된 상자가 놓여있었다.

"어?! '마인 봉인 상자'?"

300년 만에 본 그 존재에 놀라 무심코 목소리가 나왔다.

어? 카티스 단장님, 상자 갖고 있었어?!

경악해서 크게 눈을 부릅뜬 시야 속에서 '봉인 상자'가 딸깍딸깍 소리를 내며 착착 펼쳐지며 올바른 형태를 되찾기 시작했다.

상자에 담긴 힘이 그 자리에 흘러넘치며 주변의 공기가 바뀌었다.

——아아, 외로운 상자가 동료를 삼키려고 하는구나.

그 생각이 든 바로 그 순간, 카티스 단장님이 냉정한 목소리로 주문을 읊었다.

"포박의 상자여, 동포를 봉인하라!"

그 말과 함께 카티스 단장님과 블루가 타이밍을 맞춘 듯 새 흉내의 몸에 박혔던 검을 빼냈다.

동시에 카티스 단장님의 손바닥 위에 올라갈 만큼 작았던 '봉인 상자'는 주문에 호응하여 크게 부풀어 오르더니, 마치 봉오리였던 꽃이 개화하듯 벌어진 상자 안으로 마인을 꿀꺽 삼켰다.

마인을 집어삼킨 상자는 빙글빙글 나사를 감듯이 회전하면서 다시 작아졌다.

순식간에 원래의 크기로 돌아간 '봉인 상자'는 벌렸던 입을 다물려고 했으나, 어째서인지 일부가 온전히 닫히지 않았다.

"큭, 다 안 들어가는 건가?!"

상자의 상태를 알아챈 카티스 단장님은 순간 얼굴을 구기고는 초조한 표정으로 말을 토해냈다.

……저런, 봉인한 마인과 상자의 궁합이 안 맞았나 보네.

운이 나쁘면 아주 가끔 양측의 궁합이 안 맞아서 상자가 온전히 닫히지 않을 때가 있다.

대체 어떻게 해야 할지 당황했는데, 카티스 단장님은 나보다 더 궁지에 몰렸던 모양이다.

결의에 찬 표정으로 검을 들고는 자신의 배에 상처를 내려고 하는 걸 본 나는 허둥지둥 소리쳤다.

"카티스! 멈춰!!"

무슨 일이 있어도 상자를 닫고 싶은 카티스 단장님은 본인의 피를 매개로 삼으려는 모양이었는데, 아무리 카티스 단장님의 몸이 커서 많은 혈액을 공급할 수 있다고 해도 불가능하다.

몸에 있는 피를 모두 사용해도 '봉인 상자'는 닫히지 않을 것이다.

"적재적소라는 말이 있잖아!"

내 말을 따라 멈춘 카티스 단장님 앞으로 최대한 서둘러 달려간 나는 그가 들고 있던 검을 손목에 대고 힘차게 그었다.

"피 님!"

카티스 단장님이 놀라서 외쳤으나 이미 늦어서, 내 팔에는 한 줄기 상처가 생겼다.

그리고 그 상처에서 '봉인 상자' 위로 피가 뚝뚝 흘러내린 순간,

——딸깍 소리와 함께 상자가 힘차게 닫혔다.

"매개로 삼을 거면 성녀의 피를 써야지."

나는 그렇게 말한 후 자연스럽게 반대쪽 손을 들어 상처를 누른 후 나 자신에게 회복 마법을 걸었다.

"회복!"

그러자 반짝이는 빛이 나타나 순식간에 상처가 사라졌다.

카티스 단장님, 그린, 블루 세 명이 숨을 몰아쉬며 나를 바라보고 있다는 걸 알았기에 나는 최대한 아무렇지도 않은 표정을 지으며 두 손을 짝 맞댔다.

"자, 끝."

그 후 이것으로 끝이라며 웃는 얼굴로 세 사람을 둘러보았으나, ……어째서인지 아무도 같은 표정을 돌려주지 않았다.

"……피 님!"

가장 먼저 입을 연 카티스 단장님은 명백하게 하고 싶은 말이 있다는 표정이었다.

이 적은 인원으로 마인을 쓰러트렸다.

쾌거라고 할 수 있는 훌륭한 결과에 기뻐할 줄 알았는데, 카티스 단장님은 파랗게 질린 얼굴로 방금 막 치유한 내 팔을 노려보았다.

큰일이네. 카티스 단장님은 내가 다치는 걸 가장 싫어했지.

그것 말고는 방법이 없었다지만 직접 팔에 상처를 내다니, 카티스 단장님이 보기엔 설교해야 하는 행동이었던 게 아닐까.

좋아, 이렇게 된 거 정면 돌파다!

"카티스, 당신의 바람대로 마인을 봉인했어! 나는 반대하지 않았고, 오히려 당신을 도와주었는데 설교를 시작할 법한 분위기를 조성하는 건 이상하지 않아?"

공격은 최대의 방어라고 하잖아.

카티스 단장님이 설교하기 전에 이쪽의 정당성을 주장해서 밀어붙이자.

그렇게 생각한 내 작전은 잘 먹혀들어 간 건지, 카티스 단장님이 흠칫 놀란 듯 눈을 크게 뜨고는 벌렸던 입을 다물었다.

그러고는 재빨리 내 앞에 무릎을 꿇고 머리를 숙였다.

"피 님, 도움을 주셔서 진심으로 감사드립니다. 그리고 대단히 죄송합니다. 피 님께 의지하지 않고 마인을 쓰러트리겠다고 선언해놓고 정작 도움을 받다니, 저 자신이 부끄럽습니다."

"어? 아, 아니! 상대는 문양을 지닌 마인이니까 공격수만으로 쓰러트릴 수 있을 리 없잖아. 카티스가 나 없이도 마인을 쓰러트리겠다고 했던 건 마인을 보고 겁먹은 나를 배려하기 위해서였다는 걸 아니까, 카티스가 신경 쓸 필요 없어."

절절히 반성하는 카티스 단장님에게 허둥지둥 대답했다.

난감하네. 상대는 충성심 덩어리 카티스 단장님이었다. 작전이 너무 잘 풀리는 바람에 되레 사과받고 말았잖아.

미안해하며 카티스 단장님에게 시선을 주자 그는 진심으로 후회하는 듯한 표정을 짓고 있었다.

"말씀대로입니다. 마인과 대치하기만 해도 피 님께서 고통을 느끼신다는 걸 알고 있었는데, 결국은 피 님의 힘에 의지하다니 너무나도 부족한 신하입니다."

"시, 신하?!"

카티스 단장님의 말에 깜짝 놀라 무심코 소리쳤다.

나는 이제 왕녀가 아니니까 그 단어 선정엔 어폐가 있다고.

뒤에서 듣고 있는 그린과 블루가 수상해 할 거 아냐.

"저, 정신 차리세요, 카티스 기사단장님! 저는 이제 막 입단한 1년 차 기사입니다. 솔직히 제가 몇 단계는 더 아래에 있는 말단이니까요."

카티스 단장님에게 지금 상황을 떠올리게 하려고 발언했는데도 불구하고 내 말을 들은 카티스 단장님은 고통스러운 듯 얼굴을 일그러트렸다.

"존댓말을 사용하시다니, 평소처럼 대화하고 싶지 않을 만큼 화나셨습니까? 아아, 저는 언제나 틀림없이 당신의 신하입니다. 농담으로라도 그러한 말씀은 하지 말아주십시오."

"아, 아니, 농담이 아니라 진짜로……."

필사적으로 수습하려는 내 두 손을 붙잡은 카티스 단장님이 깊이 머리를 숙인 채 '용서해주십시오'라고 중얼거렸다.

약해질 대로 약해진 카티스 단장님의 모습을 보니 마치 내가 악당이 된 것 같다.

어? 어? 이거 이상하지 않아??

누가 봐도 나는 신입 기사고, 카티스 단장님은 어깨띠를 걸치는 게 허용된 기사단장인데 왜 단장님이 내 신하라고 주장하는 걸까.

나는 맞는 말을 한 건데 이렇게 초췌해진 카티스 단장님 앞에서 내 올바름을 계속 주장하는 건 흡사 괴롭히는 것 같았다.

어어? 카티스 단장님이 주장하는, 그가 내 신하라는 이야기를 받아들여야만 하는 거야?

아니, 이상하다고!

블루가 작게 '이걸 받아들여 주지 않는다면 카티스도 괴롭겠군. 나였다면 울었어'라고 중얼거리는 것도 이상하니까!

블루의 말에 동의하듯 그린이 고개를 크게 끄덕이는 것도 이상하단 말이야.

죄다 이상해!

이 자리에 있는 사람이 모두 이상해서 상식파인 내가 비상식적이라는 대우를 받는 이 상황은 대체 뭐야?!

최후의 요새라는 듯 도움을 청하며 자빌리아를 바라보자 자빌리아는 가볍게 어깨를 으쓱했다.

"내 생각에 카티스가 피아 앞에서 무릎을 꿇은 시점에 막아야 했던 게 아닐까. 그가 네게 극단적인 행동을 보이는 건 알고 있었잖아?"

……확실히 듣고 보면 그렇긴 한데.

카티스 단장님이 유독 나에 관해선 극단적으로 행동하는 것도, 말귀를 통 알아듣지 못하는 것도 자빌리아의 말이 맞지만.

그래도 입을 연 시점에서는 이겼다고 생각했고, 카티스 단장님이 무릎을 꿇었을 때도 아직 내가 유리하다고, 이기고 있다고 생각했단 말이야. 어디서 전세가 역전된 거지?

시야 한구석에서 그린과 블루가 곤혹스러운 얼굴로 이쪽을 보고 있었다.

아아, 저 두 사람에겐 카티스 단장님이 상식인으로 보이니까 그의 발언엔 제대로 된 근거가 있다고 생각하겠지.

카티스 단장님이 내 신하라고 주장하는 이유를 확인하면 어떻게 대답해야 하나.

아니, 애초에 이 두 사람에겐 성녀의 힘을 신나게 보여줬잖아.

상식적으로 성녀의 능력은 부상이나 병을 낫게 하는 것이니, 내가 사용한 마법은 두 사람의 눈엔 성녀의 능력을 넘어섰다고 보였을 것이다.

실제로는 성녀의 능력이긴 하지만, 전생에서도 나만 사용할 수 있었던 마법이니까 성녀의 능력이라고 설득하는 건 어려울지도 모른다.

……아니, 가능하려나?

애초에 두 사람은 내가 다시 저주에 걸려 성녀의 힘을 쓸 수 있게 되었다는 이야기를 믿고 있을 테니까, 설명 방식에 따라서는 이해해줄지도 모른다.

다만 그 설명 자체를 카티스 단장님에게 맡기려고 했는데.

나는 일말의 희망을 품고 카티스 단장님에게 시선을 옮겼지만, 그는 두 손으로 얼굴을 덮은 채 땅바닥에 엎드릴 듯한 기세로 머리를 숙이고 있었다.

……틀렸네. 카티스 단장님 본인이 쭈글쭈글해진 상태니 적절

한 변명을 맡기는 건 어려울 것 같다.

아아. 그럼 내가 직접 해명해야 하는 건가.

으음, 이 두 사람은 의외로 단순하니까 속아줄 것 같기도 한데.

그렇게 낙관하며 나는 최대한 밝은 목소리를 냈다.

"어머나, 카티스 단장님도 참! 고작 셋이서 마인을 쓰러트린 것에 감격한 나머지 바닥에 넙죽 엎드리고 싶어졌나 봐. 아, 그러고 보면 전에 책에서 읽은 적이 있어! 과거에도 문양을 지닌 마인을 쓰러트린 기사가 흥분한 나머지 바닥에 절하더니 주변에 있는 사람들을 '전하'라거나 '총장님'이라면서 자기 상관처럼 받들고 싶어 한 사례가 있다던데."

"……어?"

내 말을 들은 블루는 놀란 듯 눈을 동그랗게 뜨더니 작은 목소리로 형과 상의하기 시작했다.

"형, 이건 우리에게도 무릎을 꿇으라고 암시하는 건가?"

"아, 그렇구나! 확실히 피아의 여신으로서의 업적은 무릎을 꿇을만한 가치가 있을 만큼 대단했으니까."

그러더니 두 사람은 이해했다는 듯 고개를 끄덕인 후 자연스러운 동작으로 바닥에 한쪽 무릎을 꿇었다.

"어?"

두 사람의 진지한 표정에서 불길한 예감만이 들었다.

뭘 시작할 생각인 걸까. 신중한 표정으로 쳐다보고 있었더니 두 사람이 얼굴을 바닥으로 향한 채 가슴에 손을 올렸다.

"'창생의 여신'께서 고귀하신 모습을 다시 현현해주신 것을 진심으로 감사드립니다."

"여신의 힘으로 사악한 마인을 봉인할 수 있었습니다. 그 귀하고 존엄한 힘을 빌려주심에 엎드려 절을 올리매, 여신께서 보시기에 저희의 행동이 흡족하시기를 바라 마지않습니다."

"그쪽이냐아아아아!"

나는 무심코 소리쳤다.

그래, 그렇게 나왔단 말이지!

지난번에 모험하고 헤어질 때 맞춰줬던 '창생의 여신' 놀이가 다시 시작되다니 예상치 못했다.

그때도 본인들의 수준보다 더 위에 있는 마물을 쓰러트리고 해산하려던 참에 레드를 포함한 삼 형제가 바닥에 무릎을 꿇고는 나를 '창생의 여신'이라고 부르며 닭살 돋을 만큼 정중한 말투로 머리 아픈 소릴 늘어놓기 시작했었다.

이 제국 특유의 문화는 익숙하지 않아서 그들의 행동을 이해하지 못했지만, 모른다고 말하는 것도 흥을 깨버리는 듯한 느낌이 들어 세 사람의 이야기에 맞춰준 게 잘못이었던 모양이다.

덕분에 이번에도 똑같은 게 시작되고 말았다.

뭐가 발단이었던 건지 지난번과의 공통점을 따져보다가 번뜩 떠올랐다.

……아하, 알겠다!

어쩌면 제국에서는 강한 적을 쓰러트렸을 때 여신에게 감사를 표하는 의미로 주변에 있는 여성을 여신 포지션에 놓고 대화하는 게 아닐까.

지난번에도 이번에도 모든 조건이 딱 들어맞았으니 정답을 맞힌 듯한 기분이었다.

……그렇구나. 그럼 조금은 두 사람에게 맞춰주는 게 배려겠지.

나는 최대한 고상해 보이는 표정을 짓고는 대외용 목소리로 말했다.

"잘 노력해주었습니다. 처음으로 대치한 문양을 지닌 마인을 상대로 훌륭히 싸웠군요."

""여신께서 칭찬해주시다니 성은이 망극합니다.""

내 말에 황홀한 표정을 짓는 두 사람을 보고 깜짝 놀랐다. 정말로 기뻐 보이잖아. 둘 다 이미 성인인데 이런 놀이에 몰입할 수 있다니 대단한데.

아니, 제국의 문화에선 당연한 행동일지도 몰라. 존중해야지.

그렇게 마음을 고쳐먹고 말을 이었다.

"제국 모두가 당신들을 자랑스럽게 여길 것입니다."

그린과 블루는 놀라울 정도로 순수하게 내 말을 받아들인 듯 바로 얼굴이 빨개졌다.

다 큰 어른이, 심지어 잘생긴 청년 둘이 무릎을 꿇고 뺨을 붉히다니 쉽게 볼 수 없는 광경이다.

하지만 바로 본래의 목적을 떠올린 나는 웃음이 나오려던 표정을 가다듬었다.

그래. 애초에 내 능력을 의심하지 않도록 얼버무려야지.

나는 엄숙한 표정으로 두 사람을 바라보았다.

"두 사람에게 중요한 이야기가 있습니다. 제가 성녀의 힘이나 그 외에 특이한 힘을 사용할 수 있는 건 일시적입니다! 저주의 효과가 끝나면 바로 사용할 수 없게 됩니다."

설득하기 위해 설명을 이어가려고 했지만, 그보다 먼저 두 사람은 당연하다는 표정으로 긍정했다.

""잘 알고 있습니다.""

"어, 알고 있다고?"

같이 모험한 동료라서 그런지, 어느새 이 두 사람에게서 절대적인 신뢰를 얻은 모양이었다.

아니면 여신을 맡은 배우가 하는 말은 뭐든 받아들이는 규칙이 있거나.

어쨌거나 내 주장이 받아들여진 것에 안도하며 두 사람이 취소하기 전에 이야기를 끝냈다.

"다행이다, 약속했어! 그럼 그렇게 아시고. 끝입니다."

그 후 그린과 블루의 손을 잡은 뒤 쑥 잡아당겨 일으켜 세웠다.

나보다 훨씬 눈높이가 높아진 두 사람을 보며 간신히 평소대로 돌아왔음을 느낀 나는 웃었다.

"그린도 블루도 마인과 싸우는 건 처음이었을 텐데, 문양을 지닌 마인을 쓰러트리다니 대단하네! 전투 중에도 생각한 건데, 목숨이 달린 국면에서 물러나지 않는 용기, 냉정하게 상황을 판단할 수 있는 통찰력, 뛰어난 공격 능력, 모두 하이 클래스였어. 아!

혹시…….”

퍼뜩 떠오른 말을 입에 담으려고 하자 두 사람이 어마어마한 기세로 말을 쏟아냈다.

“그래! 바로 그거야, 피아!”

“아아, 아무리 네가 원한다고 해도 숨기는 게 힘들었는데, 우리는 제국의 황…….”

“제국! 바로 그거야! 만약 두 사람이 제국의 기사단에 들어가면 우수한 기사가 될 수 있을 거라고 봐.”

“어?”

“제국 기사……?”

조금 전의 기세는 어디로 간 건지, 어째서인지 두 사람은 순식간에 힘이 빠져버린 듯한 표정으로 바뀌었다.

극적인 표정 변화에 제국 기사는 엘리트니까 주눅이 든 건지도 모른다는 생각이 든 나는 두 사람이 자신감을 가질 수 있도록 힘차게 긍정했다.

“그래, 훌륭한 제국 기사가 될 수 있어!!”

하지만 두 사람은 기운을 회복하는 대신 모호한 표정을 지었다.

“어…… 제국 기사라고. 피아, 칭찬해줘서 고마워.”

“그래, ……최대한 노력할게.”

어라? 나에게 기사는 가장 동경하는 직업인데, 이 두 사람에게는 그렇지도 않은 건가?

벌레라도 씹은 듯한 표정인 두 사람을 보고 의아해하며 고개를 갸웃거리고 있었더니 뒤에서 기가 막힌다는 듯한 자빌리아의 목소리가 들렸다.

"피아는 의도 없이 알아서 미궁을 만들고 들어가 헤매는 타입이구나. 피아를 통해 이 두 사람이 네게 심취했다는 걸 이해했다고 생각했는데, 실제로 보니까 실상은 상상했던 것보다 몇 배는 더 심각해."

"어?"

무슨 소릴 하는 걸까. 자빌리아를 돌아보자 그는 꼬리를 까딱까딱 움직였다.

"골치 아픈 건 이 두 사람의 근거 없는 추측이 거의 정답이고, 피아가 어떤 사람인지 이해하고 있다는 거야. 그것도 징그러울 정도로 명령을 잘 듣는 말도 지닌 데다 피아와 엮일 때마다 피아에게 빠지는 것 같으니 문제는 갈수록 복잡해지겠네."

"저기……."

자빌리아도 참, 조금 더 내가 이해할 수 있도록 말해줄 순 없을까.

"내가 잠시 흑악에 돌아간 사이에 왜 이렇게 귀찮은 사태가 일어난 걸까. 역시 피아에게서 눈을 떼는 게 아니었어."

의미는 이해할 수 없었지만, 대충 혼나는 듯한 분위기를 느끼고 항의하기 위해 입을 열려고 한 그때 불현듯 머리 위가 어두워졌다.

동시에 커다란 날갯짓 소리가 하늘 높은 곳에서 들렸다.

놀라서 시선을 올리자 빨강, 파랑, 노랑 등 색색의 용들이 모여서 빙빙 돌고 있었다.

"어? 무슨 일이야?!"

무심코 소리치자 자빌리아가 체념한 듯 한숨을 쉬었다.

"아아…… 역시 왔구나."

무슨 일이 일어난 건지 아는 듯한 자빌리아에게 알려달라는 뜻을 담아 시선을 보내자, 자빌리아가 익살스럽게 한쪽 눈을 감았다.

"'봉인 상자'도 마물도 같은 걸 좋아해서 그래."

"어?"

"나는 모든 용에게 움직이지 말라고 명령했는데 아무도 지시를 지키지 않았다는 거지. 아무래도 내 명령보다 더 매력적인 유혹에 저항하지 못했나 봐. 예를 들어…… 달콤하기 그지없는 성녀의 피 냄새 같은 거."

41 영봉흑악 4

자빌리아에 말에서 짐작 가는 게 있었던 나는 퍼뜩 내 팔로 시선을 내렸다.

그러고 보면 조금 전에 마인을 상자에 가두기 위해 직접 상처를 냈었지.

상처 자체는 이미 사라졌으나 팔에는 피가 묻은 상태였다.

나는 모르지만 이 피는 달콤한 냄새를 뿌려 마물을 유혹한다고 한다.

돌이켜 보면 처음 자빌리아를 만났던 '성인식' 밤이나 사역마 우리에서 사역마들을 둘러볼 때도 마물들이 내 피에 매료되곤 했었다.

그렇다면 자빌리아의 말대로 용들은 내 피에 이끌려 정상에서 날아왔다는 걸까.

그렇게 생각하며 한 번 더 하늘을 올려다본 나는 놀라서 눈을 크게 부릅떴다.

동시에 목구멍에서 찌그러진 목소리가 새어 나갔다.

"힉!"

왜냐하면 이 잠깐 사이에도 용이 늘어나는 바람에, 하늘이 보이지 않을 만큼 많은 용이 모여들었기 때문이다.

색색의 용 중에는 회갈색도 보였다.

혼자 놀려고 하던 조일마저 나타난 사실에 놀란 나는 당황해서 자빌리아에게 소리쳤다.

"자빌리아, 조일까지 왔어! 용들이 모인 이유 중 일부는 나 때문일지도 모르지만, 조일이 나에게 홀렸을 리 없으니까 전부 내가 원인은 아닐 거야! 분명 아주 조금뿐이라고."

용은 마물 중에서도 상위종이다.

용 본인이 그걸 이해하고 있기에, 인간 따위에게 홀린다는 걸 수긍하지 못하고 다가오지도 않을 것이다.

"아마 자빌리아에게 볼일이 있어서 지시를 받으러 온 거 아닐까?"

"……흐응. 확인해볼까?"

자빌리아는 심드렁한 태도로 대답하더니 고개를 쑥 높게 치켜들었다.

그러자 그게 신호이기라도 한 듯 조일을 선두로 한 마리, 또 한 마리씩 용이 착착 하강했다.

쿵, 쿵 요란한 소리를 내며 어떤 용은 나무를 쓰러트리고, 어떤 용은 먼지로 구름을 일으키며 지면에 착지했다. 어느새 수없이 많은 용이 우리를 둘러쌌다.

어마어마한 박력에 말없이 상황을 지켜보자 바닥에 내려선 용들은 나를 바라보며 마치 어리광이라도 부리듯 고개를 기울이거나 날개를 펼쳤다.

어, 어라. 이상하네.

다들 자빌리아가 아니라 나를 보고 있어서 당황하면서도 처음

보는 용들의 행동에 시선을 빼앗겼다.

나보다 몇 배는 더 큰 몸뚱이로 자기를 보라는 듯 열심히 날 바라보는 모습이 굉장히 귀여웠기 때문이다.

"……세상에, 귀여워라! 자빌리아, 용들은 뭘 하는 거야?"

옆에 있는 자빌리아에게 물어보자 부루퉁한 듯한 목소리가 돌아왔다.

"피아가 본 그대로 아닐까. 용들은 피아에게 애교를 부리며 환심을 사려는 거야."

"화, 환심이라니."

"전에도 말했지만 피아는 마물에게 너무 인기라니까. '별내림 숲'에서 청룡이 피아에게 홀렸던 것도 그렇고, '봉인 상자'마저 매료하는 성녀의 피에 용종이 저항할 수 있을 리 없잖아."

"어? 청룡이 뭐라고?"

얼떨떨해서 자빌리아를 바라보자 자빌리아는 어깨를 으쓱했다.

"응, 몰랐다면 됐어. 굳이 피아가 얼마나 인기인지 설명할 일도 아니고. ……피아의 피는 굉장해. 나조차, 아니 나니까 어질어질한 정도지."

자빌리아의 말에 놀라서 눈을 동그랗게 떴다.

"어? 자빌리아도? 전생에 성녀의 피를 좋아한 건 정령뿐이라 굉장히 의외로 들리는데. ……아, 하지만 그건 정령이 힘을 빌려준 덕분이라고 했었지."

"응, 300년 정도로 마물의 성질은 변하지 않으니까, 원래 마물은 성녀의 피를 좋아했을 거야. 정령이 눈속임을 해줬던 게 아닐까."

“그렇겠지?”

나는 고개를 크게 갸우뚱했다.

정령만이 아니라 마물도 성녀의 피에 매료된다니, 새삼 생각해 보면 신기한 이야기였다.

애초에 ‘봉인 상자’가 성녀의 피에 반응하는 이유는 뭘까.

300년 전에도 성녀의 피가 ‘봉인 상자’에 반응한다는 건 알려져 있었으나 이유는 불명이었다. 내가 죽은 뒤에 새롭게 발견된 게 있었을까.

카티스 단장님에게 힐끗 시선을 주었는데, 그가 조용히 마주 바라보는 것에 위화감을 느꼈다.

어라? 일 관련으로는 아주아주 유능한 카티스 단장님이 내가 뭘 물어보고 싶어하는 건지 눈치채지 못할 리가 없는데.

그런데도 입을 열지 않는다는 건 말하기 싫은 거다. 즉, 무언가를 안다는 뜻이다.

“카티스, ‘봉인 상자’는 왜 성녀의 피에 반응하는 거야?”

하지만 나는 질문하겠다.

카티스 단장님의 장점은, 질문을 받으면 반드시 대답해준다는 점이니까.

내 추측대로 카티스 단장님은 순간 얼굴을 찌푸렸으나 바로 평소와 같은 표정으로 돌아온 후 담담하게 말했다.

“……알고 계시다시피 그 상자는 과거에 봉인된 마인의 일부로 만들어졌습니다. 마인에겐 동포를 끌어당기는 성질이 있기에 그 성질을 이용해 ‘봉인 상자’를 만들었죠.”

"그래, 그랬지."
여기까지는 전생에서도 들었던 이야기다.
그리고 상자가 잘 안 닫힐 때면 어째서인지 그 상자를 결합하는 역할을 성녀의 피가 담당했다.
"상자에 사용한 마인의 일부에는 생명이나 자아가 없고, 마인으로서의 특성만 남아있습니다. 연구 결과 '봉인 상자'에는 동포를 끌어당기는 것 이상으로 성녀의 피를 삼키려 하는 성질이 확인되었습니다. 따라서 현재 마인은 성녀의 피에 끌리는 성질을 지닌 것으로 추측하고 있습니다."
"어?"
마인이 성녀의 피에 끌린다고?
"'봉인 상자'는 성녀의 피와 결합하는 성질을 지닌 게 아니라, 성녀의 피를 삼키려 했던 거야?"
그건 생각해보지 못한 발상이었다.
그런데도 어째서인지 카티스 단장님의 말에 과거의 기억이 찌리릿 자극된 듯한 감각이 느껴졌다.
하지만 그 이유를 따져보기 전에 카티스 단장님의 말이 이어졌기 때문에 그쪽으로 의식이 쏠렸다.
"흑룡의 말대로 공연히 성녀의 피에 홀리는 자가 나타나지 않도록 예전에는 정령이 힘을 빌려주었던 게 아닐까요? 그렇기에 저희도 진실을 잘못 보고 있었던 것으로 추정됩니다."
"정령이……."
입에 담자마자 계속 나를 지켜주었던 정령의 모습이 머릿속에 떠올랐다.

……확실히 나와 계약했던 정령은 무척 친절했다.

그 아이가 내가 눈치채지 못하는 사이에 나를 지켜주었다는 거야?

나도 모르는 동안 줄곧 도움을 받았었단 생각이 든 순간, 전생에 계약했던 정령을 만나고 싶다는 마음이 확 치밀어 올랐다.

"카티스, 정령은 어디로 가 버린 걸까?"

나의 그 애는 어디에 있는 걸까.

인간보다 훨씬 긴 시간을 살아가는 정령이니 사라지진 않았을 것이다.

카티스 단장님은 시선을 돌려 땅바닥을 바라보았다.

"……정령이 어디 있는지는 모릅니다. 피 님만큼 정령에게 사랑받은 사람도 없으니 당신께서 정령의 존재를 느끼지 못한다면 이 땅에서 멀리 떨어진 장소에 있겠죠."

"그래."

300년이 지나 많은 환경이 바뀌어버렸다.

주변에 존재하는 나라나 국경은 300년 전과는 완전히 달라졌고, 내가 정령과 처음 만났던 숲도 지금은 아르테아가 제국의 일부가 되어버렸다.

"……언젠가 제국을 찾아가 그 숲에 한 번 더 들어가 보고 싶어."

작게 중얼거리자 블루와 그린이 흠칫 놀란 듯 눈을 크게 떴다.

"피아, 제국에 와 준다면 어디든 안내할게!"

"그래. 네가 가고 싶은 장소가 있다면 제국 내의 모든 장소를 개방할게."

두 사람의 호들갑스러운 발언이 웃겨서 웃음이 흘렀다.
"오오, 거창한 약속이네!"
제국 어디든 안내해주겠다니, 만약 내가 아르테아가 제국 황성에 가고 싶다고 하면 어떻게 할 생각인 걸까.
물론 내가 가고 싶은 곳은 허가 같은 게 필요 없는 숲이니까 거창하게 약속해도 문제는 없겠지만.
나는 문득 궁금했던 걸 떠올리고 카티스 단장님에게 질문했다.
"그러고 보면 카티스는 왜 '봉인 상자'를 갖고 있었던 거야?"
"전에 저는 다시 마인을 만나게 된다면 반드시 봉인하겠다고 스스로 맹세했습니다. 그때 여러 개의 상자를 입수하여 각각 다른 장소에 숨겨두었죠. 조금 전의 상자는 서덜랜드에서 가지고 돌아온 것입니다."
그렇구나. 용의주도한 카티스 단장님다운 행동이다.
"조금 전의 상자가 잘 닫히지 않았던 건 제작되고 오랜 시간이 지났기 때문에 어딘가에 문제가 발생했던 건지도 모르겠네."
그렇게 말하며 나는 칭찬하는 눈빛으로 카티스 단장님을 바라보았다.
왜냐하면 카티스 단장님은 처음부터 상자를 갖고 있었음에도 누구에게도 그걸 들키지 않았기 때문이다.
"카티스도 참, 마인이 눈치채지 못하도록 상자가 없는 척하다니 센스가 좋잖아! 조심성 많은 나조차 고스란히 속아버렸어."
동의를 구하듯 '그렇지?' 하고 자빌리아를 올려다보자 내 똑똑한 용은 직접적인 대답 대신 질문으로 되돌려주었다.

"조심성의 기준은 사람마다 각자 다르니까. 나와 피아의 기준은 다르다고만 대답할게. 그보다…… 피아는 괜찮아?"

자빌리아의 질문은 단순하지만 핵심을 찌르고 있었다.

그 말속에서 자빌리아의 배려가 보였다.

내가 마인이 무서워서 정체를 숨기고 있었다는 걸 알기 때문에 걱정하는 것이다.

자빌리아의 말을 들은 카티스 단장님이 퍼뜩 숨을 삼키고는 이쪽을 돌아본 게 시야 한구석에 비쳤다.

……그렇겠지. 카티스 단장님이 가장 신경 쓰던 부분이지만 그의 성격상 직접 물어보진 못했을 것이다.

나는 카티스 단장님에게도 들리도록 큰 목소리로 자빌리아에게 대답했다.

"걱정해줘서 고마워! 새 흉내는 '마왕의 오른팔'과는 전혀 다른 마인이라고 스스로 타일렀더니 괜찮아졌어."

내 말을 들은 자빌리아와 카티스 단장님은 잠시 관찰하듯 나를 바라보았다가 같은 타이밍에 몸에서 힘을 툭 뺐다.

그러고는 자빌리아가 안도한 듯 웃었다.

"그렇구나. 다행이야."

내 소중한 한 마리와 한 명이 안심한 걸 보고 나도 가슴을 쓸어내리고 있을 때, 자빌리아가 아무것도 아니라는 양 입을 열었다.

"그럼 이래저래 수상한 점도 있으니, 역시 나는 피아와 함께 산에서 내려가기로 할게."

"어?"

놀라서 눈을 동그랗게 뜨자 자빌리아가 웃기다는 듯 웃었다.

"후후후, 싸우기 전에 한 말은 농담이 아니거든. 나에게 가장 중요한 건 피아니까, 같이 왕도로 돌아갈게."

"그……."

"끼아아아아아아악!"

하지만 내가 뭐라고 대답하기도 전에 자빌리아의 말을 들은 조일이 단말마 같은 비명을 지르며 바닥에 엎드렸다.

조일에게는 청천벽력과도 같은 말이라 충격을 받은 모양이었다.

조일이 슬퍼하는 것도 당연하다고 생각하는 나와는 다르게, 자빌리아는 매달리는 듯한 표정을 짓는 조일을 내려다보며 황당하다는 듯 고개를 저었다.

"아니, 너도 내가 여기에 계속 있을 거라고 생각하진 않았잖아. 조일, 너는 상위종이니까 뒷일을 맡길게."

자빌리아의 말을 들은 조일은 절망하는 표정으로 머리를 바닥에 박았다.

조일이 자신의 머리를 바닥에 비비는 모습을 보며 나는 다급히 자빌리아에게 말했다.

"저기, 자빌리아. 정말 이대로 나와 왕도에 돌아가도 괜찮아? 자빌리아는 왕이 되고 싶어서 이 산에 온 거잖아? 나는 자빌리아가 하고 싶은 일을 방해하기 싫어."

자빌리아를 보고 싶어서 이 산에 찾아왔지만, 건강한 모습을 보고 안심했다.

내가 외로워져서 자빌리아를 데리러 온 거라고 생각한 건지도 모르지만, 자빌리아를 방해할 마음은 전혀 없었다.

"피아와 떨어져 지내는 생활에 내가 한계가 왔어. 보고 싶어 하던 참에 나를 만나러 와 줬는걸. 같이 돌아갈 수밖에 없잖아?"

"어머……."

자빌리아와 같이 있고 싶은 내 마음을 긍정하는 듯한 말에 기뻤다.

자빌리아도 나와 같이 있고 싶어 한다면 같이 돌아가도 괜찮을지도 모른다고 생각이 180도 돌아간 타이밍에 자빌리아가 부추기듯이 말을 이었다.

"게다가 여기서 해야 할 일은 대강 다 했어. 같이 생활하면서 이곳에 있는 용들과 유대가 생겼으니까, 내가 부르기만 하면 목소리가 들리는 한 어디에든 와 줄 거야."

"그거 대단하네! 하지만……."

나는 말문이 막혀 뭐라고 설명해야 할지 고민하면서 자빌리아의 머리에 달린 뿔에 힐끔 시선을 주었다.

문제가 하나 남아있단 말이지.

내 시선을 알아챈 자빌리아는 내가 뭘 신경 쓰는지 이해한 듯 앞발로 뿔을 만졌다.

"아, 뿔은 여전히 하나지만 문제없어. 나는 세 개의 뿔이 난 모습이 되고 싶었던 게 아니라 피아를 지킬 힘을 갖고 싶었던 것뿐

이니까."

"확실히 그렇다고 했었지만……."

정말 그래도 괜찮은 걸까. 걱정이다.

하지만 자빌리아는 아무렇지도 않다는 듯 말을 이었다.

"내가 하고 싶은 걸 하는 것뿐이니까 피아가 신경 쓸 일은 아니야. 애초에 이만큼 용들을 통제했는데 뿔이 새로 더 나지 않는다는 건 수많은 용을 지키고 거느렸을 때 용왕의 증표로서 뿔이 세 개가 된다는 내 추측이 틀렸던 걸 테니까. 뿔이 나는 조건은 따로 있을지도 몰라. 어쨌거나 생김새의 문제니까 있든 없든 상관없어."

그렇게 말하더니 자빌리아가 한쪽 날개를 펼쳤다.

"피아, 같이 돌아가자."

망설임 없이 단언한 자빌리아를 보니 그도 나와 함께 있는 걸 강하게 바라는 것 같아 기뻤다.

무의식중에 손을 내밀 뻔했으나, 주변을 에워싼 용들의 침울한 시선을 느끼고 퍼뜩 표정을 가다듬었다.

맞다. 아직 문제가 남아있었지.

어제 둘러봤을 때 눈치챈 거지만, 자빌리아는 좋은 왕이다.

그런 왕을 데려간다면 용들은 틀림없이 실망할 것이다.

"으음, 자빌리아. 나는 당연히 기쁘지만 용들은 서운해하지 않을까?"

낙심한 듯한 모습으로 주변을 둘러싼 용들을 보며 조심조심 질문했다.

그러자 자빌리아는 어깨를 으쓱했다.

"으음, 하지만 모든 용을 왕도에 데려갈 수는 없지?"

"어?"

자빌리아의 제안을 들은 순간 흑룡을 선두로 하늘을 모조리 뒤덮어버릴 만큼 많은 용을 거느리고 왕도로 돌아가는 모습이 머릿속에 떠올라 창백해졌다.

"아, 안 되지 당연히! 다들 내가 용과 함께 왕도를 침공하러 왔다고 생각할 거야! 오히려 내가 마왕이잖아!!"

"그래, 흑룡인 나를 거느리고 있으니 마왕이라고 칭해도 완전히 엉뚱한 소린 아닐라고 보는데."

재미있다는 듯 긍정하는 자빌리아를 날카롭게 노려보았다.

"당연히 엉뚱한 소리거든! 나는 검은 머리도 검은 눈도 아니고, 이래 봬도 선량한 기사니까."

자빌리아는 의미심장한 표정으로 꼬리를 흔들었다.

"흐응, 선량한 기사라. 옆에서 보면 재밌기도 하지만, 앞으로는 이쪽에 있을 테니 나도 고생하겠네."

들으란 듯 한숨을 쉬는 자빌리아에게 무심코 반박했다.

"자빌리아도 참! 나는 어엿한 기사니까 내 일은 스스로 할 수 있어. 게다가 때로는 성녀 역할도 할 수 있는 우수한 기사라고."

"응, 바로 그게 문제라고 생각해. 기사는 기사여야 하는데, 희귀직인 성녀도 될 수 있다니. 누가 들어도 이상한 이야기란 말이지. 그리고 지금 피아는 모든 용이 따르고 있고. ……어라, 그러고 보면 용들은 나보다 피아에게 빠져 있네. 뿔이 하나 돋아서 용왕이 되어가고 있는 나보다 피아를 따르다니, 피아야말로 용왕인가?"

그렇게 말하더니 자빌리아는 대놓고 내 머리를 힐끗 쳐다봤다.

마치 뿔이 났는지 아닌지 확인하듯이.

나는 두 손으로 머리를 누른 뒤 허둥지둥 대꾸했다.

"뿌, 뿔이 셋 난 용왕? 자, 자빌리아도 참. 무슨 소리 하는 거야! 내 머리에서 뿔이 나면 그야말로 마인이라고!!"

"그래, 피아가 두려워하는 건 자기 자신이었구나? ……심오한 철학이네."

자빌리아의 표정은 진지해 보였지만, 틀림없이 재미있어 한다는 걸 이해한 나는 정면으로 부정했다.

"아니, 아주 얄팍하거든! 그리고 나는 검은 머리의 마인이 아니라 빨간 머리의 기사야!"

내 말을 들은 자빌리아는 고개를 크게 끄덕였다.

"그래, 만약 피아의 머리에 뿔이 나도 검은 날개가 달려도 너는 틀림없는 성녀야. 그리고 마인의 머리카락이 무슨 색이든, 뿔이 있든 없든, 마인인 이상 내 적이지."

자빌리아의 말은 무척이나 든든했지만 잘못된 부분이 있어서 정정했다.

늘 똑똑한 자빌리아지만 긴 시간을 산에 틀어박혀 살아서 그런가 나도 알고 있는 상식을 몰랐기 때문이다.

"자빌리아, 마인은 모두 검은 머리카락에 검은 눈이고 뿔이 달렸어. 새 흉내도 그랬잖아?"

자빌리아는 순간 무언가 생각에 잠긴 듯한 표정을 지은 후 순순히 내 말을 긍정했다.

"……그래."

그러더니 자빌리아는 고개를 높이 들어 주변에 모여든 용들을 둘러보면서 가벼운 어조로 말했다.

"그럼 나는 산에서 나갈게."

용들이 깜짝 놀란 듯 경직했다.

그런 용들을 향해 자빌리아는 안심시켜주듯 웃었다.

"하지만 때때로 이 산에 돌아올 테니까 다들 이대로 여기 남아도 되고, 각자 둥지로 돌아가도 돼. 다만 내가 불렀을 때 목소리가 들리도록 거주지를 고려해줘. 내 목소리가 들리는 범위에 몇 마리의 용이 있고, 그 몇 마리의 용의 목소리가 들리는 범위에 또 다른 몇 마리의 용이 있는 걸 반복해서…… 저 먼 곳까지 이어지도록. 조일, 다른 용들의 영역을 조정해줘."

풀이 죽은 듯한 용들이었으나, 자빌리아의 말을 다 듣고 나자 새로운 역할을 부여받은 것에 흥분한 건지 밝은 표정으로 기뻐하는 소리를 냈다.

그 광경을 보고 고작 몇 마디로 용들의 사기를 올리다니, 자빌리아는 정말 훌륭한 왕이라며 감탄했다.

그러자 그 왕이 무언가 생각하는 표정으로 나를 힐끔 돌아보았다.

"자빌리아, 왜 그래?"

내 질문에 자빌리아는 어깨를 으쓱했다.

"아니, 어떤 미래를 상상해도 나보다 피아가 더 위험에 빠지는 구도밖에 떠오르지 않아서. 그렇다면 용이 지켜야 할 대상은 내가 아니라 피아잖아. 피아를 지키도록 용들에게 동기를 줘야 하나."

몹시 진지한 표정으로 그런 소릴 하는 자빌리아에게 당황했다.

"어? 용들은 날 잘 알지도 못하는 데다 그렇게 힘든 일을 부탁하면 안 돼!"

"피아의 말도 맞지만, 나는 계속 마물과 인간의 관계에서 신경 쓰이는 점이 있었거든."

"그게 뭔데?"

똑똑한 내 자빌리아가 신경 쓰는 점이 뭔지 놀라서 올려다보자, 자빌리아는 생각에 잠긴 표정을 지었다.

"마물과 인간이 주종관계가 되는 예속 계약 말인데, 그거 보통은 목숨을 구걸하는 거잖아. 죽을락 말락 하는 아슬아슬한 상태일 때 죽는 것보다는 낫다면서 마물이 인간을 따르는 걸 받아들이는 계약. 하지만 내 경우는 조금 달랐지."

"응?"

"예속 계약 때 피아가 날 살려준 직후였기 때문인지, 피아 옆에 있으면서 그 힘의 은혜를 받고 싶다는 생각이 강했어. 동시에 피아를 지키기 위한 힘이 되고 싶었지."

확실히 처음 만났을 때 자빌리아는 빈사 상태였다.

이렇게 강한 마물이니 살고 싶다는 마음이 강했으리라는 건 쉽게 상상이 간다.

그리고 자빌리아는 친구를 많이 위하는 아이니까 내 힘이 되고 싶어 한다는 것도.

"그 결과── 계약 후 동조 상태는 완벽했어. 서로의 생명과 마력이 이어지며 피아에게서 생각과 감정이 흘러들어오니까."

자빌리아의 이야기를 듣다가 비슷한 대화를 했던 적이 있었다는 걸 떠올렸다.

"그러고 보면 퀜틴 단장님도 자빌리아와 내 동조 상태는 놀라울 정도로 좋다고 했었지. 자빌리아가 상위 마물이라서 이렇게 강하게 이어진 거야?"

"그것도 이유 중 하나일 테지만, 거기에 더해 계약할 때 마물의 감정도 관련이 있지 않을까. 즉 '마물이 계약자에게 예속되고 싶다는 마음이 얼마나 강한가'와 '마물의 수준', 이 두 가지에 따라 정해진다고 봐."

"……그렇구나."

즉 자빌리아가 억지로 계약했다면 나와는 아주 조금밖에 이어지지 못했다는 소리구나.

"그래서 말인데, '사역마 계약'은 평생에 걸친 장기 계약이니까 쉽게 맺을 수는 없지만, 계약까지는 아닌 '기대를 이용하는 방법'이라면 시험해봐도 재미있을 것 같아."

자빌리아의 제안을 듣고 되물었다.

"기대?"

"그래. 피아가 얼마나 굉장한 일을 할 수 있는지 알면 '피아를 지키면 이 힘의 은혜를 받을 수 있다'고 기대하고서 계약 없이도 용들이 열심히 일하지 않을까? 그때 마물의 마음이 강할수록 예속 계약처럼 강한 효과가 나타날 거라고 생각해. 적어도 인간과 이미 계약을 맺은 사역마에겐 효과가 있는 것 같았으니 여기에 있는 자연의 마물을 상대로도 가능하지 않을까."

"와, 재밌는 생각을 했네."

그러고 보면 '별내림 숲'에 흑룡을 수색하러 갔을 때 제4마물기사단의 사역마들도 동행했는데, 그 사역마들이 나와 호흡을 맞춰 싸운 뒤에는 계약자보다 나를 더 따랐던 걸 떠올렸다.

그때와 비슷한 상태를 만들어 내자는 걸까.

"그걸 위해서 내가 얼마나 대단한지 보여주자고?"

하지만 마물 중에서도 상위종인 용들에게 한눈에 보고 알아볼 수 있을 만큼 대단함을 보여준다는 건 상당히 어려운 과제다.

그런데 용들이 날 지켜주도록 무언가 굉장한 걸 보여준다니…… 하고 생각한 순간 퍼뜩 정신을 차렸다.

아니, 아니지.

자빌리아의 말에 휘말려 용들이 날 지켜준다는 걸 전제로 생각하고 있었는데, 애초에 용들이 지키고 싶어 하는 건 자빌리아지 내가 아니다.

오히려 나는 왕인 자빌리아를 납치해가는 거니까, 내가 자빌리아를 위해 무엇을 해줄 수 있는지 보여줘서 용들이 안심할 수 있게 해줘야 하는 게 아닐까.

끙끙 머리를 굴렸지만, ……내가 자빌리아를 위해 할 수 있는 일은 그리 많지 않았다.

그렇다면 적어도 내가 얼마나 자빌리아를 소중히 여기는지 보여줘서 안심할 수 있게 해줘야지.

나는 용들을 휙 둘러본 후 그들을 향해 꾸벅 머리를 숙였다.

그 후 모두에게 들리도록 큰 목소리로 말했다.

"안녕하세요, 피아 루드입니다! 여러분의 소중한 자빌리아를 빌려 갑니다. 자빌리아는 소중한 친구이니 절대로…… 는 어려울지도 모르지만, 너무 많이 위험한 일을 겪지 않게 조심하겠습니다."

사실은 내가 모든 것으로부터 자빌리아를 지키겠다고 선언하고 싶었지만, 어떻게 할 거냐는 질문이 돌아오면 대답하기 곤란하기 때문에 내가 할 수 있을 법한 것만 약속했다.

두 손을 모아쥐고 필사적으로 역설하자 자빌리아의 웃음기 섞인 목소리가 들렸다.

"……정말 귀여운 성녀라니까."

'자빌리아가 위험한 일을 겪지 않도록 조심하겠다'고 발언하자마자 한 마리의 용이 반론하듯 포효했다.

뭐가 마음에 걸린 건지 고개를 그쪽으로 돌리자, 용은 한쪽 날개를 펼쳐 바닥에 떨어져 있던 새 흉내의 날개를 가리켰다.

"윽, 그건……."

역시 상위종인 용. 지능이 높아서 아픈 구석을 찌르는구나.

"어음, 그, 검은 날개…… 네요."

순간적으로 눈에 보인 것을 그대로 묘사했지만 쓸데없는 발버둥이라는 건 알고 있었다.

왜냐하면 이 세계에 존재하는 검은 날개를 지닌 자는 흑룡밖에 없기 때문이다.

그런데도 땅바닥에 떨어져 있는 날개는 명백하게 자빌리아의 것이 아니다. 그렇다면 그건 온갖 모습으로 변태하는 특정한 존재의 것…….

"죄, 죄송합니다! 그건 마인의 날개입니다. 어째서인지 오늘은 우연히 마인과 마주쳤지만, 다음부터는 위험하지 않도록 조심할 테니까요!"

얼버무릴 수도 없었기에 솔직하게 사과했다.

아아, 망했다. 위험하지 않도록 조심한다고 말한 지 얼마나 됐다고 300년간 모습을 보이지 않았던 마인과 만났다는 걸 고백하다니, 용들이 전혀 신용할 수 없다고 생각할 게 틀림없다.

축 고개를 떨구자 조용한 침묵이 깔렸다.

분명 황당해하고 있을 거라는 생각에 고개를 들지 못하고 있었더니 자빌리아의 웃음이 들렸다.

"후후후, 어때? 내 성녀는 귀엽지? 늘 솔직하고, 성실하고, 나를 지키려고 해. 애초에 내가 왕이 되려고 마음먹은 건 피아를 지키기 위해서니까, 그녀가 없다면 이 땅에 와서 왕이 되려고 하지도 않았겠지. 그러니까."

자빌리아가 말을 이었다.

"그녀는 내 주인이니 오히려 너희가 예를 갖춰 상대해야 해. 내가 상정하던 형태와는 다르지만, ……피아는 주인임에도 불구하고 머리까지 숙여서 나를 아끼는 마음을 보여주었어. 그러니 나를 따르는 너희는 이 시점에서 피아에게 무릎을 꿇어야 하지 않을까?"

그 순간 불현듯 자빌리아의 목소리 톤이 바뀐 듯한 느낌이 들더니, 그 자리의 분위기가 얼어붙는 듯한 감각이 들었다.

그건 용들도 마찬가지였던 건지 그들은 깜짝 놀란 듯 등을 곧게 펴고는 바치 굳어버린 것처럼 움직임을 멈췄다.

그런 가운데 자빌리아는 싸늘한 시선으로 용들을 바라보았다.

"너희는 피아가 내 주인이라는 의미를 제대로 이해해야 해."

얼음 같은 목소리로 단언한 자빌리아의 몸이 스르륵 작아졌다.

순식간에 평소와 같은 작은 크기가 되더니 내 어깨에 올라타 고개를 홱 돌렸다.

……어머나, 흑룡왕님께서는 심기가 불편하시군요.

노골적으로 삐진 자빌리아를 보며 어떻게 해야 할지 난감해졌다.

하지만 자빌리아의 태도는 나보다 용들에게 더 충격을 준 모양이었다. 그들은 당황한 모습으로 날개를 펼치기도 하고 그 자리에서 발을 동동 구르는 등 안절부절못했다.

그러더니 목을 쭉 내밀고는 평소보다 높은 톤으로 어리광을 부리듯 무언가를 호소했는데, 자빌리아는 먼 산을 바라본 채 일절 대답하지 않았다.

저런, 용들이 이렇게 반성하고 있다고 보여주는데도 일절 받아주지 않다니 자빌리아는 정말 기분이 안 좋은가 보네.

그런 자빌리아를 에워싸고 머리가 땅바닥에 닿을 만큼 풀이 죽은 용들을 보자 동정심이 끓어올랐다.

인간보다 뛰어나다고 자부하는 용들이 나에게 경의를 표하지 않는 것도, 왕이라고 인정한 자빌리아에게 충성심을 전부 바친 것도 이해할 수 있고 어쩔 수 없는 일이라고 보기 때문이다.

나는 자빌리아의 머리를 쓰다듬었다.

"자빌리아, 나를 소중히 여겨줘서 고마워. 쉽게 화내지 않는 왕이 화를 내니까 용들이 크게 위축된 것처럼 보여."

그래도 도도하게 고개를 돌린 자빌리아를 보며 가슴이 따뜻해졌다.

원래 계획은 내가 얼마나 대단한 일을 할 수 있는지 보여줘서 용들이 계약하지 않아도 날 지키도록 하는 것이었다.

하지만 용들이 날 지키게 하려는 것 자체가 잘못이라고 생각했기에 내가 자빌리아를 위해 할 수 있는 것을 보여줘서 용들이 안심할 수 있게 해주려고 했으나, 설명이 부족해서 설득에 실패했다.

그런 맥락인데도 내 설명에 수긍하지 않고 나를 받아들이지 않았던 용들에게 자빌리아는 화난 것이다.

이것도 다 나를 소중히 여기기 때문이겠지.

"자빌리아, 날 위해 화내줘서 고마워. 자빌리아의 마음은 아주 기뻐. 하지만 내가 자빌리아를 좋아하는 것처럼 용들도 널 좋아하는 거니까 화해하자. 앞으로 나와 함께 이곳을 떠나게 되는데 싸운 채로 헤어질 수는 없잖아?"

"……알았어."

어쩔 수 없다는 듯 수긍한 자빌리아가 슥 머리를 들고 ――라고 해도 작아진 상태이므로 용들보다 한참 눈높이가 낮으며 귀여운 모습이었지만―― 용들을 향해 입을 열었다.

"마음 착한 주인의 분부니까 이번에는 넘어가 주지만, 다음은

없어."

용들은 눈에 띄게 안도하더니 나에게 고마워하는 듯한 동작을 보였다.

그 모습을 보고 혹시 여기까지가 자빌리아의 작전이었던 건지도 모른다는 생각이 들었다.

내가 어떤 모습을 보여주든 용들을 감탄하게 할 정도는 아니었을 테니, 마지막에 자빌리아가 화를 내서 나를 소중히 대해야 한다고 생각하게 만드는 것까지 한 세트였던 게 아닐까.

그런 거라면 자빌리아는 책사다. 나는 쓴웃음을 지으며 용들에게 물었다.

"자빌리아의 동료가 되어줘서 고마워! 마지막으로 너희의 상처를 치유해도 괜찮을까?"

애초에 마물은 크든 작든 어딘가 다친 게 기본 상태이기 때문에 모여있는 용들도 비늘이 벗겨졌거나 몸 여기저기에 아직 덜 나은 상처가 남아있었다.

그게 마음에 걸리긴 했으나, 말도 없이 치유했다간 자존심 강한 용들이 쓸데없는 짓을 한다며 화를 낼 게 뻔히 보였기 때문에 건드리지 않고 있었다.

하지만 자빌리아의 도움으로 나를 받아들이게 된 지금이라면 어떤 용이든 대놓고 반대하진 않을 거다. 아마도. 분명.

그 생각에 지금이 기회라며 용들을 설득했다.

"너희의 소중한 자빌리아를 데려가는 거니까, 하다못해 선물이라도 하게 해 줘."

그렇게 말한 후 나는 용들의 대답을 기다리지 않고 한 손을 들었다.

"치유의 빛이여, 눈앞의 충직한 용들에게 쏟아져라. ──'회복'."

이어서 마법을 하나 더 발동시켰다.

"수호하는 갑옷이여, 나타나라, 덮어라, 용들의 몸을 지켜라. ──《신체 강화》 방어력 20% 증가!"

많이 써 본 마법이기 때문에 보통은 영창 없이 사용할 수 있지만, 조금이라도 효과가 큰 마법을 발동시키고 싶은 마음에 한 마디 한 마디 정성스럽게 입에 담았다.

앞으로 자빌리아와 떨어지게 될 용들이 최대한 안전하길 바라는 마음을 담은 영창이 끝나자 반짝거리는 포근한 마법이 용들 위로 쏟아졌다.

그 순간 용들의 몸이 빛을 발하면서 벗겨졌던 비늘이 재생되고 상처가 치유되었다.

동시에 얇은 막 같은 것이 용들의 몸을 덮어 방어했다.

───찰나의 시간이 지난 후, 눈앞에 있는 건 마치 갓 태어났을 때처럼 깨끗한 모습이 된 용들이었다.

"……끄아?"

"……아?"

용들은 무슨 일이 일어난 건지 알 수 없다는 듯 고개를 갸웃거렸다.

그 모습이 귀여웠기 때문에 나도 모르게 웃음이 흘렀는데, 마찬가지로 자빌리아도 흐뭇해진 건지 웃음소리를 냈다.

"후후후, 나와 주인이 이 땅을 떠나면서 막 태어났을 때처럼 깨끗한 모습과 한동안 사라지지 않는 방어 효과를 받다니, ……이건 나도 예상하지 못했어!"

"……꺄!"

"……끄아!!"

용들이 약한 목소리로 무언가를 주장하자 자빌리아가 웃기다는 듯 고개를 끄덕였다.

"그래, 맞아. 피아가 처음에 이 마법을 사용했다면 더 간단했을 테지만, 그렇게 하지 않는 점이 내 주인답단 말이지."

애초에 이 마법은 명백하게 과하고 너희가 피아에게 너무 심취했다간 곤란하니 사전에 알았다면 막았을 거라는 자빌리아의 말이 이어진 뒤에 용들에게서 짧은 반론이 돌아왔다.

한바탕 용들과 대화를 나눈 후 자빌리아는 흡족한 얼굴로 나를 올려다보았다.

"피아, 모든 용은 피아를 지킬 것이며 내가 널 따라가는 것도 찬성이래."

"……그거참, 믿어지지 않을 만큼 온순해졌네."

이러니저러니 해도 최종적으로는 용들을 잘 이끄는 자빌리아의 수완에 감탄하고 있었더니 뒤에서 카티스 단장님이 작게 중얼거리는 게 들렸다.

"계약도 없이 모든 용이 피 님의 아군이 되겠다고 자청하다니 상상도 못 했어. ……사역마는 대성녀님이 계시던 300년 전에는 없었던 기술이지. 어쩌면 우리는 올바른 방식을 이해하지 못한 채 '성녀'로 인해 완성되는 건지도 모르겠군."
……변함없이 내게 콩깍지가 단단히 씐 카티스 단장님이었다.
———이렇게 우리는 용들과 작별 인사를 나눈 후 자빌리아와 함께 영봉흑악을 뒤로했다.

◇ ◇ ◇

영봉흑악에서 내려가는 길은 이곳을 찾아올 때와 마찬가지로 카티스 단장님과 나는 자빌리아를 타고, 그린과 블루는 조일을 타고 내려가게 되었다.

하늘을 나는 건 무척이나 편리하고 쾌적하긴 하나, 용을 탄 채로 기사단 요새까지 갔다간 난리가 나기 때문에 기슭 부근에서 내려달라고 했다.

"조일, 이래저래 고마워. 뒷일 잘 부탁할게."

조일을 올려다보며 뒷수습을 부탁하자 회갈색 용은 알겠다는 듯 고개를 크게 끄덕였다.

순순히 따르는 모습을 보고 마지막엔 친해진 것 같다며 안도했다.

나는 웃는 얼굴로 그동안 고마웠다고 인사한 뒤 손을 흔들며 조일과 헤어졌다.

여기서부터는 어디에서 누가 볼지 모르기 때문에 걸어서 가기로 정하자마자 자빌리아가 작은 사이즈가 되어 어깨에 올라탔다.

그걸 본 블루가 조심스럽게 입을 열었다.

"흑룡님, 괜찮으시다면 제 어깨에 타지 않으시겠습니까?"

블루는 자빌리아를 어깨에 계속 올려놔서 내가 피곤하진 않을지 염려한 모양이었으나, 예상대로 자빌리아는 대답하지 않았다.

"나는 괜찮아, 블루. 걱정해줘서 고마워."

대신 내가 대답하자 멀리서 희미하게 사람의 목소리가 들린 것 같았다.

이런 산속에 누구냐며 눈에 힘을 주자 나무 사이로 얼핏얼핏 기사복 같은 게 보이기 시작했다.

"어? 기사?"

어째서 이런 곳에 기사가 있는 건지 의아해하는 사이에 그 모습이 점점 가까워지더니 선두에서 아는 얼굴이 보였다.

"언니!"

반가워서 달려가자 놀란 얼굴의 언니와 시선이 마주쳤다.

"피아! 무사했구나."

"어?"

또다시 무언가 걱정을 끼친 모양이다. 당황하며 언니의 품속으로 뛰어들자 언니가 나를 꽉 안아주었다.

"영봉흑악 중턱에 수십 마리의 용이 집결한 게 보여서 급히 수색대를 편성해 데리러 온 참이었어! 무사해서 다행이야."

언니의 뒤를 보자 가이 단장님 외 십수 명의 기사가 보였다.

저런, 바쁜 기사들을 수색에 동원하게 만들다니 면목이 없네.

눈썹을 시무룩하게 내리자 기사들 사이에서 가이 단장님이 성큼성큼 걸어와 다급한 어조로 크게 외쳤다.

"우선 요새로 돌아가자! 올리아가 말했던 것 같은 수십 마리의 용을 넘어섰으니까! 잘 들어, 이 부근에 '검은 왕'이 잠복해 있다고!! 조금 전에 '검은 왕'과 그 측근으로 보이는 회갈색 용이 근처에 내리는 게 보였어. 하지만 다시 날아간 건 회갈색 용뿐이었지. 즉 '검은 왕'은 틀림없이 주변에 숨어있는 거야!"

"어? 그, 그런가요?"

아차. 여기까지 자빌리아를 타고 온 건 실수였나 봐. 나는 반성하면서 아무것도 모르는 척 대답했다.

심장이 쿵쿵 뛰면서 조마조마한 나와는 다르게 카티스 단장님, 그린, 블루 세 사람은 아무도 당황한 기색이 없었고 내 어깨에 앉은 자빌리아에게 시선을 던지지도 않았다.

다들 시치미를 떼며 가이 단장님의 이야기를 들었다.

범인은 현장에 돌아온다는 건 아니지만, 보통은 얼버무리려 하면서도 저도 모르게 자빌리아에게 시선이 끌려갈 텐데 대단하네.

그렇게 감탄하며 흐름을 지켜보았는데 까다로운 일을 담당하고 싶지 않은 건지 아무도 적극적으로 설명하지 않았다.

따라서 여기선 내가 수습할 수밖에 없다며 그럴사한 이야기를 날조하기 위해 입을 열었다.

"으음, 사실은요. ……흑룡이 살이 쪘더라고요."

비밀스러운 이야기라는 느낌을 내고 싶어서 목소리 톤을 낮춘 게 실수였는지 가이 단장님이 되물었다.

"살…… 뭐?"

일단 저지른 이상 끝까지 밀어붙여야 한다는 정신에 따라 가이 단장님을 철저히 속이기로 마음먹은 나는 지극히 진지한 표정을 지은 뒤 말을 이었다.
"사실 지난 며칠간 흑룡의 둥지 근처에 숨어서 몰래 관찰했는데, 흑룡이 살이 쪄서 다이어트를 위해 여기저기를 걸어 다녔습니다. 아마도 가이 단장님이 보신 건 흑룡이 걷기 운동을 개시하는 지점까지 날아오는 장면입니다. 지금쯤 조금이라도 살을 빼기 위해 둥지를 향해 열심히 걸어가고 있지 않을까요."
"그…… 런 습성이 흑룡에게 있었다고?!"
경악하며 소리치는 가이 단장님. 아, 믿었구나. 나는 내심 기뻐했다.
다행이야. 가이 단장님은 남의 말을 진지하게 받아들이는 타입이었구나.
"그렇다는 건 '검은 왕'은 정상을 향해 걷고 있다는 거지? 좋아, 마주칠 위험은 없어졌어!!"
가이 단장님이 안심한 듯 웃는 걸 보고 카티스 단장님과 언니가 싸늘한 시선을 보냈다.
기사단장이라는 입장 상 조금 더 남의 말을 의심하라는 의미의 시선이겠지.
맞는 말이지만 이번만큼은 내가 교묘하게 진실을 가린 거니까 눈감아줘. 나는 마음속으로 두 명에게 부탁했다.

"아무튼 다들 무사해서 다행이야! 자, 요새로 돌아가자."
가이 단장님은 그렇게 말한 후 카티스 단장님, 그린, 블루, 나 네 명을 앞세운 뒤 그 뒤에서 경호하기 위해 따라와주었다. 언니와 다른 기사들도 그 뒤를 따라왔다.

조금 걸었을 때 가이 단장님이 자빌리아를 알아챈 건지 빤히 쳐다봤다.

"피아, 어깨에 있는 그 새는 뭐야? 산에서 잡았어? 너를 무척 잘 따르는 것 같지만 너무 더러워져서 새까맣잖아! 어깨에 올려놓기만 해도 옷이 더러워지는 거 아니야?"

전 세계를 뒤져도 검은 날개를 지닌 건 흑룡밖에 없기 때문에 가이 단장님다운 해석에 기반한 발언이었다.

하지만 문제는 자빌리아가 그 발언을 어떻게 생각하는가.

조심조심 자빌리아에게 시선을 주자 불만 어린 표정으로 가이 단장님을 노려보고 있었기 때문에 큰일이라며 다급히 단장님을 타일렀다.

"가, 가이 단장님, 죄송하지만 검은색은 아주 멋진 색입니다! 반드시 더러운 색인 건 아니에요. 적어도 저는 검은 색을 아주 좋아합니다."

"그래?"

고개를 갸우뚱 기울이는 가이 단장님 옆에선 언니가 자상한 눈으로 자빌리아를 바라보고 있었다.

언니는 영지에서 자빌리아의 모습을 본 적이 있었으니 아마도 내 어깨 위에 앉은 검은 생물의 정체를 정확하게 파악하고 있을 터이다.

똑똑한 언니라면 괜한 소린 하지 않을 테지만, 설명이 필요할 것 같아 입을 열었다.

"언니, 지난번 이야기로는 흑악에서 마물이 많이 나오는 바람에 기사들이 전부 대응할 수 없어서 난감하다고 했었는데 앞으로는 개선될 거야. 흑룡은 신천지를 찾아 다른 곳으로 여행을 떠날 예정이니까!"

하지만 언니가 뭐라고 대답하기도 전에 가이 단장님이 반론했다.

"뭐?! 그럴 리 없잖아! 용은 기본적으로 거주지를 바꾸지 않아. 이제 와서 '검은 왕'이 이 산을 나갈 이유가 없어!!"

가이 단장님의 말은 일반적인 지식에 기반한 타당한 발언이었다.

따라서 보통은 그게 맞는 말이지만, 모든 사정을 아는 언니는 생각에 잠기듯 턱에 손을 올리고는 정면으로 부정했다.

"일반적인 용과 전설의 고대용이면 생태가 완전히 다를지도 모르지. 어쩌면 '검은 왕'은 더 살기 좋은 장소를 찾아낸 게 아닐까. 예를 들어 왕도라거나?"

언니의 발언을 들은 가이 단장님은 경악하며 펄쩍 뛰어올랐다.

"힉, 올리아! 너는 상식인처럼 보이는데 이따금 엉뚱한 소릴 한단 말이야. '검은 왕'이 왕도에 나타나면 그 아름다운 도시는 순식간에 잿더미가 된다고. 그리고 다들 '검은 왕'은 왕국의 성수(聖獸)가 아니라 무시무시한 마수라는 걸 이해할걸."

"……그 전에 가이 단장님이 잿더미가 될 것 같습니다."

가이 단장님을 노려보는 자빌리아를 보고 올리아 언니가 지극히 유용한 경고를 건넸다.

하지만 경고를 받은 가이 단장님은 조금도 눈치채지 못한 건지 카티스 단장님에게 말을 걸었다.

“그런데 카티스, 너희는 요 며칠간 산속에서 뭘 한 거야? 피아의 이야기로는 멀리서 ‘검은 왕’을 관찰했다고 하는데 그것만 했으면 지루했을 거 아냐. 다친 곳도 전혀 없고, 그 깔끔한 모습을 보면 마물도 거의 마주치지 않은 것 같은데.”

그렇게 말하며 등을 찰싹찰싹 두드리는 가이 단장님을 카티스 단장님이 기가 막힌다는 표정으로 바라보았다.

“너는 평화롭군.”

카티스 단장님이 그렇게 대답하고 싶어진 심정은 잘 이해할 수 있었다.

부상은 전부 마법으로 치유했고, 옷도 갈아입어서 겉보기엔 말끔하지만 카티스 단장님은 마인과 사투를 벌인 직후였기 때문이다.

그런데도 아무런 고민도 없어 보이는 표정으로 태평한 소릴 하는 걸 들으면 한숨이 나올 만도 했다.

하지만 가이 단장님 쪽이 어느 의미 이긴 건지 ‘정곡이야? 마물을 만나지 못했다면 먹을 것도 부족했을 텐데’라며 걱정하는 표정으로 말을 이었다.

그러고는 ‘요새에는 먹을 게 많이 있으니까! 토할 때까지 먹어!’라고 말하며 카티스 단장님의 등을 팡팡 두드렸다.

……가이 단장님은 어마어마하게 둔하지만, 나쁜 사람은 아니다.

전원이 요새로 돌아온 후 그날은 느긋하게 쉬었다.

즉 얼굴을 아는 기사들이 무사히 귀환한 걸 축하해주는 걸 들으며 자빌리아를 어깨에 태우고 요새 안을 돌아다니거나, 기사들이 훈련하는 걸 구경했다.

약속한 대로 카티스 단장님은 가이 단장님에게서 고기 요리 공격을 받았다.

어째서인지 그린과 블루와 나도 휘말려서 같은 공격을 당했다.

가이 단장님이 내놓은 요리를 넷이서 전부 먹어 치우자 가이 단장님이 눈을 부릅떴다.

"말도 안 돼! 이거 20인분이었는데!!"

그러고는 어지간히 배가 고팠었던 거냐며 동정했지만 그건 아니고요. 산에서도 매일 비슷한 양을 먹었습니다.

다만 주위에 용밖에 없었기 때문에 식사량의 감각이 이상해졌을지도 모르겠네요.

저녁을 먹을 때 가까운 자리에 앉아있던 카티스 단장님이 앞으로 어떻게 할지 제안했다.

"피 님, 다음은 언제 올리아를 만날 수 있을지 알 수 없으니 이 요새에 당분간 머무르시는 건 어떻습니까?"

"어? 그래도 돼?"

돌아가는 길에 들어가는 시일을 포함하면 3주의 휴가를 넘어버릴 게 뻔해서 되묻자, 카티스 단장님은 문제없다며 고개를 끄덕였다.

"시릴 단장도 사전에 허락한 부분이니 문제없습니다."

확실히 시릴 단장님에게서 여기에 머무르는 기간을 업무로 처리한다고 들었지만, 그냥 머무르기만 하는 기간을 업무로 간주하게 해도 괜찮은 걸까.

"으음?"

팔짱을 끼고 고개를 기울인 채 생각에 잠겼다.

하지만 바로 괜찮다는 결론을 내렸다.

"우리 훌륭한 기사단장님은 단원을 잘 이해하고 있을 테고, 이해한 대로 지시를 내렸을 테니 원하는 만큼 이곳에 머물러도 괜찮겠지. 카티스의 말대로 앞으로는 언니와 같이 지낼 수 있는 기회가 거의 없을 테니까."

나는 규칙을 느슨하게 해석하는 타입이다.

그런 고로 '흑룡 부재 시 영봉흑악 용들의 이동상황을 확인한다'는 목적으로 우리는 계속해서 요새에 머무르기로 했다.

시릴 단장님도 흑악에서 마물이 밀려 나와 기사들이 난감해한다고 했었으니, 상황을 제대로 파악하는 건 필요한 업무라며 스스로를 설득했다.

끼리끼리 노는 건지, 우리에 맞춰서 그린과 블루도 같은 기간 동안 요새에 머무르겠다고 주장했다.

조국에선 레드가 혼자 가업을 꾸려나가고 있을 텐데 차남과 삼남은 자유롭구나.

레드에게 동정심이 들었지만 이 두 사람은 솜씨도 좋고 부탁받은 건 뭐든 무난하게 해내기 때문에 기사들에게서 귀한 인력으로 대우받았다.

"……제국에 있는 레드에게는 미안하지만, 요새에 있는 왕국 기사들에게는 고마운 일이지."

그렇게 생각한 나는 절대 두 사람의 귀국을 재촉하지 않았다.

그로부터 시간이 지난 어느 날 오후, 나는 모든 부분에서 만족감을 느끼며 언니와 차를 마셨다.

아무리 그래도 너무 느긋하게 지냈으니 내일에는 요새를 떠나야겠다는 이야기를 하고 있을 때, 루드 기사령에서 사자가 왔다는 전언이 들어왔다.

"어? 루드 기사령에서 사자가 왔다고? 누구지?"

의문을 느끼며 언니와 함께 맞이하자, 나도 아는 기사인 린이었다.

또 오랜만에 반가운 얼굴을 봤다며 언니와 함께 그녀를 환영했다.

루드 기사령에서 이 요새까지 멀지는 않지만 산을 여럿 넘어야 하므로 일부러 찾아오다니 무슨 일이냐고 묻자, 린은 가느다랗고 긴 천 꾸러미를 내밀었다.

"이건 뭐지?"

언니도 짐작 가는 게 없는 건지 고개를 갸웃거리며 물었다.

린은 난처하다는 듯 눈썹꼬리를 내렸다.

"그게, 약 한 달 전에 갑자기 아르테아가 제국의 귀족을 모신다는 기사가 찾아왔습니다. 주인인 귀족이 약혼 상대를 찾고 있다면서 피아 님의 초상화를 받아 갔죠. 그때 신원보증 대신이라며 이걸 두고 갔는데, 명백하게 귀한 것이었기에 판단을 여쭙고자

가지고 왔습니다."

"어? 내 초상화?! 야, 야, 야, 약혼이라고??"

청천벽력 같은 이야기에 무심코 의자에서 벌떡 일어났지만, 언니도 린도 동요하는 나를 훈훈하게 바라볼 뿐이었다.

"피아, 진정하렴. 초상화를 주는 건 흔히 있는 이야기야. 다만 10장을 줘도 맞선 한 번 성립될까 말까 하는 수준이니 그리 기대할 일도 아니지."

"아, 네, 네……."

"하지만 제국의 타진이라는 건……."

언니가 무언가 생각에 잠기듯 눈을 가늘게 뜨며 말을 흐리자 린이 그 말을 이어받았다.

"네, 제국에서 오는 건 처음입니다. 상대한 기사에 의하면 가장 계급이 높아 보이는 기사는 파란 머리카락의 미청년이었다고 합니다."

"파란 머리 미청년!"

린의 말을 들은 순간 짐작 가는 인물이 떠올라 소리쳤다.

맞아. 지난번에 블루가 루드 가에 들렀다고 고백했었지.

처음 만났을 때처럼 루드 기사령 근처에 있는 중급자 숲을 어슬렁거리다가 우연히 우리 집에 들렀고, 그때 같이 있던 블루의 동료가 그의 검과 누군가의 초상화를 교환했다는 설명을 들었다.

심지어 초상화를 원했던 건 약혼 운운이 아니라 조국의 점술사의 점괘에 따른 행동이었다고 했다.

처음 만났을 때도 점을 본 결과라며 마물의 왼팔을 원했던 걸 떠올리자 핑크빛 이야기가 순식간에 칙칙해졌다.

아마도 점 때문이라고 말하기 어려웠던 블루 일행이 우리 집에선 약혼자를 찾고 있다고 설명한 거겠지.

"그게, 언니. 그 기사는 블루일 거야. 블루는 전부터 그 근방을 돌아다녔던 모양이고, 우연히 루드 가에 방문했다는 이야기도 들었어."

내심 실망하며 설명하자 언니가 이상한 소릴 했다.

"어머, 블루는 아버지에게 인사할 생각이었나?"

아뇨, 가족에게 항의하러 올 만큼 저는 블루에게 폐를 끼치진 않았는데요.

그런 뜻을 담아 고개를 저었지만 언니는 생각에 잠기듯 턱에 손을 댔다.

"하지만 피아의 초상화를 받는 대신 검을 두고 가다니, 기사 가문에 보이는 대응으로선 나쁘지 않네."

그러고는 언니가 천 꾸러미를 풀고 검을 꺼냈다.

"……어?"

그 검을 본 순간 나는 숨이 멎을 듯한 충격을 받았다.

눈을 부릅뜨고 굳어버린 듯 움직이지 못하고 있었더니 내 반응을 알아채지 못한 언니가 감탄하며 외쳤다.

"와, 확실히 이건 귀한 검이구나! 자루에 커다란 돌이 박혀있는데…… 이건 마석인가? 피아, 이 크기의 마석이면 블루는 전 재산을 두고 간 게 아닐……."

고개를 들고 내 표정을 확인한 언니의 말이 멈췄다.

왜냐하면 내 두 눈에서 굵은 눈물이 뚝뚝 떨어지고 있었기 때문이다.

"피아?"

놀라서 일어난 언니 옆으로 비틀비틀 걸어간 나는 말 없이 아름다운 검은색 검을 잡았다.

"……윽."

300년 만에 잡은 검에서 묵직한 감촉이 전해졌다.

아아, 오랜 세월을 뛰어넘어 다시 내 손에 이 검이 돌아오다니…….

내 두 눈에서는 계속 눈물이 흘렀다.

——이건 300년 전에 내가 시리우스에게 선물한 검이다.

그의 검을 껴안은 채 아무 말도 하지 않고 계속 울자, 달래주듯이 내 어깨에 손을 올리고 있던 언니가 무언가를 알아차린 듯 소리쳤다.

"블루, 마침 잘 됐어! 지금 막 루드 가에서 검이 왔는데, 당신 거 맞아?"

"검이라니……… 어, 피아? 왜 그래?!"

당황한 듯한 발소리가 들리더니 블루가 바로 옆으로 와서 놀란 듯 내 얼굴을 들여다보았다.

그러고는 내 뺨을 흐르는 눈물을 보고는 깜짝 놀라 뒤로 펄쩍 뛰어올랐다.

"피, 피, 누, 눈물. 어, 아, 손수건. 앗, 주머니에서 안 나와. 아, 어째서 이런 중요한 때에!"

옷감이 찌이익 요란하게 찢어지는 소리가 들렸다.

머리 위에서는 다독이는 듯한 언니의 목소리가 들렸다.

“진정해, 블루. 당신이 피아보다 훨씬 안색이 엉망이야. 피아는 이 검을 보자마자 울기 시작했거든. 이건 당신의 검이 맞을까?”

“아니, 이건 내 검이 아니라 부…… 동료의 검이다. 그게, 그 동료는 과거에 훌륭한 제국 기사였기 때문에 나라에서 포상으로 이 검을 받았다고 했었지.”

“당신의 동료는 그런 유서 깊은 검을 두고 간 거야?”

“아니, 그게…… 도, 동료는 특이한 사람이라서. 원래 초상화와 검을 교환해야만 한다는 점이 나왔던 차에 루드 가에서 ‘영지 내 연습 시합 1,000패 기념 훈장’을 보고 감명을 받아 이런 기사야말로 훌륭한 검을 들고 강해져야 한다나 어쩐다나…….”

블루의 목소리는 점점 흐릿해져서 들리지 않게 되었지만, 대강 이해한 언니가 대답했다.

“그래, 그 훈장을 받은 전패의 기사는 어린 피아니까 피아가 강해지길 바랐다는 거지? 그렇다고 해도 제국 기사와 관련이 깊은 귀한 검을 쉽게 두고 가다니, 그 동료는 참 호탕한 사람이네.”

언니의 목소리는 감탄한 듯한 울림을 띠고 있었지만 나는 그 말을 부정했다.

“아니…… 이건 제국의 검이 아니야. 나브 왕국의 검이야.”

왜냐하면 시리우스는 우리 나브 왕국이 자랑하는 기사였으니까.

그리고 아마 그는 이 검을 죽을 때까지 떠나보내지 않았을 테니까.

아니면 시리우스가 죽은 후에 나브 왕국에서 아르테아가 제국에 이 검을 양도한 걸까.

자세한 건 모르지만, ………어쨌거나 시리우스의 검은 다시 나에게 돌아와 주었다.

나는 두 팔로 검을 꽉 끌어안았다.

"……언니, 나 이 검 갖고 싶어."

고개를 들고 언니를 바라보며 부탁하자 언니는 확인을 위해 블루에게 시선을 옮겼다.

"블루. 유서 있는 귀한 검 같은데, 정말 받아도 될까?"

"물론이지! 피아가 가진다면 이 검도 기쁠 거다."

블루는 고개를 여러 번 크게 끄덕였다.

그 반응에 언니가 기쁘다는 얼굴로 나를 내려다보았다.

"그렇대, 피아. 잘됐네. 지금부터 이 검은 네 거야."

"……고마워."

나는 두 사람을 향해 머리를 크게 숙인 후 다시 검을 껴안았다.

그리고 머릿속으로 시리우스를 떠올렸다.

……시리우스, 이 검을 소중히 사용해줘서 고마워.

덕분에 날이 조금도 상하지 않은 상태로 300년이 지난 지금, 다시 당신의 검을 만날 수 있었어.

"첫눈에 반한 검을 갖게 된다니, 피아는 행복한 아이구나."

그렇게 말하며 언니는 내가 울음을 그칠 때까지 안아주었다.

갑자기 검을 껴안고 운 나를 보고 언니는 그렇게 해석한 모양이었다.

확실히 시리우스의 검은 첫눈에 반할 만큼 아름답다. 게다가 그 이상 설명할 수도 없었기에 나는 얌전히 언니의 말을 받아들였다.

——그날 나는 시리우스의 검을 머리맡에 두고 잤다.

시리우스의 꿈을 꾸진 못했지만 푹 잘 수 있었다. 그게 시리우스 덕분이라는 느낌이 들었다.

카티스 단장님에게 시리우스의 검이 돌아온 걸 보고하면서 그 이야기도 하자, 그는 당황한 듯 눈을 깜빡였다.

"피 님께선 늘 푹 주무신다고 알고 있었는데요……. 혹시 최근에 잠을 제대로 못 주무셨습니까?"

"……듣고 보니 기본적으로 매일 잘 자긴 해."

카티스 단장님은 늘 내가 진실을 제대로 볼 수 있도록 해준다.

——다음 날 아침. 카티스 단장님, 그린, 블루, 자빌리아와 함께 나는 제11기사단의 요새에서 출발했다—— 오랫동안 머무르는 사이에 친해진 많은 기사와 작별 인사를 나누며.

나는 한 손으로 시리우스의 검을 잡고 반대쪽 손을 흔들며 언니와 가이 단장님에게 웃는 얼굴로 인사했다.

마인과 마주치긴 했지만 자빌리아도 돌아왔고, 언니도 만났고, 카티스 단장님, 그린, 블루와 함께 여행도 했고, 시리우스의 검과 재회도 했으니 진심으로 이곳에 오길 잘했다고 느끼면서.

내 어깨 위에는 자빌리아가 앉아 영봉흑악을 올려다보고 있었다.

나도 자빌리아를 따라 흑악을 올려다보자, 그 배경으로 구름 한 점 없는 파란 하늘이 보였다.

……이렇게 기분 좋게 맑은 하늘이라니, 왕도로 돌아간 뒤에 올 즐거운 미래를 암시하는 게 아닐까.

나는 그렇게 기뻐하며 요새를 뒤로했다.

퀜틴 단장에게 주는 선물

제11기사단의 요새를 떠난 다음 날, 드디어 그린, 블루와 헤어지게 되었다.

지금 장소에서 왕도는 남쪽인데 아르테아가 제국은 동쪽이었기 때문에 방향이 갈라졌기 때문이다.

"그린, 블루, 정말 고마워! 덕분에 큰 도움이 됐어."

나는 두 사람을 번갈아 바라본 후 웃는 얼굴로 인사했다. 그리고 레드에게 하는 말을 덧붙였다.

"레드에게 인사 전해줘! 다음에 긴 휴가를 받으면 셋이서 나브 왕국에 올 수 있다면 좋겠네."

예상했던 것보다 일정이 길어지는 바람에 그린, 블루와 같이 여행하는 동안에도 레드는 계속 혼자서 가업을 굴리고 있었다는 걸 생각하면 불쌍했기 때문이다.

3인분의 일을 혼자 처리했으니 레드는 녹초가 되었을 게 틀림없다.

그렇게 생각한 나는 짐을 뒤져서 10개 가까이 넣어둔 회복약을 모두 그린에게 건넸다.

여기서부턴 자빌리아와 카티스 단장님뿐이니, 남의 눈을 신경 쓸 필요 없이 다친 사람이 나와도 회복 마법을 걸면 그만이라고 판단했기 때문이다.

"피아, 이건 뭐야?"

하지만 녹색 액체가 든 병을 받은 그린은 마치 회복약을 처음 본 사람처럼 당황한 표정을 지었다.

그래서 그린에게 설명해주었다.

"회복약이야. 이걸 먹으면 어떤 상태라도 완벽히 회복할 수 있을 테니까, 피로가 쌓였을 레드에게 건네줘."

"……**어떤 상태라도 완벽히 회복한다**고?"

신중한 표정으로 확인하는 그린에게 나는 다급히 말을 덧붙였다.

"아, 좀 과장이 섞였지. 혼수상태나 부상으로 피의 절반을 잃었다거나, 그 정도라면 회복할 수 있지만 팔이나 다리가 잘린 거엔 안 통해."

"그건……."

그린은 반신반의하는 표정으로 회복약 병과 내 얼굴을 번갈아 바라보았다.

그가 뭘 의심하는 건지 알아차린 나는 속으로 삼킨 의문에 대답했다.

"맞다, 보통 회복약은 투명한 색이었지. 으음, 그린에겐 이 회복액이 녹색이라 무시무시해 보일지도 모르지만 효과는 보장할게. 사실 흑악에 귀한 약초가 많이 있길래 신나서 조합했더니 흔히 볼 수 없을 만큼 효과가 좋은 회복약이 나왔거든."

"피아, 네가 만든 거야?"

"그래. 요새에선 시간이 넉넉하니까 심심풀이로 슬쩍."

가벼운 선물이라는 걸 강조하기 위해 우스꽝스러운 동작으로 손가락을 돌리며 설명했다.

하지만 어째서인지 그린은 웃는 대신 큰 한숨을 쉬고는 어깨를 푹 떨궜다.

"하아, 네게 자유시간을 주면 큰일이 난다는 걸 잘 알겠어."

그러더니 그린이 진지한 표정으로 물었다.

"정말로 이런 귀한 약을 받아도 돼?"

"당연하지! 레드는 혼자서 많이 힘들었을 테고, 내가 할 수 있는 일은 이 정도인걸."

오히려 이런 걸로 혼자서 죽어라 일했을 레드에게 위안이 될 수 있을지 걱정하며 대답했다.

그러자 그린이 말없이 머리를 깊게 숙였다. 그린 뒤에서는 블루도 마찬가지로 머리를 조아렸다.

오, 그린과 블루도 드디어 레드 한 명에게 일을 떠넘기고 자기들만 자유를 너무 만끽했다는 걸 알아차린 걸까.

나나 요새의 기사들은 당연히 큰 도움이 되었지만, 혼자 남은 레드는 굉장히 힘들었겠지.

회복약 정도로 레드가 넘어가 준다면 좋겠는데 괜찮을지 걱정하고 있었더니 반성한 모습의 그린이 진지한 표정으로 입을 열었다.

"피아, 이번 여행에 동행하게 해준 것에 다시금 인사하게 해줘. 속이 뒤틀릴 정도로 도움이 되지 않았지만, 그만큼 나에게 무엇이 필요한지 과제가 보인 여행이었어."

"어? 그린이 겸손을 익혔잖아?! 에이, 당연히 아주 도움이 되었지! 처음에 말한 대로 두 사람이 따라와 준 덕분에 이래저래 편했고, 새 흉내에게 이긴 것도 그린과 블루 덕분인걸. 무엇보다 같이 지내면서 즐거웠어."

놀라서 반박하자 그린의 뺨이 붉어졌다.

"너, 너는 왜 그렇게 갑자기 사람을 칭찬하는 거야! 게다가 가, 같이 지내면서 즐거웠다니! 그런 건 굳이 입 밖에 낼 이야기가 아니야. 부끄럽잖아."

"와, 끝까지 부끄럼쟁이는 건재하구나!"

몇 번이나 반복된 대화도 이게 마지막이라고 생각하니 조금 아쉬워하며 농담을 던졌다.

왜냐하면 그린은 이렇게 멋진 사람이니까 다음에 만나면 칭찬에 익숙해져서 부끄럼증도 사라질 게 뻔하기 때문이다.

그린은 빨개진 얼굴을 찌푸리고는 정신을 다잡듯 고개를 저은 후 내 어깨에 두 손을 올렸다.

"피아, 건강 잘 챙겨! 대성당 건은 나에게 맡겨줘."

그래, 이런 점이 말이지.

보통 불가능하다고 생각하는 일이라고 해도 어떻게든 하려고 나서주는 점이 그린의 멋진 점이다.

나는 어깨에 올라온 그린의 손에 내 손을 올리고 꽉 붙잡았다.

"고마워, 그린! 하지만 무리하진 마."

"힉!"

고맙다고 했을 뿐인데 그린이 새빨개져서 펄쩍 뛰어올랐다. 나는 왜 이러는 거냐는 질문을 담아 블루에게 시선을 던졌다.

그러자 동정하는 표정으로 그린을 바라보던 블루와 눈이 마주쳤다.

블루는 내 시선을 알아채고는 아무것도 아니라는 양, 한쪽 손을 흔들어 상큼하게 웃었다.

"피아, 왕국의 수도에서 기적적으로 너와 재회하고 이렇게나 긴 시간을 함께 보낼 수 있어 꿈만 같았어. 슬슬 시간이 다했으니 귀국하지만, 나는 한 번 더 네 곁으로 돌아올 거야."

"나야말로 여러모로 고마워! 같이 여행해서 즐거웠어. 또 봐!"

그렇게 말하며 한 손을 들었다가, 잊고 있었던 걸 떠올렸다.

"맞다, 이걸 당신의 동료분에게 전해줄래?"

가슴께에서 꺼낸 건 천 주머니 안에 든 단검이었다.

"당신의 동료에게 나는 무척이나 귀한 검을 받았어. 언젠가 직접 고맙다고 인사하고 싶네."

그 말과 함께 건넨 건 블루와 함께 루드 기사령을 방문하여 시리우스의 검을 두고 간 제국 기사에게 감사를 담아 마법 효과를 최대한 부여한 단검이었다.

천으로 감쌌으니 블루는 그게 무엇인지 알 수 없었던 모양이지만, '반드시 본인에게 전해줄게'라고 약속했다.

블루가 단검을 받아 간 후에 하나 더 줘야 하는 게 있었던 걸 떠올렸다.

"아, 하나 더 있었다. 이걸 여동생에게 전해줄래?"

나는 직접 만든 머리 장식을 주머니에서 꺼낸 후 블루의 손바닥 위에 살며시 올려놓았다.

블루는 선뜻 그걸 받은 후에 '어?' '말도 안 돼'라고 당황하며 머리 장식을 거듭 뜯어보았다.

그러고는 눈을 부릅뜨고 머리 장식을 응시하며 부들부들 떨었다.

"피, 피아, 이 파란 거……, 그리고, 이 검은 돌은……."

블루에게 건네준 건 검은색 돌 주변을 얇은 파란색 비늘로 장식한 귀여운 머리 장식이었다.

"역시 블루야, 보는 눈이 있어! 그 파란 막 같은 건 청룡의 비늘을 가공해서 만들었어. 반짝거려서 예쁘지? 그리고 중앙의 검은 돌은 마석인데, 파란 비늘과 같이 보니까 색 조합이 절묘하게 멋지지 않아?"

용들의 거주지를 탐험할 때, 식사 장소 구석에 동글동글한 검은 돌이 잔뜩 버려져 있는 걸 발견했다.

확인해보니 마석이길래 크기가 적당한 걸 슬쩍해왔다.

마물은 마물을 잡아먹지만 마석은 먹지 못하니까, 용들이 식사할 때 생선 뼈를 바르듯 마석을 버린 모양이었다.

"아니, 하지만 피아, 이 마석은……."

정신없이 마석을 들여다보며 부들부들 떠는 블루를 보고 한 박자 늦게 블루는 마법 탐지가 특기였다는 걸 떠올렸다.

즉 마석에 부여한 효과가 보인 거겠지.

"블루, 잘 알아채 줬어! 맞아. 이 마석은 딱 한 번 어떤 저주도 튕겨내."

"뭐?! 그런 굉장한 효과가 부여되었다고?!"

자기가 말을 꺼내놓고 눈을 부릅뜨며 경악하는 블루를 보며 의

아함을 느꼈다.

“블루는 이 돌에 부여된 효과를 알아챘잖아? 왜 놀라는 거야?”

“그건, 당연히 마법을 사용할 수 있는 사람으로서 이렇게 강력한 부여 마법을 놓칠 리야 없지. 하지만 자세한 내용까지는 읽어내지 못했어. 그런데, ……어떤 저주라도 튕겨낸다니, 그런 효과는 처음 들어.”

“어? 그, 아, 영봉흑악 스페셜이야! 그 왜, 각종 요소의 궁합이 우연히 좋아서 아주 좋은 효과가 붙었나 봐.”

새삼스럽단 생각을 하면서도 어떻게든 내 힘을 약하게 보이려고 얼버무렸다.

그 후 계속 잠들어있었다는 여동생의 마음을 고려해 눈썹꼬리를 축 내렸다.

“게다가 동생은 아주 무서웠을 테니까. 태어난 뒤로 계속 잠자는 저주에 걸렸었다니, 그 두려움은 쉽게 사라지지 않을 거야. 그러니까 사악한 힘으로부터 지켜주는 부적이 있다면 동생도 안심할 수 있을 것 같아서. 이 머리 장식을 하는 동안만이라도 동생의 마음이 편해졌으면 좋겠어.”

“피아…….”

머리 장식을 움켜쥔 블루는 얼굴을 가득 구기더니 무언가 감정을 삼키듯 입술을 떨었다.

동생 생각에 가슴이 미어지나 보네. 다정한 오빠구나.

블루는 고개를 숙인 채 내 손을 붙잡고는 갈라진 목소리로 말했다.

"피아, 동생을 생각해줘서 고마워. 네가 준 선물은 동생에게 무엇과도 바꿀 수 없는 보물이 될 거야. 정말 고마워."

"천만에!"

나는 웃는 얼굴로 인사한 다음 재회를 약속한 후 두 사람과 헤어졌다.

그린, 블루와 헤어지자 동행자는 자빌리아와 카티스 단장님 둘뿐이 되었다.

인원이 절반이 되었다며 허전해하고 있을 때 어깨에 앉아있던 자빌리아가 입을 열었다.

"저런, 제국에선 또 새로운 전설이 생겼네."

"어?"

무슨 말을 하는 걸까. 의아해하며 고개를 들자 기가 막힌다는 듯한 표정인 자빌리아와 시선이 마주쳤다.

"내 생각에 피아는 서덜랜드에 간 뒤로 선을 넘어버렸어. 지금까지는 조금 더 자중했었지만, 피로 회복약이라며 거의 모든 상처를 낫게 해주는 상급 회복약을, 부적이라며 온갖 상태 이상 마법을 무효화하는 마석을 주다니. 아무리 그래도 너무 과해."

"어? 그, 그런가? 하지만 어차피 소모품인데다 여행 선물로는 적당할 것 같았는데."

조마조마해하며 변명하자 자빌리아는 웃기다는 듯 나를 쳐다봤다.

"흐응, 피아는 선물이라고 하면 어떤 것이든 선물할 수 있다고 생각하는 거 아니야? 예를 들어 이 세계에 존재하지 않을 법한 극도로 희귀한 물건 같은 거라도. 물론 받은 사람은 아주 기뻐할 테니 피아가 나중에 곤란해하지 않는다면 문제도 없지만."

"에이, 자빌리아! 나도 주면 안 되는 것의 기준은 제대로 있어."

"그렇다면 다행이지만. 그런데 내 등에 타고 갈래? 이젠 왕도로 돌아가기만 하면 되니까 하늘로 가면 일직선이야."

자빌리아의 자연스러운 권유에 나는 뜨끔해서 몸이 뻣뻣해졌다.

아이참. 자빌리아는 방심하고 있을 때 핵심을 건드리는 걸 물어보는구나.

확실히 하늘이라면 왕성까지 최단거리로 이동할 수 있을 게 틀림없지만, 그럼 원래 계획했던 장소에 들렀다 갈 수 없잖아.

"으으음, 그게……."

뭐라고 대답해야 할지 말을 고르고 있었더니 자빌리아가 내 머리 장식에 힐끔 시선을 옮겼다――평소 머리에 다는 하늘색과 하얀색 리본이 아니라, 이번 여행을 위해 제작한 그리폰 깃털을 사용한 리본을.

그 순간 자빌리아의 표정에 불만이 확 차올랐다.

"피아의 눈동자는 금색이니까 그리폰의 금색 깃털이 안 어울리는 건 아니지만, 네 붉은 머리카락에는 나 같은 검은색이 어울리지 않을까. 다음엔 내 비늘로 머리 장식을 만드는 건 어때?"

"어? 그, 그래."

의외로 질투가 심한 자빌리아는 다른 마물의 깃털을 사용한 게 마음에 안 들었던 모양이다.

최대한 빨리 원래 쓰던 리본으로 돌아가야겠다고 생각한 나는 역시 처음 계획대로 기자 협곡에 들리기로 결심했다. 문제는 그걸 어떻게 자연스럽게 제안하는가다.

"으음, 올 때는 왕도에서 자빌리아가 사는 영봉흑악까지 곧장 북상했으니까, 돌아갈 때는 서쪽으로 돌아 산을 내려가서 루드 기사령에 들르는 것도 재미있겠어. 그 주변은 다양한 식물이 자라니까 말을 타고 가는 것도 좋고."

자연스러움을 가장해 제안해보자 자빌리아가 눈을 가늘게 뜨고 흘겨보았다.

"하늘은 기각이구나. 즉, 흑악과 루드 기사령 사이에 있는 기자 협곡에 들를 생각인 거지? 심지어 흑룡인 나와 함께 하늘에서 내려가는 바람에 겁먹지 않도록 말을 선택하다니 사려 깊구나."

"흐읍!"

역시 내 똑똑한 자빌리아. 내 행동을 대충 꿰뚫어 보고 있는 듯한 느낌이다.

"자빌리아, 그게……."

다른 마물에 관심을 보인다고 오해하면 큰일이니 변명할 말을 찾고 있었는데, 자빌리아는 선뜻 내 제안에 긍정했다.

"피아가 가고 싶다면 그렇게 해. 그 땅은 원래 그리폰의 둥지였지만 요 몇 달 사이에 한층 더 많은 그리폰이 집결한 모양이니까, 피아가 찾는 한 마리를 발견할 수 있을지도 모르지."

"크헉!"

내 자빌리아는 얼마나 똑똑한 걸까.

특별한 한 마리의 그리폰을 찾고 있다는 것까지 맞히다니, 대충 꿰뚫어 보고 있는 걸 넘어서 아주 속속들이 알고 있잖아.

놀란 나는 체념하고 항복했다.

"자빌리아, 용케 내가 하고 싶은 걸 알았네……. 오지랖일지도 모르지만 모처럼 여기까지 왔으니까 그리폰을 찾아보고 싶었어."

자빌리아가 이해할 수 있도록 설명을 이어가자 그때까지 침묵을 고수하던 카티스 단장님이 끼어들었다.

"피 님께선 기자 협곡에 들러 특별한 그리폰을 찾으실 생각입니까?"

맞다, 카티스 단장님에게는 아직 아무 설명도 안 했었지. 내가 입을 열려고 했지만 그보다 먼저 자빌리아가 대답했다.

"그래. '여행 선물'이라는 명목으로 그 이상한 기사에게 그리폰을 선물할 생각인가 봐."

자빌리아의 말을 들은 카티스 단장님은 이해할 수 없다는 표정으로 눈썹을 찌푸렸다.

"퀜틴에게 그리폰을 선물하시려는 겁니까? 그는 이미 그리폰을 사역마로 두고 있는데요."

"으음, 그거 말인데. 지난번 사역마 우리에 놀러 갔을 때 그리폰이 쓸쓸하게 하늘을 올려다보고 있더라고. 그리폰은 원래 무리지어 생활하는 마물이니까 계속 혼자 있는 건 외로울 거야. 가능하다면 동료를 만들어주고 싶어."

거기까지 들은 카티스 단장님은 무언가 짐작이 간 건지 흠칫 놀란 표정으로 내 머리끈에 시선을 주었다.

"설마하니 피 님께선 퀜틴의 사역마에게 짝을 찾아주실 생각입니까?! 확실히 그리폰은 상대방을 가리니 짝이 될 수 있는 상대는 전 세계에 한 마리만 존재하지만요. 어? 혹시 이번에 여행하는 동안 계속 그 머리끈을 하고 계셨던 건 그래서였습니까?"

와, 역시 카티스야. 설명하는 도중에 정답을 맞혔잖아.

"잘 알아챘네! 짝끼린 한 번 보면 바로 알 수 있다잖아? 그래서 짝의 깃털을 보기만 해도 마음이 움직일지 모르니까, 퀜틴 단장님의 그리폰 깃털로 머리를 장식하고 있었어. 오는 길에도 어쩌면 짝 그리폰을 만날 수 있을지도 모르잖아."

카티스 단장님은 두 손으로 얼굴을 덮고는 믿어지지 않는다는 듯 고개를 푹 떨궜다.

"제가 필사적으로 영봉흑악을 안전하게 왕복할 수 있도록 주력하는 동안 피 님께선 그리폰 짝 찾기에 열중하고 계셨던 거군요."

"아, 아니, 열중이라기보다는, 그, 퀜틴 단장님에게 여행 선물을 가지고 오겠다고 약속했으니까, 사역마의 짝을 데려가면 기뻐할 것 같아서."

나 스스로도 알쏭달쏭한 변명을 늘어놓자 카티스 단장님이 부정하는 의미를 담아 고개를 저었다.

"기뻐한다고요? 광희난무겠죠. 그래 보여도 그 남자는 검무가 특기입니다. 아마도 퀜틴은 비장의 춤을 당신께 보여드릴 겁니다."

"어, 그건 보기 싫다……."

딱 잘라 말했지만 카티스 단장님은 어깨를 움츠릴 뿐이었다.

이러니저러니 해도 내가 원하는 걸 이뤄주는 카티스 단장님과 자빌리아와 함께 기자 협곡에 도착한 건 그로부터 이틀 뒤.

기자 협곡은 좌우로 높이 깎아지른 낭떠러지가 몇 킬로미터에 걸쳐 이어지는 폭이 좁은 골짜기로, 암벽 여기저기에 그리폰의 둥지인 구멍이 뚫려있다.

놀라지 않도록 떨어진 장소에서 확인하자 여러 마리의 그리폰이 하늘을 나는 모습이 보였다.

"와, 예상보다 더 많이 있네. 자빌리아, 요즘 기자 협곡에 그리폰이 많이 모여들었다고 했었는데 왜 그런지 알아?"

"내가 각지에서 용을 불러 모으자 원래 흑악에 살던 그리폰이 쫓겨나서 기자 협곡으로 이주한 거겠지. 확실히 적지 않은 숫자지만, 왕국 북부에 있던 그리폰은 거의 다 모였을 테니까 이만큼 있을 만도 해."

"아하, 그렇구나! 그럼 자빌리아 덕분에 이 협곡은 지금 그리폰의 거대 서식지가 된 거구나."

내가 찾는 건 딱 한 마리밖에 없는 특별한 그리폰이니 개체수가 증가해서 찾을 확률이 올라간 건 순수하게 감사했다.

어떻게 그 짝을 찾을지 고민하고 있었더니 자빌리아가 너무한 방식을 제안했다.

"우선 그리폰 무리를 향해 내가 포효하는 건 어때? 그러면 겁에 질린 그리폰들이 허겁지겁 날아올 테니까, 그중에서 제일 기가 약

하고 고분고분 짝이 되어줄 법한 녀석을 데리고 돌아가면 돼."

"어? 하지만 그리폰은 본능으로 짝인지 아닌지 분간하잖아. 이렇게 멀리서 데리고 돌아가 퀜틴 단장님의 사역마를 소개해줬다가 실패하면 너무 미안한데."

내 대꾸에 자빌리아는 돌아간 뒤의 일은 생각하지 않았던 건지 입을 다물고 대답하지 않았다.

침묵이 내려앉자 자기 차례라고 생각한 건지 카티스 단장님이 마찬가지로 너무한 방식을 제안했다.

"퀜틴에게 예속되어 있으니 그 남자 같은 타입이 취향인 사역마겠죠. 즉 퀜틴과 색이 비슷한…… 까무잡잡한 체모 혹은 새카만 색의 체모를 지닌 그리폰을 잡아서 돌아가면 기뻐하며 짝이 될 겁니다."

"아니, 그건 분명 틀린 방법일 거야. 퀜틴 단장님의 그리폰은 사역마가 될 때 어마어마하게 저항했다고 했으니까, 애초에 취향은 아니었을걸. 데리고 돌아갔다가 짝이 아니면 어떡하려고."

내 반론에 카티스 단장님도 대답하지 않았다.

어떻게 되든 알 바 아니라는 표정으로 먼 산을 보는 한 마리와 한 명을 보고 나는 모든 것을 이해했다.

자빌리아도 카티스 단장님도 퀜틴 단장님의 사역마의 짝에 대해 아무 관심이 없는 거다.

아마도 짝이 아닌 다른 그리폰을 데리고 돌아가도 '틀렸군' 하고 웃으며 넘겨버리겠지.

그걸 증명하듯 카티스 단장님이 작게 중얼거렸다.

"어떤 그리폰이든 데리고 돌아가기만 해도 퀜틴은 아주 기뻐할 겁니다. 그게 짝이면 너무 감격한 나머지 맛이 간 퀜틴이 피 님을 따라다니기 시작할 게 틀림없습니다. 무슨 일이든 적정선을 지키는 게 중요합니다."

아니었다. 관심이 없는 게 아니라 오히려 실패를 바라는 거였다.

이거 나 혼자서 열심히 할 수밖에 없겠네.

그렇게 생각한 나는 잠시 머리를 굴린 후 짝 손뼉을 쳤다.

"정답이 보였어!"

"……그래?"

"……그렇습니까."

한 마리와 한 명이 전혀 관심 없다는 듯 맞장구쳤다.

나는 아랑곳하지 않고 자빌리아에게 제안했다.

"중요한 건 모든 그리폰에게 이 머리 장식을 보여주는 거야. 즉 자빌리아가 나를 잡고 저 협곡 한복판까지 날아가면 틀림없이 모든 그리폰의 주목을 모을 수 있겠지. 어때?"

내 말을 들은 자빌리아는 확인을 위해 입을 열었다.

"재미있는 발상이지만, 내가 나간 시점에서 그리폰은 적이 왔다고 생각하고 도망쳐서 뿔뿔이 흩어지지 않을까."

"그건 자빌리아에게 달렸지. 적의가 없다는 걸 보여주기 위해 웃으면서 부드럽게 날면 괜찮을걸."

자빌리아의 협력이 꼭 필요하다고 생각한 나는 여기서 도망치면 곤란하다며 웃는 얼굴로 거듭 설득했지만, 자빌리아는 미심쩍다는 듯 코를 찡그렸다.

“포식자가 웃는 얼굴로 천천히 다가갔다간 무언가 무서운 걸 꾸미고 있는 거 아니냐며 더욱 공포를 느낄 거라고 보는데.”

“그, 그건 확실히 설득력이 있지만…….”

자빌리아도 참, 날카롭게 지적한다니까.

난감하네. 어떻게든 자빌리아를 설득해야 하는데. 그렇게 고민하는 사이 자빌리아가 내 어깨에서 땅으로 뛰어내렸다.

“뭐, 좋아. 피아가 하고 싶은 걸 도와줄게. 나에겐 비참한 미래로 이어지는 길밖에 안 보이지만, 내 추측이 들어맞는다는 보장도 없으니까. 그럼 내가 피아를 잡고 그리폰들이 있는 곳까지 날아가면 되는 거지?”

“어? 괜찮겠어?! 고마워, 자빌리아!”

갑자기 의욕이 생긴 자빌리아에게 고마워하며 마음이 바뀌기 전에 시작해야 한다고 서둘러 다가가 두 손을 옆으로 쭉 뻗었다.

“어? 그 팔을 잡으라고? 평소처럼 내 등에 타는 게 어때?”

“아니아니, 내가 그리폰을 잡으러 온 줄 알고 도망치는 건 피하고 싶어. 내 팔을 쓰지 못하는 상태로 접근하는 게 효과적이지 않을까?”

“……내 생각에 피아는 악운이 강해. ‘이건 너무했다, 답이 없네’라는 생각이 드는 일을 저지르는데 매번 좋은 결과로 이어지니까. 만약 이 허술한 계획조차 좋은 결과로 이어진다면 피아의 악운은 끝도 없이 강하단 거겠지.”

인정사정없는 말에 얼굴을 찡그렸다.

그리고 반론하고 싶은 마음을 꾹 삼켰다.

……뭐 좋아. 위대한 마법의 창시자도, 전설 속 무기장인도, 너무 참신한 아이디어라서 처음엔 아무도 이해해주지 않았다고 들은 적이 있다.

즉 무슨 일이든 가장 먼저 하는 사람은 이단 취급을 받는단 소리다.

"피아는 굉장히 긍정적이구나. 나는 그런 피아를 진심으로 대단하다고 생각해."

내 마음을 읽은 자빌리아가 깊은 한숨과 함께 그렇게 말했다.

그런 자빌리아의 반응에 나는 '~~후후후후후~~, 똑똑히 지켜보라고'라며 어른스러운 여유를 보여주었다.

자빌리아는 내 두 팔을 각각 두 발로 잡고는 하늘로 둥실 날아올랐다.

그러고는 우아하게 날갯짓하더니 낭떠러지의 상공에서 무리를 짓고 있는 그리폰들을 향해 다가갔다.

그 순간 하늘을 날던 한 마리의 그리폰이 높게 울부짖었다.

"삐갸아아아아아아아아!!"

"어? 벌써 찾은 거야?!"

나는 놀라서 소리쳤다.

몇백 미터나 거리가 벌어져 있는데 발견하다니, 그리폰의 시력이 놀라웠다.

하지만 자빌리아는 내 생각을 부정했다.

"아닐 거야. 저 보초병이 보는 건 협곡 아래쪽일 테니까. ……아, 바질리스크 집단인가."

"뭐?!"

바질리스크는 3미터 정도 되는 도마뱀처럼 생긴 마물이다.

그게 집단으로 나타났다고?! 놀라서 협곡 아래를 살펴봤지만 거리가 너무 벌어져 있어서 모습을 볼 수 없었다. 강이 흐르고 있다는 것 말고는 모르겠다.

"자빌리아, 바질리스크가 있어?"

"응, 대략 30마리 정도. 아마 알 도둑이야. 절벽에 구멍이 여럿 뚫려있지? 저게 그리폰의 둥지니까, 거기에 있는 알을 노리고 나타난 걸 거야. 보통 그리폰이 더 강하지만 둥지 안은 좁아서 바질리스크가 더 유리하겠지. 자칫 둥지에 있는 그리폰 몇 마리가 사냥당할 수도 있고."

"세상에."

바질리스크는 발바닥에 특수한 털이 나서 절벽을 기어오를 수 있기 때문에, 그리폰 둥지에 쉽게 침입할 수 있을 것이다.

거기까지 생각한 나는 공중에 대롱대롱 매달린 채 대체 어떻게 해야 할지 고민했다.

애초에 마물은 인간에게 해악을 끼치는 존재니까 쓰러트려야 하는 상대고, 마물끼리 싸우는 거에 간섭할 일은 아니지만…….

"하지만 퀜틴 단장님네 사역마의 짝이 잡아먹히는 건 곤란해!"

"이 안에 짝이 있다고 확정된 건 아니지만."

자빌리아가 냉정하게 지적했다.

확실히 자빌리아의 말은 맞는 말이었지만, 가능성이 제로가 아닌 이상 최대한 그리폰을 잃고 싶지 않았다.

어떻게 할지 고민하는 사이에 둥지에서 그리폰이 차례차례 날아오르기 시작했다.

그 모습은 도망치는 것처럼 보였다.

"그리폰은 계층구조가 명확하거든. 기본적으로 모든 그리폰에 순위가 붙고, 상위 개체에 위험이 닥치면 하위 개체가 도와주지만 반대는 없어."

"어? 그럼 하위 그리폰이 위험에 빠져도 아무도 구해주지 않으니까 혼자서 어떻게든 할 수밖에 없다는 거야?"

"맞아. 그리고 절벽에 있는 둥지는 낮은 높이에 있을수록 하위 개체의 둥지니까 바질리스크가 무리 지어 낮은 높이에 있는 둥지를 노리는 건 좋은 작전이지. ……아, 드디어 우리를 그리폰이 발견한 모양이야."

"어?"

협곡 아래쪽을 보던 시선을 들어 올리자 하늘을 날던 30마리가량의 그리폰이 전부 경악한 얼굴로 이쪽을 보고 있었다.

그러고는 일제히 미친 듯이 비명을 지르기 시작했다.

"삐기이이이이이익!!"

"삐이이이이이이이이이!!"

"아, 잠깐만. 진정하세요! 여기 있는 건 나쁜 흑룡이 아니랍니다. 보세요, 이 황금색 깃털을. 혹시 누구 이 깃털을 보고 팍 꽂

히신 분 없으세요?"

필사적으로 외쳤지만 모든 그리폰이 공포에 질린 표정으로 방향을 바꾸더니 최대한 빨리 날아가려했다.

"앗, 어떡해. 아무도 황금색 깃털을 보지 않고 도망치잖아. 예상했던 거랑은 전혀 다른데."

"……처음부터 생각한 건데, 피아가 두 팔을 수평으로 벌린 상태에서 나에게 잡혀있는 이 자세가 문제 아닐까. 책형 당한 죄인 같기도 하고, 그리폰들에게는 피아가 내 먹이로 보일 거야. 흑룡이 느긋하게 식사할 수 있는 장소를 찾으러 왔다고 생각한 거 아닐까? 그러니 흑룡이 먹이를 먹는 틈을 타서 도망칠 생각에 뿔뿔이 흩어진 거지."

"뭐?!"

그렇게 생각한다고?! 놀라서 주변을 둘러보았지만, 내 눈에는 부리나케 도망치는 그리폰들의 뒷모습만이 보였다.

"이, 이럴수가……."

"피아, 저들 앞으로 끼어들까? 저 녀석들 틀림없이 겁쟁이니까 내가 조금 협박하면 퀜틴의 사역마의 짝이 되는 걸 받아들일 거야."

"아니, 그러니까 그건 좋지 않은 방법이라고."

자빌리아에게 반박했지만, 그럼 다음은 어떻게 해야 할지 알 수 없었다.

다음 수는 어떻게 놓을지 막막해하던 그때, 별안간 공기를 찢는 듯한 날카로운 소리와 함께 빛나는 불덩어리가 분출되는 게 보였다.

"어? 뭐, 뭐야?!"

놀라서 눈을 부릅뜨자 낭떠러지에 난 구멍에서 상공을 향해 선명한 불꽃이 치솟…… 는 줄 알았지만, 잘 보니 불꽃이 아니라 한 마리의 아름다운 그리폰이 날아오는 게 보였다.

"……와, 주홍색 그리폰!"

깃털 하나하나가 길고 빛나는 듯한 주홍색을 띤, 넋을 잃고 쳐다보게 될 만큼 아름다운 그리폰이었다.

몸도 다른 그리핀들보다 눈에 띄게 컸고 부리와 발톱도 날카로웠다.

그런 아름다운 그리폰이 하늘로 치솟는 불꽃과 헷갈릴 만큼 기세 좋게 날아오르고 있었다.

"너무 아름다워……."

나도 모르게 멍하니 쳐다보고 있었더니 그리폰은 이쪽을 날카로운 눈으로 응시했다.

흠칫 놀라서 마주 바라보았지만 그리폰은 바로 관심이 없다는 듯 고개를 돌리더니 낭떠러지 아래를 바라본 채 어마어마한 기세로 하강했다.

뭘 할 생각인 건지 지켜보자 주홍색 그리폰은 낭떠러지에 달라붙어 있던 바질리스크를 향해 일직선으로 내려가 날카로운 부리로 바질리스크의 목을 꿰뚫었다.

눈 깜짝할 사이에 일어난 그것은 넋이 나갈 만큼 뛰어난 공격이었다.

고작 한 번의 공격에 절명한 바질리스크는 그대로 강으로 추락

했다. 동시에 주홍색 그리폰은 하늘로 날아올랐다.
물이 흐르듯 매끄러운 동작에 감탄하는 사이 그리폰은 다시 하강해서 다른 바질리스크를 꿰뚫었다.
그렇게 순식간에 그 자리에 있던 모든 바질리스크는 단 한 마리의 그리폰에 의해 전멸당했다.

모든 일이 끝난 뒤에도 주홍색 그리폰을 정신없이 쳐다보자 자빌리아가 말을 걸었다.
"피아, 네가 주홍색 그리폰이 예뻐서 데리고 돌아가고 싶어 하는 게 얼굴이 다 쓰여 있긴 한데, 저건 전혀 소심해 보이지 않거든. 데리고 돌아갔다고 해도 퀜틴의 그리폰과 쌓을 수 있는 관계는 상하관계일 뿐, 부부관계는 아닐 거야."
"윽, 그, 그러려나? 의외로 잘 지낼지도 모르잖아."
자빌리아에게 반론하는 사이 주홍색 그리폰이 다시 위로 올라와 우리 눈앞으로 다가왔다.
"어!"
가까이 와 준 게 기뻐서 무심코 헤벌쭉 웃었더니 그리폰은 내 머리 장식을 빤히 쳐다보았다.
"앗, 호, 혹시 이 깃털이 마음에 들었어?! 이 깃털 주인은 아주 예쁜 황금색 그리폰이야! 괜찮다면 소개해주고 싶은데, 같이 와 주지 않을래?"
그리폰은 나를 붙잡은 자빌리아에게 시선을 옮긴 후, 무언가 생각에 잠긴 듯한 얼굴로 다시 내 머리 장식에 시선을 돌렸다.

끈기 있게 한 번 더 스카우트하자 그리폰은 뚜렷하게 고개를 끄덕인 뒤 고도를 내려 자빌리아 바로 아래로 위치를 옮겼다.

"해, 해냈어! 짝 찾았어!!"

흥분해서 소리치자 자빌리아가 냉정한 목소리로 대꾸했다.

"그건 실제로 퀜틴의 사역마와 만나게 할 때까지 알 수 없는 거 아닐까. 내 눈엔 그리폰이 황금색 깃털이 마음에 들었다기보다는 피아가 나와 대등한 입장이라고 판단하고 따라가기로 결단한 것처럼 보이는데."

"어?"

"조금 전에도 말했지만 낭떠러지의 위쪽으로 갈수록 안전해지니까, 그곳에 살 수 있는 그리폰은 상위 개체야. 저 주홍색 그리폰이 뛰쳐나온 건 가장 높은 곳에 난 구멍이었어."

나는 자빌리아의 말에 고개를 끄덕끄덕 흔든 후 활짝 웃으며 대답했다.

"전부 잘 이해했어. 즉 우리는 이 예쁜 그리폰을 데리고 돌아갈 수 있다는 거지! 그렇다면 여기는 이제 안녕이야. 오늘은 너무 많은 일이 일어났으니까 다른 그리폰들도 피곤할 테니 빨리 눈앞에서 사라져주자."

이렇게 나는 퀜틴 단장님의 사역마의 짝(후보)과 함께 왕도로 돌아가게 되었다.

제1회 인기투표 결과발표

총투표수 3,542표!

1위

기사단 최강의 남자,
당당히 1위!!

감사합니다.
모든 분께 진심으로 감사드립니다.
오늘은 당신에게도
멋진 하루가 되기를.

726표

시릴 서덜랜드

【투고자 코멘트】 /멋있는 점도 어벙한 점도 있어서 보고 있으면 즐겁고, 피아 말고 다른 캐릭터와 엮이는 것도 재미있습니다. 두뇌 회전이 빠른 것도 멋있어요. / 다들 좋아해서 인기 투표라니 그런…!! 너무한…!!! 피아와 세라피나 님을 제치고 그런!!!! 황공한!!!! 시릴 단장님 사랑해요오오오오오!!!! / 요즘은 피아를 오냐오냐하는 이미지가 강해졌지만, 뒷굽을 내리찍어 퀜틴 단장실의 책상을 쪼개버리는 모습도 좋아합니다.

【투고자 코멘트】/시리우스가 세라피나를 오빠에게서 지켜줬을 때 시리우스 팬이 되었습니다! 멋있고, 쿨하지만 세라피나에게는 다정하고, 게다가 나브 왕국에서 제일 강하다니 최고예요! 시리우스 완전승리!

【투고자 코멘트】/아무리 괴로워도 힘들어도 특유의 엉뚱한 사고방식으로 온갖 일을 긍정적으로 돌진하는 피아가 정말 좋습니다. 그녀가 주인공이기 때문에 이 이야기는 빛나는 것이며, 즐겁게 읽을 수 있는 것 같아요.

【투고자 코멘트】/피아에게서 직접 지도받은 성녀 샬롯이 앞으로 어떻게 성장해갈지 알고 싶습니다!

【투고자 코멘트】/늘 전력으로 피아를 생각하고 행동하는 자빌리아가 좋습니다. 앞으로도 피아의 버팀목이 되어주기를!

【투고자 코멘트】/사비스 총장은 정말로 멋있고 미남이고 끝내주고 미남이에요! 좋아합니다. / 부하를 아끼고 도량이 넓고 자상한 상사! 따라가고 싶어지는 인품입니다. 멋져요.

【투고자 코멘트】/퀜틴 단장은 강한데다 은근히 유일하게 진실을 이래저래 알고 있는 사람인데 종합하면 '멍청큐티'라는 단어로 수렴한다는 점이 정말로 바보 같고 귀엽습니다.

11위 카노푸스 블라제이 : 75표
12위 재커리 타운젠트 : 71표
13위 데즈먼드 로난 : 50표
14위 올리아 루드 : 47표
15위 클라리사 애버네시 : 35표
16위 레드 : 31표
17위 블루 : 29표
18위 그린 : 16표
19위 이노크 : 3표
20위 마인(마왕의 오른팔) : 3표

그 외 파티 코나한 / 5권 296페이지에서 기사복으로 갈아입고 오지 않았던 기사단장 / 알디오 루드(루드 가의 장남) / 퀜틴 단장의 사역마 그리폰 / 생선구이가 일반적인? 데도 조림으로 팔던 사람 / 베가 제1왕자(3형제) / 돌프 루드 / 피아의 어머니 / 아르테아가 제국의 막내 황녀님 / '블루 도브' 모드인 자빌리아 / 카스토르 / 조일(회갈색 용) / 사리엘라

수많은 투표와 마음이 담긴 열렬한 코멘트를 보내주셔서 정말로 감사합니다! 제2회 개최를 기대해주세요♪

토야 선생님의 메시지

3,542표나 되는 많은 표를 받았습니다. 참가해주신 여러분, 정말 감사합니다. 주인공이니까 피아가 제일 인기일 거라고 멋대로 생각하고 있었기에, 여러분의 결과를 보고 놀랍고 충격적이었고 기뻤습니다. 특히 등장한 캐릭터 거의 전부 뽑아주신 게 한 명 한 명을 잘 봐주신 것 같아서 무척 기뻤습니다. 감사합니다. 감상도 많이 보내주셔서 감사합니다. 큰 힘을 받았습니다. 계속해서 '전생한 대성녀는 성녀임을 숨긴다'를 즐겁게 읽어주셨으면 좋겠습니다.

인기 투표 제1위【시릴 서덜랜드】【SIDE】 제1기사단장 시릴「기사의 맹세」

우리 나브 왕국에서 성녀는 지고의 존재다.

그리고 성녀를 최상위의 지위에 올려놓은 숨은 공신은 왕가이자, 아버지는 그런 왕가의 일원이었다.

즉 아버지는 선왕의 동생이자 어머니는 차석 성녀였기 때문에, 그런 부모 아래에서 태어난 나는 태어났을 때부터 성녀를 공경해야 하는 입장이었다.

그럼에도 나는 계속 성녀에게 모순된 감정을 품고 있었다.

왜냐하면 성녀는 나라의 초석이자 무엇보다도 존엄한 존재라며 공경하는 한편, 그 말 구석구석에 드러나는, 자신들 외의 존재를 내려다보는 태도에 실망하며 동의하지 못하는 부분도 느꼈기 때문이다.

전장에서 성녀들과 함께 보내는 기회가 늘어나고 그녀들에 대해 알수록 왕국이 오랜 세월에 걸쳐 만들어 낸 '자비로운 성녀상'과 '현실의 성녀'가 괴리되어 있다는 느낌에 고민하고 갈등하는 나날.

그렇게 방황하는 나에게 해답을 준 사람은, 내가 관할하는 제1기사단의 신입 기사였다.

성녀를 어떻게 생각하는지 물어보자 그녀는── 피아는 진심으로 우습다는 듯 웃고는, 애초에 우리의 성녀상이 잘못되었다고 단언했다.

『여러분은 성녀를 어떻게 만들고 싶은 거죠? 숭배해서, 여신으로 만들 생각이기라도 하신가요? 후후후, 틀렸어요. 성녀는 그렇게 먼 곳에서 변덕스럽게 구원을 주는 존재가 아니에요. 성녀는 말이죠, 기사의 방패랍니다.』

――피아가 제시한 성녀상은 우리가 오랫동안 쌓아 올린 그것보다 몇 배는 더 아름다웠다.

너무도 아름다운 것을 제시하는 바람에 당황하고 매료될 뻔했으나, 내 안에 있는 냉정한 부분이 고개를 디밀고 현실에 그런 성녀는 없다며 나 자신을 타일렀다.

그리고 나를 설득하기 위해 상식적인 답을 추구했다.

즉 피아가 그런 말을 할 수 있었던 건 그녀가 성녀가 아니기 때문이라고.

피아가 기사이므로 이상과 희망을 담은 아름다운 성녀상을 그려낼 수 있었던 것이며, 만약 성녀였다면 같은 말은 하지 못했을 것이라는 결론을 내렸다.

그럼에도 피아는 당당한 목소리로 분명하게 대답했다.

『만약 제가 성녀님이었다고 해도 저는 같은 말을 할 겁니다.』

――아아, 확실히 그럴 것이다.

피아의 말은 가슴에 조용히 와닿아, 순순히 믿을 수 있었다.

아무런 근거도 없는 그녀의 말을 그대로 받아들일 수가 있었다.

그건 무언가를 판단할 때 반드시 근거나 이유가 필요한 나에게는 거의 없는 일이었다.

피아의 생각이나 사상은 언제나 내 예상을 뛰어넘고 엉뚱한 것도 많지만, 반드시 내 생각을 초월한다.

아마도 피아의 올바른 것, 아름다운 것을 순수하게 추구하는 자세가 실제로도 아름다운 결과를 불러들이는 거겠지. ……냉정하게 그런 고찰을 할 수 있었던 건 서덜랜드를 방문하기 전까지였다.

서덜랜드는 내 영지이자 지켜야 할 주민들이 있는 장소임에도 그곳을 방문하는 건 1년에 한 번 뿐이었다.

내 눈앞에 성녀의 모순을 들이민 시작의 장소── 그것이 서덜랜드였기 때문이다.

내 어머니는 성녀로서 나라에서 제일가는 실력을 지녔지만, 내가 바라는 성녀상과는 거리가 멀었다.

많은 상처를 치유할 수 있는 기적의 힘을 받은 존재임에도 치유할 상대를 고르고, 그 능력을 사용하는 걸 아꼈기 때문이다.

그 결과 어머니는 주민들의 반발을 샀고, 불행한 사고가 겹쳐 불귀의 객이 되었다.

지금도 나는 성녀는 누구보다도 무엇보다도 고귀한 존재라고 생각하지만, 어머니의 죽음을 들었을 때는 마음속 어딘가에서 어쩔 수 없다며 수긍해버리고 말았다.

어릴 때부터 성녀의 언동을 무조건으로 받아들이며 공경해야 한다고 배웠으나, 치유할 상대를 골라서 목숨을 선별하는 어머니에게 반발하는 마음을 온전히 버리지 못했기 때문이다.

한편으로 아버지는 어머니의 죽음을 확인한 순간 격분했다고 한다.

『나라의 초석이신, 왕국의 차석 성녀님이시란 말이다! 여기에 있는 너희들과 그 일족 전원의 목숨으로 성녀님께 속죄해라!!』

아버지는 나보다 어머니와 오래 같이 있었고, 그 언동을 가까이서 보았음에도 어머니에게 실망하지도 않고 기적의 힘을 지녔다는 단 하나의 이유로 어머니를 진심으로 공경했다.

아버지와 마찬가지로 성녀를 경애할 수 없다는 것, 부모님을 같은 시기에 잃었다는 것, 영지민과 대립 관계에 놓인 것에 나는 승화할 수 없는 복잡한 감정을 품고 있었으나, ──피아를 영지에 데려간 후 전부 불식되었다.

애초에 피아를 영지에 동행시킨 건 그녀의 올바른 것, 아름다운 것만을 보려는 눈동자로 내 행동의 선악을 간파해주길 바랐기 때문이다.

내가 잘못된 대응을 하면 기탄없이 그걸 지적해주길 바랐다.

그게 피아에게 기대할 수 있는 최대한이라고 생각했고, 서덜랜드 주민과의 사이에 생긴 균열은 10년, 20년 만에 수복할 수 있는 문제가 아니었기에 관계 개선에 힘을 빌릴 마음은 눈곱만큼도 없었다.

그럼에도 피아는 기적으로밖에 부를 수 없는 결과를 끌어냈다.

대성녀 신앙이 강한 땅인 서덜랜드에서 피아는 대성녀의 환생으로 인식되었다.

그 결과 주민들은 모두 피아를 받아들이고, 피아가 소속된 기사를 받아들이고, 기사를 이끄는 서덜랜드 공작가를 받아들였다.

서덜랜드의 주민이 완전한 화해를 받아들인 것이다.

내 대에서 이룰 수 있으리라는 생각은 꿈에도 하지 못한 위업이었다.

어안이 벙벙한 나에게 피아는 걱정하며 물었다.

『제가 대성녀님의 환생을 연기하는 건 단장님이 보시기에 괜찮으셨나요? 시릴 단장님 안에 있던 대성녀님 이미지가 무너지거나 하진 않았을까요?』

어쩜 이렇게 어리석은 질문일까.

당연히 무너졌다.

내 안에 어떤 대성녀님의 이미지가 있었다고 해도, 피아는 그걸 뛰어넘었으니까.

──그 순간 나는 말로 할 수 없는, 가슴이 떨리는 감정에 사로잡혔다.

압도적인 감동과 감사, 그리고 황공한 기분이었다.

아아, 아마도 기사가 성녀에게 느끼는 경애의 감정은 이러한 것이어야 한다── 나는 난생처음으로 그렇게 실감할 수 있었다.

그런데도 피아는 자신의 위업을 뽐내는 대신 기쁘다는 듯 웃었다.

『잘됐네요, 단장님. 단장님의 다정함이 주민들에게 전해진 거예요.』

마치 이 기적적인 화해를 불러온 게 내 인품 덕분이라는 듯이.

그 말을 들은 순간 가슴에 북받쳐 오르는 것을 느끼고 피아 앞에 무릎을 꿇었다.

"설령 당신에게는 간단한 일이었다고 해도, ……그렇기 때문에 당신 자신이 그 가치를 이해하지 못했다고 해도 저는 그 무게를 이해하고 있습니다. 그리고 이 은혜를 결코 잊지 않겠습니다. 피아, 저는 언젠가 반드시 당신에게 보은하겠습니다. 기사로서, 당신에게 맹세합니다."

진심에서 우러난 말이 자연스럽게 흘러나와, 무의식중에 피아에게 기사의 맹세를 바쳤다.

시야 구석에 놀라서 눈을 부릅뜬 사비스 총장님이 보였다.

——그러실 테죠.

나도 놀랐다.

내가 기사의 맹세를 바치는 상대는 성녀라고, 나 자신도 오랫동안 그렇게 믿었으니까…….

"……하지만 몇 번을 다시 생각해도 그 상황에서 피아에게 기사의 맹세를 바치지 않는다는 선택지는 없었겠죠."

서덜랜드에서 피아에게 맹세했던 때를 회상하던 나는 심야의 집무실에서 작게 혼잣말을 중얼거렸다.

그 후 이토록 생각이 흐트러진 이상 일을 계속해봤자 효율이 나쁠 뿐이라고 포기하고 펜을 내려놓았다.

조금 전까지 외출했었기에 급한 일이 쌓여 있진 않은지 집무실에 돌아왔는데, 영 집중할 수 없었다.

아마도 피아가 멀리 떨어진 곳으로 나가는 게 마음에 걸리는 모양이다.

"……오늘은 여기까지 하고, 내일 아침은 피아를 배웅하기로 할까요."

내일 피아는 카티스와 함께 가자드 변경백령으로 출발할 예정이다.

소풍이라도 가듯 설레는 마음으로 이른 아침에 출발할 피아를 상상하며 흐뭇해하면서도, 피아 일행을 배웅하기 위해 평소보다 일찍 일어나기로 결심했다.

그러기 위해서도 오늘 밤은 이만 끝내자며 집무실을 뒤로하고 숙소를 향해 걸어가고 있을 때, 철컥철컥 문을 흔드는 듯한 소리가 들렸다.

의심스러운 눈초리로 소리가 난 장소를 향해 발걸음을 옮기자, ……어째서인지 조금 전까지 내 머릿속을 점령하던 소녀 기사——피아 루드가 식당 문을 열려고 하는 장면을 목격했다.

시각은 이미 자정이 넘어갔는데, 이런 시간에 뭘 하고 있는 건지 의아해하며 말을 걸었다.

"피아, 뭘 하는 겁니까?"

"흐억!"

피아는 놀라서 돌아보더니, 날 알아보고는 기뻐하는 목소리로 대답했다.

"시릴 단장님! 다, 다행이다. 어째서인지 식당 문이 안 열려서 난감하던 참이었거든요. 여는 거 도와주세요."

"아뇨, 식당은 이미 문을 닫아서 잠겨있을 겁니다. 뭐가 필요한 거죠?"

"물을 마시고 싶습니다. 목이 말라서요……."

흐물흐물한 표정으로 입을 여는 피아를 보고 그녀가 취했음을 깨달았다.

일이 있어 참석하진 못했으나, 오늘 밤은 카티스가 피아를 데리고 훈련 수료 축하연을 연다고 했다. 그때 피아는 술을 마셨으리라.

카티스가 이 자리에 없는 걸 봐도 아마 피아는 카티스와 함께 일단 기사 기숙사까지 돌아갔을 게 틀림없다.

그런데 식당까지 물을 마시러 나왔다는 건, 기숙사 내부에 있는 수도를 떠올리지 못할 만큼 취했기 때문이겠지.

"잠시 기다려주시면 집무실에서 물을 가져오죠."

"감사합니다! 저는 얼마든지 시릴 단장님을 기다릴게요."

피아가 환영하며 대답했다.

취한 사람을 어두운 곳에 두고 가는 건 불안했지만, 걷게 하는 건 더 불안했기 때문에 근처에 있던 벤치에 피아를 앉혔다.

밤도 깊어졌기에 이런 시간에 성안을 어슬렁거리는 사람은 없을 거라고 생각하면서도 피아가 걱정되어 빠르게 돌아왔다.
그러자 피아는 헤어졌을 때와 같은 자세로 멍하니 하늘을 바라보고 있었다.
"뭔가 재미있는 거라도 보입니까?"
옆에 앉으며 말을 건네자 피아는 하늘을 올려다본 채 대답했다.
"아뇨, 아무것도 안 보여요. 하늘에서 제일 밝게 빛나는 별을 보고 싶었는데요……."
"아아, 시리우스성 말이군요. 아쉽게도 오늘밤은 날이 흐려서 별은 보이지 않겠군요."
그렇게 대답하며 물잔을 내밀자 피아는 고맙다고 인사하며 손을 뻗었다.
그러더니 두 손으로 잔을 잡고는 꿀꺽꿀꺽 단숨에 비웠다.
그 기세를 보고 식기 선반 가장 앞에 있던, 예쁘긴 하지만 용량이 작은 잔을 가져오는 게 아니었다며 반성했다.
"한 잔 더 필요한가요? 아니면 내일은 일찍 일어나야 할 테니 기사 기숙사까지 바래다 드릴까요?"
"네? 저 내일 일찍 일어나나요? 특별임무라도 있었던가요?"
의아해하며 물어보는 피아는 어딜 봐도 훌륭한 주정뱅이였다. 가까이서 보니 얼굴도 빨갰다.
"내일은 가자드 변경백령으로 출발하잖아요? 영봉흑악이 있는 지역이요."
가자드라는 이름은 잘 모를 것 같았기에 흑룡이 사는 산이 있는 일대임을 추가로 설명했다.

그러자 피아는 기쁘다는 듯 얼굴이 환해졌다.

"아아, 저 자빌리아 만나러 가기로 했죠! 우후후후, 자빌리아에게 선물 많이 가져갈 거예요."

피아는 흑룡에게 줄 선물을 손을 꼽으며 가르쳐주었지만, 그 내용은 과자, 꽃 등이라 삼대마수 중 하나인 흑룡이 그런 어린아이가 좋아할 법한 선물에 기뻐할지는 의문이었다.

그 후 피아는 흑룡에 대해 희희낙락 이야기했지만, 도중에 비밀로 해야 하는 내용이었다는 걸 깨달은 건지 허둥지둥 입을 틀어막았다.

"아, 아차! 이건 시릴 단장님에겐 비밀이었죠. 흑룡을 사역마로 삼은 게 들키면, 그리고 자빌리아를 영봉흑악에 돌려보낸 게 들키면 흉악한 마물을 홀랑 풀어놓다니 말도 안 된다고 혼날 테니까요. 그러니까 못 들은 걸로 해주세요."

몹시 진지한 얼굴로 부탁하는 피아를 앞에 두고 나는 하늘을 우러러보았다.

"……오늘은 퀜틴에게서 뇌물 수수 선언을 듣고, 재커리에게선 부정을 덮어달란 요청을 받고, 당신에게서는 제1급 비밀을 폭로당한 데다 못 들은 걸로 해 달라는 부탁을 듣다니……."

무슨 액일이냐고 소리 없이 중얼거렸다.

그 후 나는 피아를 힐긋 곁눈질했다.

"피아, 알고 있을 테지만 흑룡은 나브 왕국의 수호수입니다."

"네, 압니다."

순순히 고개를 끄덕이는 피아에게 나는 부추기듯이 말을 이었다.

"당신이 흑룡을 거느리고 있다는 게 알려지면 당신의 가치는 몇 배나 커질 겁니다."

"그건, ……자빌리아가 왕국에게 도움이 되는 일을 한다면 그렇단 거겠죠. 그런 이유로 친구에게 부탁하는 건 좀 아니라고 봐요."

"당신의 가치가, ……예를 들어 고위 성녀님만큼 올라간다고 해도 그렇습니까?"

"저를 아는 사람은 제 사역마가 흑룡이냐 아니냐로 평가를 바꾸지 않습니다. 저를 모르는 사람에게 좋은 평가를 듣기보다는 친구를 더 아끼고 싶어요."

참으로 피아다운 대답이었다.

몇 번을 확인해도 피아는 자신의 가치보다 소중한 것이 있다.

그리고 욕망에 찌는 사람들을 수없이 본 나에게 피아의 모습은 무척이나 바람직하게 비쳤다.

따라서 필두 공작, 혹은 필두 기사단장이라는 입장상 왕국을 위해 흑룡을 효과적으로 사역하도록 부탁해야 한다고 생각하면서도 그 이상 피아에게 강요할 마음은 들지 않았다.

나는 내일 이후의 일로 화제를 바꿨다.

"카티스가 동행하니 괜찮을 테지만, 영봉흑악은 흉악한 마물이 많이 사는 산입니다. 가자드 변경백령을 경비하는 제11기사단과 합류하기 전엔 그 산에 들어가지 마세요."

피아는 이해했다는 듯 고개를 거듭 끄덕였다.

"알겠습니다! 하지만 그린이랑 블루가 있으면 어떻게든 될 것 같기도 하고, 아닐 것 같기도 하고……."

낯선 이름이 나왔기 때문에 피아에게 질문했다.

“그 두 사람은 처음 듣는 이름이군요. 어떤 사람들이죠?”

“어떤 사람…… 일까요. 아르테아가 제국 출신…… 인 건 비밀이지 참. 으음, 그게, 실력이 괜찮은 모험가예요. 아마. 그리고 영봉흑악에 같이 가기로 했습니다.”

취한 피아는 하면 안 되는 말을 줄줄 털어놓았다.

아르테아가 제국 출신에 그린과 블루라는 이름이 더해지면 제국에서 가장 고귀한 피를 이어받은 황가의 형제가 떠오르지만, ……그런 고귀한 형제가 우리 나라에 불쑥 찾아올 리 없으니 우연이겠지. 애초에 흔한 이름이다.

“그렇습니까. 동행자에 대해 잘 모르다니 당신답군요. 카티스가 동행을 허락했다면 문제없는 사람들이겠지만요. 어쨌거나 위험한 장소인 건 변함없으니 조심, 또 조심하세요.”

“네, 당연하죠. 위험한 일은 하나도 안 하겠습니다!”

피아는 힘차게 약속했지만 차마 믿을 순 없었다.

왜냐하면 피아의 문제는 본인에게 그럴 마음이 없는데도 매번 트러블 쪽에서 다가온다는 점이기 때문이다.

내일 아침 절대 무리하지 말도록 카티스에게 한 번 더 당부해야겠다고 다짐했다.

그 후 피아의 손을 잡고 정면으로 바라보았다.

“피아, 저는 당신에게 기사의 맹세를 바쳤습니다. 당신이 제게 준 은혜를 잊지 않고, 언젠가 반드시 갚겠노라고. 그러니 당신은…… 제가 약속을 지킬 수 있도록 무사히 돌아와야만 합니다.”

피아는 어리둥절한 표정으로 나를 바라보았다가 불쑥 생긋 웃었다.

"우후후후, 알겠습니다! 즉 영봉흑악의 여행 선물을 가져오라는 거군요. 맡겨주세요."

——주정뱅이에게 진의를 이해시키는 건 어렵다는 사실을 깨달은 순간이었다.

그리고 어차피 오늘 밤의 일을 기억하지 못할 것이라고 여겼던 나는, ——다음 날 아침, 피아를 배웅하기 위해 평소보다 이른 시간에 성문 근처에서 기다렸다.

그러자 어째서인지 데즈먼드, 퀜틴, 재커리까지 배웅하러 온 걸 보고 지나가던 사람들에게서 이렇게 많은 기사단장이 모여있다니 국왕 폐하께서 외출하시는 게 틀림없다는 오해를 받았다.

——당연히 기사의 맹세를 바친 나에게 피아는 폐하와 마찬가지로 가치 있는 상대이긴 했지만.

그렇기에 카티스와 즐겁게 떠나는 피아의 뒷모습을 보며, 나는 무사히 돌아오라고 진심으로 기도를 올렸다.

인기 투표 제2위【시리우스 유리시즈】
세라피나의 유혹과 시리우스의 저항 (300년 전)

"어머, 이건 스케줄이 잘못된 게 아닐까! 사흘 정도 걸릴 스케줄이 하루 치로 적혀 있잖아."

시리우스의 집무실 책상에 놓여있던 일정표를 들여다본 나는 놀란 나머지 소리쳤다.

시리우스에게 볼 일이 있어 그의 집무실을 찾아왔으나, 안에는 아무도 없었다.

그래서 얌전히 다시 나가려고 했는데, 책상 위에 종이 한 장이 덜렁 놓여있는 게 보여서 그 종이를 집어 들고 읽어봤다가 놀라 소리쳤다.

왜냐하면 거기에 적힌 하루 치 스케줄이 도저히 소화할 수 있는 양이 아니었기 때문이다.

내 뒤에서 대기하고 있던 카노푸스가 조심스럽게 말을 걸었다.

"세라피나 님, 시리우스 단장님의 스케줄을 훔쳐보시는 행위는 그만두시는 게 좋다고 봅니다. 그리고 스케줄에 오류는 없으니 그게 하루 치가 맞습니다."

카노푸스의 말에 이래저래 하고 싶은 말이 많아 순서대로 하나씩 돌려주었다.

"카노푸스, 남의 물건을 훔쳐보면 안 된다는 의견은 아주 타당하지만 시리우스는 내 근위 기사단장이니까 그의 스케줄을 확인하는 건 문제없지 않을까. 게다가 내가 이 집무실에 자유롭게 드나드는 시점에서 나에게 보여주게 되리라는 건 시리우스도 각오하고 있을 거야."

애초에 그는 내가 이 집무실에 자유롭게 출입하는 걸 묵인하고 있을 거다. 그렇게 생각하며 집무실 한구석에 놓여있는 협탁에 힐끔 시선을 주었다.

그러자 여느 때처럼 협탁 위의 예쁜 바구니 안에 색색의 귀여운 과자가 가득 쌓여 있는 게 보였다.

"시리우스는 단것을 일절 안 먹으니까, 저건 내가 이 집무실에 와서 자유롭게 먹을 수 있도록 마련해 놓은 걸 거야."

시리우스의 입에서 한 번도 그런 설명을 받은 적은 없으니 어디까지나 내 추측이지만, 그의 집무실을 마음대로 찾아오는 사람 중에 단것을 좋아하는 사람도 달리 없을 테니 맞을 것이다.

"그리고 이 스케줄이 하루 치일 리 없어. 하루 만에 50명이나 되는 사람을 만나게 되어있잖아! 그것도 상대는 전부 제국의 공작이나 대성당의 대주교처럼 중요 인물이야. 그런 상대와의 만남을 한 명당 5분 만에 끝낸다니 미친 짓이지. 심지어 그 중간에 내 시찰에 동행하는 것도 무모하고."

"……송구합니다만, 시리우스 단장님은 세라피나 님의 시찰에 동행하시는 사이에 다른 분들과 만나시는 거라고 봅니다."

"허억! 아르테아가 제국의 공작님을 자투리에 만난다고?! 본인이 들으면 미친 듯이 화낼 것 같은 소리인데."

놀라서 소리치자 노크도 없이 밖에서 문이 열렸다.

깜짝 놀라 돌아보자, 한 치의 빈틈도 없이 기사단장복을 소화한 아름다운 은발의 기사가 서 있었다.

"세라피나, 방 밖까지 네 목소리가 들리더라. 내 집무실 문은 두껍다고 들었는데, 그 이야기 자체가 의심스러워지는걸."

시리우스는 성큼성큼 걸어와 내 눈앞에서 멈췄다.

그러고는 내 손에서 스케줄표를 집어 들어 책상 위에 돌려놓았다.

"내 스케줄을 같은 건 봐도 재미없잖아."

"시리우스는 매일 이렇게 많이 일하는 거야? 아무리 체력에 자신이 있다고 해도 몸이 상하는 거 아니야?"

"흠, 최근 몇 년 동안 앓아누운 적은 없는데. 오히려 네가 지난달에 열이 났던 걸로 기억한다만. 체력과 업무량의 상관관계를 따지면 네가 훨씬 더 무리하잖아."

무언가 암시가 있었던 것도, 핵심적인 단어를 흘린 것도 아니었지만 그 순간 나는 별안간 이해했다.

아, 시리우스가 내 일의 일부를 대신하고 있구나.

아마도 나밖에 하지 못하는 일 말고는 시리우스가 사전에 스케줄을 바꿔서 자기가 대신 처리하는 거다.

그 전제로 조금 전의 행동을 돌아보면 뭐든 자유롭게 놔두는 시리우스가 내 손에서 스케줄표를 가져간 것도, 카노푸스가 스케줄표를 보지 말라고 주의 준 것도 다 이해가 갔다.

세상에. 다 한패잖아.

어쩐지 따돌림이라도 받은 듯한 기분이 되어 시리우스를 노려본 후 이를 갈면서 '두고 보라고'라고 선언한 뒤 집무실을 뒤로했다.

시리우스가 내 일을 대신하고 있다는 충격적인 사실을 알아차린 나는 어떻게든 그를 쉬게 해주고 싶었다.

문제는 어떻게 쉬게 해주냐는 것이다.

본인이 말한 대로 시리우스는 체력이 어마어마하니까 얼마든지 일할 수 있고, 조금쯤 피곤해도 눈치채지 못한다.

그리고 조금 전 스케줄을 보면 쉬는 시간이 없다.

나는 난감해하며 시무룩한 표정으로 한숨을 쉬었다.

시리우스는 설탕을 토해버릴 듯 달콤한 말을 하지도 않고, 속내를 표현하지도 않으니까 얼음처럼 서늘한 미모와 어우러져 차가운 사람이라는 인상을 주곤 하지만 실제로는 무척이나 자상하고, 걱정이 많고, 나를 응석 부리게 해준다.

그렇기에 이번처럼 아무 설명 없이 어느새 날 도와주고 있다.

덕분에 나는 매번 시리우스가 나를 위해 움직이고 있다는 걸 눈치채지 못한다.

하지만 계속 시리우스가 무리하게 둘 수는 없다. 따라서 나는 시리우스를 쉬게 할 방법을 궁리했다.

"난감하게도 내 스케줄은 나에게 오기 전에 근위 기사단을 거치면서 조정된단 말이지."

작게 중얼거리자 카노푸스에게서 즉각 말이 돌아왔다.

"당연합니다. 왕국최고회의가 작성하는 '대성녀 출동안'은 지나치게 강행군인 경향이 있으니 도저히 그대로 실행할 수는 없습니다. 세라피나 님께서 무리하지 않는 범위에서 행동할 수 있도록 조정하는 것도 저희의 일입니다."

"즉 '대성녀 출동안' 중에는 내가 아닌 다른 사람이 대신할 수 있는 게 섞여 있다는 거잖아? 그리고 그걸 시리우스가 전부 떠안고 있고. 하지만 꼭 시리우스가 대신할 필요는 없을 테니 다른 사람이 대신하게 해도 되지 않을까?"

이번 목적은 시리우스의 업무량을 줄이는 것이므로 내가 하겠다고 나서지 않는 게 포인트다. 카노푸스도 찬성하기 쉬울 것이다.

내 말을 들은 카노푸스는 생각지도 못했던 말을 들었다는 듯 눈을 크게 떴다.

"……………맞는 말씀입니다. 황공하게도 시리우스 단장님의 일을 대신한다는 발상을 떠올리지 못했습니다."

"심정을 모르는 건 아니지만, 딱히 시리우스처럼 완벽하게 하지 않아도 돼. 원래 시리우스는 내 일을 대신 하는 거니까, 나와 비슷한 수준이면 된다고 가벼운 마음으로 임하면 되지 않아?"

"세라피나 님의 일을 대신하는 것도 마찬가지로 황공한 일입니다."

카노푸스의 대답은 모범 답안이었으나, 명백하게 내 대역을 맡는 것보다 시리우스의 대역을 맡는 게 더 큰 일이라고 생각하는 것처럼 보였다.

"……뭐, 됐어."

내가 꺼낸 말임에도 어째서인지 떨떠름한 기분이 든 나는 주변에 있던 단것을 입에 넣어 마음을 달랬다.

——그렇게 다음 날.

나는 정원에 세워진 정자 안에서 기사단장들과 마주 보고 있었다.

정원의 경관과 어우러지게 디자인된 정자에는 작은 테이블과 여섯 개의 의자가 놓여있으므로 정원을 구경하면서 티타임을 즐길 수 있다.

그 테이블에 나는 지난번 기사단장회의 때 봤던 네 명의 단장들과 함께 앉았다.

하지만 그때 나는 기사로 변장하고 있었으니 기사단장들 입장에선 대성녀인 나와는 처음 만나는 셈이겠지.

그러므로 좋은 첫인상을 주기 위해 나는 성녀답게 청순하게 웃었다.

"오늘은 바쁜 와중에 불러내서 미안해. 처음 뵙겠습니다, 세라피나입니다."

하지만 누구 한 명 미소를 돌려주지 않았다. 오히려 다들 뚫어지게 나를 응시했다.

어라? 뭐가 이상했나? 고개를 갸웃거리고 있었더니 옆에 앉아있던 금발 기사가 등을 곧게 펴고 일어났다.

"처음 뵙겠습니다, 세라피나 님! 왕성 경비를 담당하는 제2기사단장 하다르 보노니입니다!!"

지난번 기사단장 회의 때 가장 먼저 말을 걸어주었던 단장이다. 아마도 붙임성 있는 성격이 틀림없다.

대답하려고 입을 열었으나 그보다 먼저 하다르 단장 옆에 있던 보라색 머리의 기사단장이 마찬가지로 반듯한 자세로 일어났다.

"제3마도기사단장 츠이 브랜드입니다! 태어났을 때부터 팬이었습니다!!"

그 순간 츠이 단장 옆에 앉아있던 긴 붉은 머리카락의 기사단장이 일어나면서 츠이 단장을 팔꿈치로 콱 찍은…… 것처럼 보였지만, 츠이 단장은 헛기침을 할 뿐 태연했으나 착각이었나보다.

'츠이, 너 새치기하면 진짜 죽여버린다'라고 위협하는 작은 목소리가 들린 것 같기도 하지만 이것도 환청이겠지.

눈을 깜빡이는 사이에 빨간 머리 단장이 힘차게 자기소개했다.

"왕도 경비를 맡은 제5기사단장 알나이르 카란드라입니다! 오늘도 공기가 참 맛있습니다!!"

마지막으로 올려다봐야 할 만큼 키가 크고 근육질인 진녹색 머리카락의 기사단장이 일어났다.

"왕도 인근의 마물 토벌을 담당하는 제6기사단장 엘나스 카파로입니다! 새로 맞춘 기사복을 입고 왔습니다!"

다들 목소리도 또랑또랑한 것이 참으로 보기 좋았다.

대체 어떻게 그들에게 부탁할지 고민하며 나는 머리를 굴렸다.

시리우스의 일을 다른 사람에게 대신 맡겨야겠다고 생각했을 때, 가장 먼저 떠오른 게 이 네 사람이었다.

왕도에서 기사단장으로 일하고 있으니 다들 틀림없이 유능할 것이며, 그렇다면 시리우스의 일을 대신 하는 것도 가능하겠지.

다만 기사단장이라는 역직을 맡은 이상 다들 이미 바쁠 것이다.
이 이상 일을 더 해달라고 부탁하는 건 솔직히 미안했다.
대체 어떻게 해야 할까……. 생각에 잠긴 사이 알나이르 단장이 두 손으로 컵을 든 채 반짝반짝한 눈동자로 말을 걸었다.
"세라피나 님, 오늘은 공기가 맛있지만 이 커피도 맛있습니다!! 평소보다 쓰지도 않고 색도 세라피나 님의 머리카락처럼 선명한 빨강이라니!! 세라피나 님 앞에선 커피조차 자신의 색을 바꿔버리는군요."
"그…… 런 일이 일어나기도 하는구나."
기사단장들에게 내놓은 건 커피가 아니라 로즈힙 티였다.
장미 열매를 원료로 한 허브티의 일종으로 장미의 색인 빨간색을 띤다.
달콤한 향과 과일 같은 맛이 특징이라 커피와는 완전히 다른 음료이지만, 기사단장으로서 매일 바쁘게 일하는 알나이르 단장은 그 둘의 차이를 잘 모르는 모양이었다.
커피와 허브티의 차이도 모를 정도로 열심히 일하다니 고생이 많구나. 저절로 머리가 수그러졌다.
"알나이르 단장은 일을 열심히 하네."
감탄하며 그렇게 말하자 알나이르 단장은 깜짝 놀란 듯 의자에서 거꾸러질 뻔했다.
"네?! 무, 물론입니다! 하지만 내일부터는 지금보다 10배 더 일하겠습니다!!"
"어?"

그건 너무 무모하지 않을까. 그때 옆에 앉아있는 츠이 단장이 경쟁하듯 소리쳤다.

"저는 내일부터 지금보다 20배 일하겠습니다!!"

"저는 30배 일하겠습니다!!"

"저는 50배입니다!!"

하다르 단장, 엘나스 단장도 잇달아 선언했다.

"아, 아니, 그렇게 일하면 쓰러져버릴 테니까……."

""""괜찮습니다. 기사니까요!!!""""

아무래도 우리 왕국에서 기사란 불사신의 육체를 지닌 사람을 가리키는 보양이다.

몸이 상하지 않으면 좋겠는데…….

난처해하는 나를 향해 네 사람이 겨루듯이 외쳤다.

""""세라피나 님, 용건이 있으시다면 뭐든 말씀해주십시오!!""""

어머, 그럼 시리우스에 대해 상담만이라도 해 볼까.

"으음, 그렇다면 상담하고 싶은 게 있는데 괜찮을까?"

""""세라피나 님께서 상담!! 그 말씀 무덤까지 가져가겠습니다!!""""

"아, 아니, 비밀로 해야 하는 건 아닌데, ……그러니까, 시리우스 말이야. 그가 과로하는 것 같거든. 게다가 최근에 알아차린 거지만 아무래도 내 일을 많이 가져가서 대신해주고 있었나 봐. 몸이 상하지 않을지 걱정되어서 어떻게든 해주고 싶은데, 좋은 생각이 없을까?"

내 말을 들은 기사단장들은 다들 표정이 사라지더니 헛기침을 하기 시작했다.

그러고는 서로를 쿡쿡 찔러댄 끝에 모두에게 지명 당한 하다르 단장이 결의한 듯 입을 열었다.

"솔직하게 말씀드리자면 시리우스 단장은 괴물이므로 연약하신 대성녀님을 기준으로 생각하시면 오류가 발생합니다."

"응?"

놀라서 되물었지만 옆에 앉아있던 츠이 단장이 의문의 여지는 없다는 듯 즉시 고개를 끄덕이며 하다르 단장의 말을 보강했다.

"시리우스 단장은 틀리지 않습니다! 지치지 않습니다! 그리고 하루 세 시간 자면 완벽하게 회복되는 몸을 지녔으므로 영원히 일할 수 있습니다."

"아니, 아무리 그래도 그건 좀."

너무 심한 발언에 부정하려고 했으나, 그보다 먼저 알나이르 단장이 고개를 끄덕여 츠이 단장의 말을 긍정했다.

그러고는 비밀이야기를 하듯 목소리를 낮췄다.

"지금이니 드리는 말씀이지만, 시리우스 단장은 세라피나 님을 어마어마하게 아낍니다. 시리우스 단장과 같은 전투에 임했던 기사가 실수해도 시리우스 단장이 그 자리에서 구해주고 끝이죠. 하지만 세라피나 님과 같은 전투에 임했다가 실수한 기사는 그날 내로 시리우스 단장에게 불려가 정확한 몸놀림을 100번 반복하게 됩니다. 녹초가 된 상태에서 호출해 놓고 100번이란 말입니다! 이건 죽으라는 소리나 마찬가지입니다. 따라서 여태까지 통계상 특훈을 받은 기사는 10할의 확률로 그날 밤에 울면서 한 번 더 특훈하는 꿈을 꿉니다. 단장의 영향력은 꿈속에까지 미칩니다.”
“저기.”
뭐라고 대답해야 할지 알 수 없어 당황하고 있었더니 엘나스 단장이 엄숙한 표정으로 마무리 지었다.
“결론을 말씀드리자면, 시리우스 단장은 세라피나 님의 일을 대신 맡는 건 자신의 역할이라고 생각하고 있습니다. 그리고 괴물 같은 체력으로 그 역할을 완수하는 데 일말의 어려움도 느끼지 않습니다. 만약 다른 자가 대신하겠다고 나섰다가 실패했다간 ‘세라피나 님의 용무이기 때문에’ 태어난 것을 후회할 정도로 혼나겠죠.”
“…………………….”
기사단장들의 주장은 잘 이해할 수 없었으나 시리우스를 오해하고 있다는 것만은 알았다.
그는 확실히 뭐든 다 잘하지만, 그건 노력의 산물이다.
그래서 그걸 알아주길 바라는 마음에 입을 열었다.
“내가 아는 시리우스는 누구보다 노력가고 자상해.”
하지만 네 명의 기사단장은 쓴웃음을 지을 뿐이었다.
“……그럴 겁니다. 세라피나 님께는 무시무시할 정도로 다정하다는 건 이해하고 있습니다.”
“물론 시리우스 단장이 노력가라는 것도 알지만, 노력의 결과가 어마어마합니다. 보통은 1만큼 노력하면 1만큼 성장하기 마련이지만 시리우스 단장의 경우 1200만큼 성장하니까요.”
“그리고 저희는 1200의 실력을 지닌 단장을 상대해야만 합니다. 완전히 패배 확정입니다.”

“즉 시리우스 단장은 노력가인 괴물이고, 세라피나 님께만 무조건 다정하다는 뜻입니다.”

……틀렸어. 전혀 설득이 안 돼.

대체 어떤 식으로 설명해야 알아줄지 난감해하던 바로 그때, 머릿속으로 떠올리던 인물의 목소리가 들렸다.

“그래, 그 정도로 연신 나에 대한 발언이 튀어나오다니 분명 나를 잘 이해하고 있는 거겠지. 그럼 여기선 이해해줘서 고맙다고 인사해야 하나?”

고개를 들자 시야 저편—— 내 맞은편에 앉은 기사단장들의 바로 뒤에 팔짱을 낀 시리우스가 서 있었다.

“시리우스!”

우연히 만난 게 기뻐서 무심코 이름을 불렀지만, 눈앞에 앉은 기사단장들의 얼굴이 다들 순식간에 새파래졌다.

그러고는 가장 먼저 정신을 차린 듯한 하다르 단장이 오른손에 찻잔, 왼손에 받침을 들고 재빠르게 일어나고는 비명처럼 외쳤다.

“그래, 저는 시급히 서문을 수리해야 하는 일정이 있었습니다! 세라피나 님, 실례지만 이만 물러나겠습니다!!”

손에 든 잔이 덜그덕덜그덕 떨려서 안에 들어있는 차가 하다르 단장의 손으로 넘쳤다. 하지만 단장은 손이 축축해지거나 말거나 내 대답도 기다리지 않고 찻잔과 받침을 든 채 달려가 버렸다.

“어?”

뭐가 일어난 건지 얼떨떨해서 눈을 깜빡이고 있었더니 남은 세 명의 기사단장들도 찻잔과 받침을 들고 우르르 일어났다.

“저는 안뜰에 마법진을 그려놓고 방치해 두었습니다! 즉시 제거해야만 합니다!!”

“왕도에 수상한 약이 나돌고 있다는 신고가 있었습니다! 즉시 수사하러 가보겠습니다!!”

“근처 숲에 청룡이 두 마리 나타났다는 보고를 받았었습니다! 즉시 토벌하고 오겠습니다!!”

그러고는 내가 얼떨떨해하는 사이에 다른 세 명의 기사단장도 회오리바람처럼 달려갔다.

“어어어…….”

덕분에 정신을 차렸을 때는 혼자 의자에 앉아있는 상태였다.

무슨 일이 일어난 걸까. 의아해하며 시리우스를 올려다보았다.

“……시리우스, 기사단장들과 같이 차를 마시고 있었는데 다들 바쁜 건지 가 버렸어. 나 혼자 남았으니까 같이 마셔주지 않을래?”

“그러마.”

시리우스는 간결하게 대답하고는 내 옆에 앉았다.

그 후 대기하고 있던 시녀에게서 찻잔을 받고는 시녀가 따르는 차를 보고 쓴웃음을 지었다.

“네 사람이 허브티의 맛을 알 것 같지도 않지만, 네가 권한 것이니까 찻잔째로 가져가 버렸군. 안 남기고 다 마시고 싶었던 거겠지.”

“어?”

“아니, 혼잣말이야. ……그래서? 내 이야기를 하고 있었던 것 같던데.”

시리우스는 찻잔을 입으로 가져가더니 물어보듯 한쪽 눈썹을 들어 올렸다.

“어, 으음, 그래. 그러니까…… 가끔은 시리우스와 느긋하게 차를 마시고 싶단 이야기였어.”

곡해가 들어가긴 했지만, 대화하던 내용과 크게 다르진 않을 거라고 생각하며 힐끗 올려다보자 시리우스는 작게 피식 웃었다.

“그랬구나.”

그날 시리우스는 웬일로 여유롭게 차를 마시며 내 이야기를 들어주었다.

별일이 다 있다고 생각하며 고개를 갸웃거리자 ‘너도 가끔은 느긋하게 쉴 시간이 필요하지만, 혼자서는 안 쉴 테지’라는 대답이 돌아왔다.

나보다 몇 배는 더 바쁜 시리우스가 그런 말을 하다니…….

그런 생각을 하며 힐끗 시선을 던지자 그는 또다시 물어보듯 한쪽 눈썹을 들어 올렸다.

“좋아, 시리우스. 내가 뭘 생각하는지 알고 싶다면 가르쳐 줄게. 막 사는 사람이 건강을 이야기할 자격이 없듯, 과로하는 시리우스가 휴식을 이야기할 자격은 없어. 시리우스를 보면 나는 아직 한참 더 일해야 한다는 느낌이 드는걸.”

솔직한 감상을 입에 담자 시리우스의 미간에 주름이 생겼다.

“나와 너는 체력이 달라. 너는 조금 더 스스로를 돌봐야 해.”

"글쎄? 시리우스는 자신의 체력을 좀 과신하는 거 아닐까? 당신이 눈치채지 못했을 뿐 사실은 한계일지도 몰라."

그렇게 말해보았으나 시리우스는 조금도 동의할 수 없다는 표정으로 쳐다볼 뿐이었다.

그래서 나는 호전적인 태도로 '그럼 시험해볼래?'라고 말했다.

그러자 시리우스에게서 '네가 그래서 만족한다면'이라는 대답이 돌아와 나는 큰 소리를 내며 의자에서 일어났다.

나는 그대로 시리우스와 함께 왕성에 있는 그의 침실로 이동했다.

시리우스는 죽은 왕제의 외동아들이자 왕위계승권을 갖고 있기 때문에 왕성에 침실이 있다.

내가 뭘 할지 재미있어하는 듯한 시리우스에게 장식이 주렁주렁 달린 겉옷을 벗으라고 요청했다.

순순히 셔츠 모습이 된 시리우스에게 이번에는 침대에 누우라고 시켰다.

"세라피나, 아직 저녁도 되지 않았는데."

내 말대로 눕긴 했지만 보란 듯이 햇빛이 들어오는 창문을 올려다보는 시리우스를 노려본 나는 풀썩 소리를 내며 시리우스의 몸 위로 이불을 덮었다.

"시리우스, 당신은 정말로 너무 열심히 하니까 쓰러졌을 때나 한계가 왔다는 걸 눈치챌 거야! 아무튼 속은 셈 치고 눈을 감아 봐. 몸이 피곤하다는 걸 깨닫고 순식간에 잠들 테니까."

"……너는 때때로 아주 막무가내구나. 심지어 상상력이 풍부해. 애초에 내가 피곤해한다는 것도 네 추측일 뿐인데."

"시리우스! 그런 식으로 궁시렁거리니까 못 자는 거야. 자, 눈을 감아."

어제 시리우스의 스케줄을 봤을 때, 오늘 오후는 계속 사무업무라는 건 확인했다.

미뤄도 되는 거라면 오늘이 아니라 내일 하면 되고, 아예 시리우스가 아닌 다른 사람에게 대신 시켜도 되지 않을까.

다들 시리우스에게 너무 의존하고 있는데, 어차피 그가 쓰러진다면 다른 사람이 대신 일을 맡아 처리해야만 하니까.

나는 오늘은 절대로 물러나지 않겠다는 결의를 담아 시리우스를 내려다보았다.

"시리우스, 만약 당신이 너무 무리해서 건강을 해치면 나는 대성녀의 일을 전부 내던지고 당신을 간호할 거야. 주변에 아무리 폐를 끼친다고 해도! 그건 근위 기사단장으로서 가장 피해야 하는 일이 아닐까? 자, 만약 당신이 그걸 피하고 싶다면 오늘은 얌전히 쉬도록 해."

시리우스는 묵묵히 내 말을 들어주었지만, 내 말이 끝나자 웃음을 터트렸다.

"네가 나에게 내내 붙어있겠다고? 그거…… 나쁘지 않은 제안인데."

"어?"

예상과는 다른 반응에 내가 당황하기 시작했다.

"시, 시리우스, 괜찮아? '그건 곤란하니까 얌전히 잘게'라고 대답해야 하는 타이밍이잖아. 이렇게 평소답지 않은 말을 하다니, 혹시 정말로 어디 안 좋은가?"

걱정이 되어 시리우스의 이마에 손을 대 보기도 하고 이불을 목까지 끌어올리기도 하자 시리우스가 웃음을 거두고 내 손을 잡아 당겼다.

"어어?"

덕분에 시리우스에게 끌려가 그의 옆으로 쓰러졌다.

"시, 시리우스?"

"네가 나한테 쉬라고 하는 것처럼, 나는 너야말로 쉬어야 한다고 봐. 날 얌전히 쉬게 하고 싶다면 옆에서 감시해."

장난꾸러기 같은 시리우스의 표정을 보고 남자는 몇 살이 되어도 어린아이라는 말이 떠올라 황당해졌다.

"시리우스도 참, 그렇게 다 컸으면서 아직도 같이 자 주는 사람을 원하다니! ……아니면 내 유혹이 너무 매력적이었……."

화난 척하며 반박하던 도중 등에 닿는 푹신푹신한 감촉에 내가 피곤한 상태였다는 걸 깨달은 나는 그대로 잠들어버렸다.

"……세라피나? 어이, 알고 있을 테지만 감시하라는 건 농담이야. 잠깐, 이렇게 바로 잠들어버린다고? 내 침대에서?"

믿어지지 않는다는 듯한 목소리가 들렸지만 나는 이미 기분 좋게 잠들어버린 상태였다.

그래서 옆에 있는 따뜻한 것을 껴안고 뺨을 비볐다.

하지만 생각했던 것만큼 부드럽진 않았기에 꾸물꾸물 입을 움직여 불만을 늘어놓았다.

"딱딱해……."

이불이 '미안하게 됐네'라고 투덜거렸지만, 그 목소리가 가장 신뢰하는 기사의 목소리를 닮았기에 꿈속에서 후후후 웃었다.

"……리우스, 계속 옆에 있어 줘……."

그러자 딱딱한 이불이 크게 한숨을 쉰 후 체념한 듯한 목소리로 말했다.

"세라피나, 안 잘 때 말해줘."

그러더니 말을 하는 이불이 다정한 손길로 머리카락을 계속 쓰다듬어주었다. 나는 기분 좋다고 생각하면서 한층 더 깊은 잠으로 빠져들었다.

나는 그대로 푹 잠들어버린 건지 눈을 뜨자 다음 날 아침이었다.

고개를 돌리자 셔츠 차림으로 소파에 누워있는 시리우스와 눈이 마주쳤다.

"좋은 아침, 세라피나. 그렇게 푹 잠든 걸 보면 내 침대는 네게 잘 맞았나 봐?"

"어……."

아무래도 어젯밤 나는 시리우스의 침대를 점령해버린 모양이었다.

소파에서 잠들었던 듯한 시리우스는 상반신을 일으키더니 나를 곁눈질했다.

"어디, 내 이야기를 들을 수 있을 정도로는 눈이 떠졌어?"

그 목소리는 평소와 같았으나, 오래 알고 지낸 사이다 보니 호

랑이의 꼬리를 밟아버렸다는 걸 깨달았다.

아, 이거 무한루프로 설교를 듣게 되는 패턴이야.

힐끗 확인한 하늘의 색으로 보아 지금은 이른 아침이니 시리우스의 잔소리를 들을 시간은 넘쳐났다.

큰일이다. 나는 말 없이 간격을 가늠한 후 절묘한 타이밍으로 힘차게 일어나 토끼처럼 도망가려고 했으나 홀라당 팔을 붙잡혀 제압당했다.

"시, 시리우스……."

어느새 내 몸은 침대 위에 있었다. 그리고 내 몸 위로 올라온 시리우스가 나비 표본처럼 내 팔다리를 누르고 있었다── 무겁지도 아프지도 않은 걸 보면 적당히 힘 조절을 한 모양이었지만.

말없이 내려다보는 시리우스를 보고 나는 그 어마어마한 박력에 등이 오싹해지는 듯한 감각을 느꼈다.

가까운 거리에서 마주 보니 잘생긴 근위 기사단장의 빈틈 없는 미모가 한층 강조되는 것 같았기 때문이다.

왕국이 자랑하는 근위 기사단장이 아무것도 놓치지 않겠다는 양 내려다보고 있으니, 완전히 제압당한 나는 도망치는 건 불가능하다고 체념했다.

아아, 이렇게 된 이상 혹독한 설교를 들을 수밖에 없겠구나. 그렇게 생각하며 몸에서 힘을 뺐을 때, 어째서인지 시리우스가 깊은 한숨을 쉬었다.

어리둥절한 얼굴로 올려다보자 생각에 잠기듯 그의 눈이 가늘어졌다.

"……이런 상황에서 네가 가장 먼저 생각하는 위험이 '기나긴 잔소리'라면 그거 자체가 잔소리거리가 될 정도로 어리석은 생각이다만."

"뭐? 잔소리 항목이 하나 더 늘어난단 말이야?!"

내가 생각하던 위험은 지금 막 들은 대로 시리우스의 잔소리였기 때문에, 원래 예정되어 있던 설교 내용에 더해 하나 더 늘어난다니 놀라서 소리쳤다.

그러자 그거 자체가 호랑이의 꼬리를 한층 더 세게 짓밟는 행위였던 건지 시리우스는 좀처럼 보기 힘들 만큼 아름다운 미소를 짓고는 '세라피나, 할 말이 있어'라고 입을 열었다.

그 멘트는 매번 시리우스의 끝없는 설교가 시작되는 신호였다.

따라서 나는 그 후 바로 시리우스의 손에 붙들려 일으켜 세워진 뒤 그대로 소파에 앉아 시녀가 아침 식사를 가져올 때까지 내내 시리우스의 가르침을 경청하게 되었다.

참고로 시리우스가 나에게 들려준 내용 첫 번째는 '숙녀의 위기감과 졸음의 상관관계'였고, 두 번째는 '침대 위에서 일어날 수 있는 숙녀의 위험성'이었다.

기나긴 설교가 끝나고 둘이 함께 아침을 먹고 있을 때, 시리우스가 다시 무슨 말을 하고 싶다는 시선으로 나를 쳐다보았다.

아무래도 조금 전 일을 떠올리고 아직 잔소리를 덜했다고 생각하는 모양이었다.

그래서 나는 이 말만큼은 해야겠다며 입을 열었다.

“시리우스, 그렇게 걱정하지 않아도 괜찮아. 나도 묘령의 여성이니까 숙녀가 처할 수 있는 위험에 대해서 제대로 이해하고 있어.”
“흐음?”
전혀 믿지 않는 듯한 시리우스의 반응에 발끈해서 말을 덧붙였다.
“조금은 나를 믿어줘. 상대가 시리우스니까 위험하지 않다고 판단한 것뿐이야.”
“……내가 너에게 ‘숙녀가 겪을 수 있는 위험 행위’를 하지 않는다고 생각하는 거야?”
“그런 게 아니라! 시리우스가 하는 거라면 설령 뭘 당하든 위험하다고 생각하지 않고 전부 받아들인다는 뜻이야.”
“…………………………………………………………………….”
어째서인지 내 말을 들은 시리우스는 경직되더니 석상처럼 움직이지 않게 되었다.
나이프와 포크를 든 손이 허공에 뜬 채 미동도 하지 않는다.
“어? 아이참. 나 혹시 경직화 상태 이상이라도 걸어버린 건가?”
한 손을 이마에 올리고 밝은 목소리로 농담을 건네봐도 시리우스는 여전히 손가락 하나 까딱하지 않았다.
“……시리우스?”
이쯤 되니 걱정되어 얼굴을 들여다보려고 하자 그가 홱 고개를 돌렸다.
“세라피나, ……제발 조금만 더 내 심장을 배려해줘.”
“어……? 어, 응.”
구체적으로 무슨 부탁을 한 건지 잘 이해하지 못했지만, 시리우스가 진심으로 난감해한다는 건 알았기 때문에 그 이상 놀리지 않고 받아들였다.

그러자 시리우스는 두 손으로 얼굴을 가리더니 깊디깊은 한숨을 내쉬었다.

"아니, 방금 한 말은 취소. 너는 그냥 그대로 있어."

그렇게 말을 이은 시리우스의 목소리는 어째서인지 무척 다정했다.

"……시리우스, 뭐 좋은 일이라도 있었어? 기분이 좋은 것 같은데."

의문을 그대로 던져 보자 시리우스는 얼굴을 덮고 있던 두 손을 내려 눈만 드러냈다.

그 눈동자가 온화한 빛을 머금고 나를 바라보았다.

"너는 옛날부터 그랬지. 언제나 무조건 나를 받아들여. 게다가, ……어젯밤은 잠에 취해있던 네게서 가치 있는 말도 들었고."

"어?"

"내 기분이 좋다면 그건 어제 네가 한 말과 오늘 아침에 네가 한 말이 원인이야."

오늘 아침에 내가 한 말이라고 해봤자 일상적인 대화밖에 하지 않았으니 실제로 시리우스의 기분을 좋게 만든 건 어젯밤에 한 말일 것이다.

전혀 기억나지 않지만, 시리우스의 기분이 좋아지다니. 잠자던 나 나이스!!

마음속으로 어제의 나를 칭찬하면서 내 잠꼬대를 들은 정도로 기분이 좋아지다니 시리우스도 참 귀엽다는 생각에 가슴이 흐뭇해졌다.

그러고는 어쨌거나 시리우스도 푹 잔 것 같으니, 유혹 결잠 작전은 그의 휴식에 유효하다는 걸 학습했다.

내가 이 작전을 다시 실행할 수 있었는지 없었는지는── 신만이 알고 있다.

인기 투표 제3위【피아 루드】
피아, 일일 기사단장이 되다

"당신에게 일일 기사단장을 부탁하려합니다."

시릴 단장님이 부른다는 이야기에 서둘러 단장실로 달려간 나에게, 시릴 단장님이 생글거리면서 던진 말이 바로 이것이었다.

"네? 일일 기사단장?"

난데없는 전개에 당황한 나는 당연하게도 눈을 연신 깜빡였다.

그런 나에게 시릴 단장님은 생글거리는 표정으로 설명을 추가했다.

이 시점에서 똑똑한 내 머리는 이미 경고음을 울리고 있었다.

왜냐하면, 여태껏 경험상 시릴 단장님이 생글거리는 얼굴로 나에게 잘 이해할 수 없는 설명을 하는 건, 굉장한 고확률로 귀찮은 일에 끌어들이려고 할 때라는 걸 알기 때문이었다.

"네, 그렇습니다. 기사단 내의 각성과 개선을 목적으로 매년 이뤄지는 이벤트인데, 신입 기사 중 한 명에게 딱 하루만 기사단장 역할을 맡기는 겁니다. 그리고 그 일일 기사단장은 기사단 입단식에서 모범시합을 치른 기사로 선정합니다."

"힉. 그, 그건 너무하지 않아요?! 그렇지 않아도 모범시합에 나가서 고생이었는데, 심지어 일일 단장을 맡아야만 한다니 불공평

합니다!"

너무도 부당한 처사라는 생각에 고명하신 제1기사단장님을 향해 불평을 토했다.

왜냐하면 기사단의 수장인 사비스 총장님과 모범시합을 해야만 한 것 자체가 지나치게 너무한 신입 신고식이었기 때문이다.

순종적인 신입 기사로서 따르기는 했지만, 사비스 총장님은 너무너무 무서웠다.

마법을 사용해 치덕치덕 도핑했는데도 총장님이 훨씬 강했으니까.

"시릴 단장님은 그 자리에 계셨으니 이해하고 계실 테지만, 사비스 총장님은 흑룡보다 더 무시무시했다고요! 신입 기사가 모의전 상대를 하는 것 자체가 말이 안 되는 분이었으니까요!!"

"확실히 저는 그 자리에 있었지만 당신은 호전적인 표정으로 총장님께 덤볐던 것처럼 보였습니다. 게다가 어째서인지 당신에게 흑룡은 무서운 존재가 아닌 것 같으니, 흑룡보다 더 무섭다는 비유를 들어봤자 어느 정도의 공포를 느꼈는지 불명이군요."

시릴 단장님은 가벼운 어조로 내 말을 받아치고는 그 곱상한 얼굴을 불쑥 들이밀었다.

그러고는 비밀 이야기를 할 때처럼 목소리를 낮췄다.

"여기서만 하는 이야기지만, 일일 단장의 배속처는 매번 쉽게 정해지지 않습니다. 기사단은 다 바쁘기 때문에 이 이상 일거리를 늘리고 싶지 않다며 일일 단장에 부정적이거든요. 그런데 올해는 모든 기사단에서 일일 단장을 보내달라는 요청이 왔습니다."

나는 생글거리는 시릴 단장님을 의심에 찬 눈으로 바라보았다.
"……모든 기사단이라니, 데즈먼드 단장님도요?"
왕성 경비를 담당하는 제2기사단장이 내 일일 단장을 요청했으리라는 생각은 도저히 들지 않았다.
아니나 다를까, 시릴 단장님의 립서비스였던 건지 단장님은 말하기 민망하다는 듯 입을 열었다.
"아, ……그러고 보면 데즈먼드 쪽에서는 없었던 것 같기도 하군요."
"네, 그럴 줄 알았습니다. '늘 나에게 쓸데없는 일거리를 가져다주는 피아 루드를 나한테 떠넘겨봐라! 죽도록 바빠지리라는 게 불 보듯 뻔하지!! 나는 그런 어리석은 짓은 저지르지 않아!!' 같은 말씀을 하셨겠죠."
"……상상력이 대단하군요. 데즈먼드가 했던 말과 거의 흡사합니다. 하지만 데즈먼드 외의 모든 단장에게서 요청이 있었던 건 사실입니다. 따라서 오전과 오후로 배속처가 달라진다는 사태가 처음으로 일어났죠."
"네?"
"엄정한 추첨 결과에 따라 오전은 제4마물기사단장, 오후는 제6기사단장의 역할을 부탁드리기로 정해졌습니다."
"으아아아아아!"
퀜틴 단장님이 이끄는 제4마물기사단과 재커리 단장님이 이끄는 제6기사단.
둘 다 엄청 고생할 것 같은 예감만이 들었다.

"제1기사단 신규 배속자 훈련 수료 후에는 바빠질 테니까 훈련 수료 전에 실시하려고 합니다. 따라서 사흘 후 실시 예정이죠. 당신 전용 단장복을 마련하고 있으니 기대해주세요."

시릴 단장님은 하고 싶은 말을 전부 다 말한 후 상큼한 미소로 나를 단장실에서 쫓아냈다.

――그리고 약속했던 사흘 뒤.

나는 순백의 기사단장복을 입고 있었다.

진한 녹색 어깨띠까지 마련해 놓았기에 조심조심 걸쳐보았으나, 거울에 비치는 모습에서 느껴지는 위화감이 어마어마하다.

"……아니, 이거 역시 벌칙이잖아. 신입 기사가 기사단장복을 입는다니 이상하다고."

기사단장복을 입어 보자 남에게 빌린 옷이라는 분위기가 적나라하게 느껴졌기 때문에 거울 앞에서 질척거리며 혼잣말로 투덜거렸다.

하지만 이제 와서 어떻게 할 수 있는 일도 아니다.

나는 크게 한숨을 한 번 쉰 다음 포기하고 문고리를 잡았다.

"피아 님, 기다리고 있었습니다!!"

문을 열자마자 방 앞에 서 있던 한 기사가 번쩍 고개를 들어 올리고는 내 이름을 불렀다.

"어? 퀜틴 단장님?"

왜 이런 곳에 있는 건지 놀라서 이름을 부르자, 단장님은 감격한 듯 두 손을 모아 잡았다.

"피아 님! 저희 단의 단장복이 무시무시하게 잘 어울리십니다!! 이건 이제 벗으면 안 되는 옷입니다! 이대로 영원히 저희 단의 단장으로 머무르시도록 시릴과 교섭해보겠습니다."

농담일 테지만 퀜틴 단장님이라면 진심일지도 모른다는 생각이 들 만큼 진지한 태도였기에 똑똑한 나는 대답하는 대신 억지웃음을 지었다.

"퀜틴 단장님, 오늘은 반나절 동안 신세 지겠습니다. 그런데 저는 뭘 하면 될까요?"

"훌륭하신 질문입니다! 저는 지난 사흘간 그것만을 생각했습니다."

바쁜 몸이라는 기사단장님이 이상한 소릴 하기 시작했다.

"생각하고 또 생각해서 피아 님의 스케줄을 작성했습니다. 먼저 기사단장실에서 집무책상에 앉은 모습을 보여주십시오."

어라, 퀜틴 단장님치고는 평범한 말씀을 하시네. 다행이다. 안심하면서 퀜틴 단장님이 재촉하는 대로 제4마물기사단장실로 이동한 나는 경악했다.

"힉! 뭐, 뭐예요 이 방?!"

지난번에 왔을 때와 인테리어가 확연히 달라졌기 때문이다.

벽 한 면에 자빌리아의 비늘이 잔뜩 걸려있고, 협탁 위에는 자빌리아의 뿔이 장식되어 있었다.

게다가 집무책상 위에는 온갖 마물을 조각한 나무조각상이 빽빽하게 놓여있었다.

"어? 얼마 전까지 평범한 집무실이었는데 왜, 왜 이런 장난감

상자 같은 방이 된 거죠?!"

"피아 님께서 제작하신 마물 퍼펫에 영감을 받아 저도 마물을 본뜬 물건을 만들기로 했습니다. 그리고 경애하는 흑룡왕님의 물품을 장식하기로 했죠. 이야, 늘 마물 굿즈가 시야에 있으니 무척이나 행복한 공간이 되더군요. 이것도 다 피아 님께 받은 아이디어 덕분입니다."

진심으로 행복하다는 듯 설명해주는 퀜틴 단장님을 눈앞에 두고 위험을 알리는 경종이 울렸다.

퀜틴 단장님이 이상한 문을 열도록 밀어버린 느낌이 든다.

기사단장이라는 직책상 자유로운 권한이 많고, 그 이상으로 자유롭게 행동하는 타입인 것 같은데.

빨리 방향을 틀어버려야 한다며 속으로 다짐하고 있을 때 단장님이 상큼한 미소를 지으며 의자를 권했다.

"그럼 피아 단장님, 의자에 앉아주십시오."

그러고는 마치 중요한 이야기를 하듯 작은 목소리로 말을 이었다.

"저는 어깨띠를 빼고 왔습니다. 즉 피아 단장님 전속 부단장이죠."

그 말에 퀜틴 단장님을 쳐다보자, 오늘 단장님은 하얀 기사복을 착용하긴 했지만 평소와는 다르게 어깨띠를 걸치지 않았다. 기사단 부단장의 정식 복장이다.

굉장히 안 좋은 예감을 느끼며 조심조심 의자에 앉자 그것만으로도 격렬한 칭찬이 돌아왔다.

"아아, 훌륭하십니다 피아 단장님! 의자에 앉는 모습이 참으로 저희 마물기사단의 단장님이시군요!! 정말, 넋이 나갈 만큼 그 의자가 잘 어울리십니다."

틀림없이 거짓말이다. 조금 전에 거울로 확인했지만 어딜 봐도 내 모습은 '기사단장 놀이'라는 느낌이었으니까.

그런데다 의자 크기도 대놓고 안 맞아서 발바닥이 바닥에 닿지 않았다.

하지만 일반기사라는 신분으로서 얌전히 따라야 한다고 생각한 나는 퀜틴 단장님의 칭찬을 그저 묵묵히 경청했다.

물론 말해봤자 소용없다고 생각한 건 절대로 아니다.

그날 나는 일일 기사단장으로서 대단히 피곤한 오전을 보냈다.

뭘 해도, 무슨 말을 해도 퀜틴 단장님은 호들갑스러울 정도로 칭찬했다.

거기에 마물기사단의 기사들도 퀜틴 단장님의 발언을 모조리 긍정하며 똑같이 칭찬했다. 지난번에 파견되었을 때와는 아주 달랐다.

"저기, 마물기사단 여러분이 보면 저는 외부인이니까 규칙에서 어긋난 일을 하면 지적해주세요."

평범한 발언을 해도 기사들이 모두 칭찬 세례를 퍼붓는 바람에 민망함을 느끼며 의뢰하자, 내 부탁을 받은 기사는 터무니없는 말을 들었다는 양 허둥지둥 손을 내저었다.

"그, 그런 슬픈 말씀은 하지 말아주십시오! 피아 단장님께선 저희의 훌륭한 단장님입니다!! 지난번 '별내림 숲'에서 진행한 검은 왕 수색 때 사역마들이 저희 계약자를 제쳐놓고 피아 단장님의 명령을 들은 것은 충격적이었습니다!! 아마도 피아 단장님은 마물을 사역하는 데 가장 중요한 것을 지니신 거겠죠."

"네?"

"다만 그 '가장 중요한 것'이 무엇인지 저희는 아직 모르므로, 괜찮다면 오늘은 계속 옆에서 그 무언가를 관찰할 수 있도록 허락해주셨으면 합니다."

마침내 이런 부탁을 받는 바람이 여러 명의 기사들이 내 뒤를 따라다니게 되고 말았다.

참고로 조금 전의 의문에 대한 답은 '제가 성녀니까 사역마들이 제 말을 듣는 겁니다'이지만, 아무래도 그걸 말해줄 수는 없었다.

그리고 그들은 다들 이제 와서 성녀가 될 수 없으니 관찰해봤자 소용없다.

그 결과 내가 어떻게 할 수 없는 일이라고 결론을 내린 나는 헤실헤실 웃으며 아무 일도 없이 오전이 끝나기를, 그저 그것만을 기도하며 오전 타임을 보냈다.

여담이지만 오전에 가장 큰 시련이라고 느낀 건 퀜틴 단장님이 작성한 분 단위 스케줄을 따라 사역마 우리를 견학하고 있을 때, 나를 본 사역마들이 흥분해서 난리를 피우더니 어리광을 부리듯 다가온 일이었다.

"어, 어라, 하얀 기사복을 입어서 퀜틴 단장님으로 착각한 건가? 우후후, 퀜틴 단장님은 인기가 좋으시네요!"

최대한의 사회성을 발휘해서 아부해봤지만 내 말을 긍정하는 사람은 아무도 없었다.

오히려 기사들은 믿어지지 않는다는 듯한 표정을 지으며 나를 응시하더니 저마다 소리쳤다.

"우와, 정말로 사역마들이 피아 단장님에게 달려왔잖아?!"

"아아아, 나밖에 없다고 하던 귀염둥이가 피아 단장님께 앞발을 내밀었어! 으아아, 내 사랑은 걸레짝이야!!"

"퀜틴 단장님으로 착각했을지도 모른다니, ……키가 절반밖에 안 되는 피아 단장님을 보고 그런 착각을 할 리가 없는데!"

기사들 뒤에선 퀜틴 단장님이 감격한 듯 두 손을 모아쥐고 있었다.

"역시 피아 님! 진정으로 마물기사단장에 걸맞은 위용이십니다!"

그러고는 기사들은 무언가를 깨달았다는 듯 눈을 부릅뜨고는 긴장한 얼굴로 나를 내려다보았다.

""""헉, 그렇구나!! 역시 피아 단장님은 전설의 마수사인 거야!""""

"아니야!!"

신나게 루머를 생성하는 기사들을 향해 나는 기사단장으로서 따끔하게 호통을 쳤다.

이것이 내가 마물기사단장으로서 가장 의미가 있었던 일이었다고 본다.

오전 타임만으로 꼬박 하루 일한 것 같은 피로를 느낀 나였으나, 태양은 아직 하늘 꼭대기에서 빛나고 있었다.

재커리 단장님에게 가서 고생한다는 오후 타임이 남아있는 것이다.

할 수밖에 없다고 중얼거린 나는 어깨를 축 떨군 채 제6기사단장실로 향했다.

“오, 피아 단장! 오늘은 살살 부탁할게.”

제6기사단장실의 문을 살며시 열자, 여느 때처럼 기운이 넘쳐나는 재커리 단장님이 맞아주었다.

단장님은 즐겁다는 듯 웃으며 눈앞에서 어깨띠를 벗어 나에게 내밀었다.

어깨띠의 색은 기사단마다 달라지기 때문에 바꿀 필요가 있는 모양이었다.

오전에 걸치고 있던 어깨띠는 새것이었지만, 반나절뿐인 일일 단장이니까 지금 있는 걸 빌리는 게 경제적이란 생각을 하며 진갈색 어깨띠를 받아 대각선으로 걸쳤다.

하지만…… 허리까지 와야 하는 길이가 무릎까지 내려갔다.

“……좀 심하다.”

무슨 일이든 솔직하게 말하는 재커리 단장님이 적나라한 감상을 입에 담았다.

빈말을 듣고 싶은 마음은 없지만, 오전 타임의 칭찬 공격 시간과 비교하면 너무나도 낙차가 컸다.

지금 당장 키를 늘릴 수는 없으니 '기나긴 어깨띠 문제'는 못 본 척하기로 하고 내가 무슨 일을 해야 하는지 질문했다.

그러자 재커리 단장님은 씩 웃고는 내 머리 위에 커다란 손을 올렸다.

"너는 우리 기사들에게 인기가 많으니까. 그 녀석들과 잘 놀도록 해."

"네?"

"지난 두 달간 너는 제1기사단 훈련 중인데도 마물기사단에 파견가거나 시릴의 영지를 방문하는 등 옆에서 봐도 바빠 보였거든. 휴식을 취해야 한다고 생각하는데, 제1기사단에 있으면 아주 성실하게 훈련을 계속 받을 수밖에 없잖아? 가끔은 시릴의 눈이 닿지 않는 곳에서 푹 쉬어도 괜찮지 않을까?"

"재, 재커리 단장님!"

나를 제6기사단에 불러준 진정한 의도가 밝혀지고, 그 배려심 넘치는 이유에 감동이 밀려들었다.

아아, 재커리 단장님은 어쩜 이렇게 멋진 사람인 걸까!!

나는 순식간에 재커리 파에 들어가기로 결심한 후 단장님의 제안을 고스란히 받아들여 기사들의 훈련장으로 향했다.

30분 후, 나는 흙먼지가 날아오르는 훈련장 구석에 놓인 벤치에 앉아 햇빛을 받으며 멍하니 기사들의 훈련을 구경했다.

"아아, 쨍쨍하게 내리쬐는 햇빛을 받고 있으니 살아있다는 걸

실감할 수 있구나! 그래, 매일매일 책상 앞에 앉아서 시가며 대륙 공용어 같은 걸 공부한다니, 기사의 본분에서 벗어났다고. 나는 이렇게 햇빛 아래에서 일하고 싶었어!"

지금 상태를 일한다고 할 수 있을지는 의문이지만, 재커리 단장님이 일로 간주하고 있으니 일이라고 해도 되겠지.

기사들에게 시선을 주자 모든 기사가 다 진지하게 대련하고 있었다.

"그래, 이게 기사 본래의 일이야!"

기쁨을 느낀 나는 따끈따끈한 햇살 속에서 그대로 기사들을 바라보고 있었는데…….

"앗, 아까워라! 딱 반걸음만 파고드는 게 빨랐다면 이겼을 텐데!!"

"아아아, 파고드는 것도 그렇지만 몸이 작으니까 힘이 부족한 건지도 모르겠네. 조금만 더 밀어붙였다면 이겼을 텐데!"

나 자신이 기사로서 기량이 부족하기 때문인가 자연스럽게 져버린 쪽 기사의 심정에 이입하는 건지, 어느새 도메니코라고 불리는, 아담하고 계속 지는 기사를 소리 내어 응원하고 있었다.

도메니코는 이기지 못하지만 포기하지도 않고 계속해서 자신보다 덩치가 큰 기사에게 도전하기 때문에 자꾸 응원하고 싶어졌다.

나는 어린 시절을 떠올리고 집에서는 늘 오빠들에게 지기만 해서 언젠가 꼭 이기고 싶어했던 걸 회상했다.

음음, 도메니코는 옛날의 나를 보는 것 같아.

(※주 : 피아가 기사단 입단시험 때 오빠들에게 이긴 건 마법으로 도핑한 덕분이지 실력이 아닙니다)

"앗, 그래! 도메니코에게 한 번 승리를 체험하게 해주는 건 어떨까?"

퍼뜩 떠오르는 게 있었던 나는 두 손을 짝 쳤다.

"무슨 일이든 한 번 체험하면 몸이 익혀서 재현할 수 있게 되지. ……하지만 이대로는 좀처럼 이기지 못할 테니까, 도핑약을 만드는 건 어떨까? 효과가 가볍고 일시적인 걸로 하면 문제없을 거야."

전생에 비슷한 경험을 했었던 떠올렸다.

300년 전에 성녀들에게 새 약물 제조법을 가르쳐 준 적이 있었는데, 몇 번을 가르쳐줘도 잘 모르겠다는 대답이 돌아왔다.

내 교수법이 문제일지도 모른다고 반성하면서도 이해하기 쉬운 방법을 알 수 없었기에 계속 똑같은 방식으로 가르치는 사이에 한 명, 두 명 요령을 파악한 사람이 나타나기 시작했다. 그리고 한 번 감각을 익힌 성녀들은 연속으로 제조에 성공했다.

즉 그런 거다.

성녀의 약과 검술은 방식이 조금 다를지도 모르지만, 결국 감각을 몸에 각인시키는 게 중요하다. '이긴다'는 감각을 몸에 새기는 것이.

나는 벤치에서 일어나 주변을 두리번두리번 둘러보며 약 만들기에 필요한 약초를 찾기로 했다.

어째서인지 왕성 부지 안에는 도움이 되는 약초가 여기저기 자랐다. 편리하기 그지없었다.

훈련장 주변에 자라는 잡초 중 필요한 약초를 찾아서 채집한 나는 제6기사단장 안에 있는 간이 부엌으로 향했다.
"후후후, 회복약은 액체니까 다들 '약은 액체'라는 고정관념이 있겠지. 고형물에 약초를 넣으면 만에 하나라도 의심받는 일은 없을 거야!"
근사한 아이디어라며 자화자찬하면서 약초와 마력을 결합한 쿠키를 만들었다.
포인트는 마력을 너무 많이 넣지 않는 것이다.
'힘과 속도가 아주 조금 좋아진 것 같은데?' 정도로 느끼는 수준에서 멈추도록 조절했다.
약초를 잘게 짓이기는 수고를 줄이는 바람에 이파리의 모양이 쿠키 표면에 선명하게 남아버린 건 애교로 치자.
"문제는 이 쿠키를 어떻게 도메니코에게 먹이냐는 건데."
왜냐하면 전부 신체 능력 향상 쿠키를 먹으면 전부 능력이 좋아져서 차이가 나지 않으니, 다들 오늘은 컨디션이 좋다고 느끼고 끝나버리기 때문이다.
"그래, 가짜를 만들면 되겠다!"
나는 도메니코 말고 다른 기사에게 먹일 용도로 아무런 효과가 없는 평범한 쿠키를 만들기로 했다.
"됐다!"
다 구운 쿠키를 두근거리는 마음으로 오븐에서 꺼내 보자, 화력이 균일하지 않았던 건지 중앙에 놓았던 쿠키는 조금 탔다.
탄 쿠키는 전부 도핑 쿠키였지만 신경 쓰지 않기로 했다.
"그래, 오히려 탄 쿠키는 전부 도핑 쿠키라는 표식이 되니까 알아보기 쉽잖아."

나는 쟁반에 쿠키를 가득 올린 후 다시 훈련 중인 기사들에게 돌아갔다.

"오, 피아 단장님. 좋은 걸 갖고 있잖아!"

훈련장으로 돌아가자 내가 과자를 가져온 걸 재빠르게 알아차린 기사가 말을 걸었다.

"여러분에게 드릴 간식으로 만들었습니다. 괜찮다면 먹어주세요."

나는 생글생글 웃으면서 친절을 가장하며 모두에게 쿠키를 뿌렸다.

그리고 도메니코가 다가왔을 때 즉시 쟁반 구석에 몰아놓았던 도핑 쿠키를 내밀었다.

"자, 도메니코. 여기 있습니다!"

"어, 타지 않았어? 큭, 나만 탄 쿠키를 주다니 일일 단장님의 가혹한 신고식인가!"

과장되게 얼굴을 찡그리면서도 쾌활한 목소리로 대답하는 도메니코에게 나는 제대로 반론했다.

"에이, 아니에요! 이건 상대방을 이기라는 기원을 담은 특별한 쿠키거든요."

내 말을 들은 기사들이 왁자지껄 놀렸다.

"확실히 특별한데! 네 쿠키에는 이파리가 들어갔어."

"정말 이파리잖아! 색도 녹색이고! 타서 잘 알아볼 수 없는 게 불행 중 다행이네."

이리저리 놀려대는 기사들 사이에서 도핑 쿠키를 받은 도메니코는 자신이 든 쿠키를 빤히 바라보고 있었다.

어, 어라, 마음에 안 들었나? 확실히 도메니코의 쿠키만 타버렸고 이파리가 들어갔긴 한데, 괴롭히는 거라고 생각하는 건 아니지?

걱정하고 있었더니 도메니코가 이쪽을 돌아보고는 씩 웃었다.

"고마워, 피아 단장님! 마침 시골에 계신 어머니에게 고기만 먹지 말고 채소도 먹으라는 편지를 받았거든. 좋아, 오늘은 채소를 먹었다!"

그렇게 말하며 도메니코는 탄 쿠키를 통째로 입에 넣고는 카득카득 이상한 소리를 내면서 전부 먹었다. 그러고는 '맛있어'라고 말해주었다. 멋져라.

나는 기뻐하며 도메니코를 향해 웃었다.

"명예로운 기사에게 이파리로 만든 관을 씌워주기도 하잖아요? 이파리라는 의미에선 이 쿠키에 넣은 것도 마찬가지니까 상대방에게 이길 수 있도록 주문을 걸었답니다."

"오, 도메니코. 너 사랑받고 있잖아!"

"굉장히 막무가내인 논리긴 하지만, 피아 단장님이 이렇게까지 말해줬잖냐. 한 번은 이겨야지!"

도메니코의 등을 팡팡 두드리며 호의적인 말을 건네는 기사들을 보고 정말로 이곳의 기사는 다들 보기 좋다며 흐뭇해졌다.

그렇기에 도메니코도 여기서 열심히 하려고 생각하는 건지도 모르겠다.

하지만 이 정도로 도메니코가 이렇게 극적으로 변할 줄은 아무도 예상하지 못했을 게 틀림없다.

왜냐하면 마치 마법에라도 걸린 것처럼 그 이후의 훈련 풍경은 조금 전과 완전히 달라졌기 때문이다.

(※주 : 실제로 도메니코는 마법에 걸렸습니다.)

도메니코의 움직임은 누가 봐도 할 수 있을 만큼 빨라졌고 힘도 세졌다.

"……어, 어떻게 된 거야?!"

이해할 수 없다는 듯 눈썹을 찡그린 기사들을 도메니코가 차례차례 격파했다.

"……굉장해! 이겼어!! 신난다!!"

도메니코는 희색이 만연해져서 환호한 후 나를 돌아보았다.

"피아 단장님, 이파리 쿠키 효과 굉장한데! 고마워!!"

다행이다. 쿠키를 만든 보람이 있었어. 나도 뿌듯해져서 활짝 웃었다.

"천만에요, 도메니코! 승리 축하합니다!!"

도메니코의 말을 들은 기사들은 흠칫 놀란 듯 눈을 부릅뜨고는 일제히 나를 돌아보더니 우르르 달려왔다.

"피아 단장님, 나도 이파리 쿠키!"

"나도! 기묘한 이파리 쿠키를 줘!!"

"어? 아, 네. 여기요."

도메니코도 여러 번 승리를 체험했으니 이제 전원에게 뿌려도 괜찮을 거라고 생각한 나는 달라는 대로 쿠키를 건네줬다.

이렇게 악성 재고로 남아있었던 이파리 쿠키는 순식간에 매진되었다.

그리고 그 후 당연하게도 한 단계 강해진 기사들을 보고는 다른 기사들이 '피아 단장님, 나한테도 탄 쿠키를 줘!!'라며 달려든 것도 어쩔 수 없는 흐름일 것이다.

결국 소란을 들은 재커리 단장님이 구출해줄 때까지 나는 텅 빈 쟁반을 들고 난감해하며 기사들을 바라보았다.

이렇게 나의 아주아주 길었던 일일 기사단장의 하루가 끝났다.

녹초가 되어 침대에 기어들어 간 뒤, 매일 이렇게 고생한다니 기사단장님들은 참 힘들겠다며 진심으로 동정했다.

그렇게 마음속으로 '평기사 만세!!'라고 외치며 잠들었다.

그로부터 조금 지난 어느 날, 복도에서 스쳐 지나간 시릴 단장님이 나를 불러 세우고는 질문했다.

"피아, 당신이 일일 단장직을 맡았던 다음 날부터 제4마물기사단에서 이상한 언동이 유행하며 다들 당신을 흉내 내기 시작했다고 하는데, 알고 있습니까?"

"네? 그, 그래요?!"

처음 듣는 이야기에 놀라서 눈을 크게 뜨자 시릴 단장님은 난감하다는 얼굴로 한숨을 쉬었다.

"기사들이 뭘 흉내 내는지는 너무나도 하찮으니 생략하지만, 사역마를 잘 따르게 하는 '전설의 마수사'가 되기 위한 주문이라고 합니다. 어떻게 된 일인지 압니까?"

나는 고개를 숙인 후 작은 목소리로 대답했다.

"모르…… 겠습니다."

"그렇군요. 그리고 제6기사단에서는 식사에 이파리를 섞는 게 유행한다고 합니다. 그 고기만 먹는 제6기사단에서 말이죠. 듣자하니 '배불뚝이 구세주'가 만들어 낸 약자구제방법이라고 하는데 어떻게 된 일인지 압니까?"

"……모르겠습니다."

모른다고 딱 잘라 말했는데도 불구하고 시릴 단장님의 의심 가득한 강렬한 시선이 느껴진다.

크윽, 싫다고 저항했는데 일일 단장을 떠넘긴데다 제대로 완수했는데 나중에 와서 심문이라니. 정말 뭐냐고.

잠시 침묵하며 고개를 숙이고 있었으나 끝이 없다고 생각한 나는 힘차게 고개를 들어 시릴 단장님에게 역설했다.

"저는 어차피 일일 단장이고 마물기사단에서도 제6기사단에서도 외부인이었으니까요! 다른 기사단의 이상한 유행 같은 건 물어보셔도 모릅니다! 제가 소속된 곳은 제1기사단이니까요!!"

가슴을 펴고 대답하자 시릴 단장님은 순간 눈을 동그랗게 뜬 후 기쁘다는 듯 웃었다.

"피아가 무척 기쁜 말을 해주는군요. 그래요, 다른 기사단의 특수한 룰 같은 건 저희와는 상관없죠."

아, 웬일로 속아주는구나. 나는 기뻐하며 시릴 단장님을 향해 웃었다.

내 반응에서 '아무래도 이건 쓸모없는 안건이구나. 무시하자'고 단장님이 판단한 것과, '다른 기사단 일에 참견하지 않는다'는 암묵룰이 있다는 걸 몰랐기 때문이다.

기뻐하며 웃는 나를 내려다보면서 시릴 단장님이 아름답게 미소 지었다.

"당신은 정말로 귀엽군요. 다만, 바보 같은 아이일수록 귀엽다고 하니 다른 기사단의 기사들도 비슷하게 느낄 가능성이 큽니다. 당분간은 어디에도 보내지 말아야겠어요."

"잠깐만요, 시릴 단장님. 지금 절 바보라고 하셨죠?!"

"당연히 아닙니다. 당신을 친근하게 여기기 때문에 나온 말이에요."

시릴 단장님에게서 지나친 칭찬도 갈굼도 없이 평범한 대화를 나누며, 나는 역시 제1기사단은 편안하고 아늑한 곳임을 재확인했다.

인기 투표 제4위【사비스 나브】
피아, 사비스 총장에게 '대성녀의 장미'를 헌상하다

기사단에 소속된 뒤로 알게 된 사실, 기사 전원이 사비스 총장님을 숭배한다.

보통 상사에게는 크든 작든 불만이 쌓이고 온갖 자리에서 푸념이 튀어나오기 마련이지만, 사비스 총장님만큼은 호의적인 발언밖에 못 들었다.

"크으, 어제 총장님 봤어? 망토를 나부끼며 말을 타는 모습이 진짜 너무 멋있었는데."

""맞아맞아~!!""

예를 들면 이런 식으로 말을 타기만 해도 화제에 되며 동경하는 기사가 속출한다.

"그보다 지난번에 보여주신 검술이지! 시릴 단장님과 대련하는 모습은 보기만 해도 소름이 돋아."

"아니, 그보다는 총장님의 예술적인 식스팩에 대해 논해야 하지 않겠어? 얼마나 단련해야 그렇게 될 수 있는 거지?"

근육질의 기사들이 눈을 반짝반짝 빛내며 총장님 사랑에 대해 열변하는 모습은 솔직히 말에서 부담스럽다.

하지만 총장님은 카리스마가 넘치고 매력적이니까 사람들의 마음도 이해할 수 있다고 생각하며 이야기를 듣고 있었더니 클라리사 단장님이 질문했다.

"피아에게 총장님은 동경의 대상이니?"

"동경이요? ……제가 몸을 단련해도 총장님처럼 될 수 있을 것 같지는 않으니까, 동경해서 목표로 삼는다는 것과는 다르지만 이래저래 신경 써 주시고 돌봐주시고, 배려심 있는 이상적인 상사라고 생각합니다."

"총장님이 신경 써주고 돌봐준다니, 그런 말을 할 수 있는 건 피아 정도가 아닐까."

"네?"

의미를 이해하지 못하고 고개를 기울이자 클라리사 단장님은 재미있다는 듯 후후후 웃었다.

"사비스 총장님은 옛날부터 카리스마 있고 완벽한 분이었지만 고고하다고 해야 하나, 아무도 곁에 다가오지 못하게 하는 분위기가 있었거든. 간신히 다가갈 수 있는 건 시릴 정도지. 하지만 확실히 최근엔 말을 걸 수는 있을 정도로 부드러운 분위기로 바뀌었어."

"그건 클라리사 단장님이 경험을 많이 쌓아서 총장님의 능력에 가까워졌기 때문에 다가갈 수 있게 되었다거나 그런 의미입니까?"

"우후후후후, 그런 황공한 생각은 안 해. 그게 아니라, 총장님의 분위기가 눈에 띄게 누그러졌다는 거야. 나는 그게 피아 덕분이라고 생각해. 피아는 좋은 의미에서 명랑하고, 근거가 없어도 자신만만하며 긍정적이고, 성녀를 두고 어마어마한 이상가인 면모가 있잖아? 총장님 본인은 눈치채지 못하신 것 같지만 피아 같은 타입을 인간적으로 선호하는 게 아닐까."

클라리사 단장님의 발언 내용은 칭찬인지 욕인지 판단하기 어려웠지만, 단장님의 호의적인 표정으로 보아 칭찬인 거라고 해석했다.

"감사합니다. 하지만 총장님과 저는 타입이 전혀 다르잖아요. '딱딱!'이랑 '흐물텅'이란 느낌? 보통 조금 더 자신과 닮은 타입을 선호하지 않을까요?"

"반드시 그런 건 아니야. 사람에겐 입장과 여태까지 살아온 인생이 있고, 원하는 대로 생활하고 있다는 보장도 없으니까."

"그렇군요."

클라리사 단장님의 말에 동의하자 단장님은 장난기 어린 표정으로 어깨를 움츠렸다.

"피아의 도움도 받아서 우리는 드디어 총장님의 신뢰를 얻어내고, 그 영역에 아주 조금이나마 들어갈 수 있게 된 거야. 가능하다면 앞으로는 총장님께서 직접 문을 열고 우리에게 들어오라고 불러주셨으면 좋겠는데. ……지나친 바람일까?"

클라리사 단장님에게 대답하려고 입을 연 그때, 바로 그 총장님이 부른다며 어떤 기사가 나를 찾아왔다.

그래서 '어머, 호랑이도 제말하면 온다더니!'라며 놀라는 클라리사 단장님의 감탄을 들으며 나는 그 자리를 뒤로했다.

"특명이요?"

나는 얌전한 표정으로 총장님의 입에서 나온 단어를 따라 했다.

틀림없이 안 좋은 예감이 든다.

애초에 일개 기사가 총장실에 불려온 것 자체가 특이한 일이다.

나는 아직 훈련 중이기도 하니, 아무리 생각해도 한가한 기사를 불러다 중요치 않은 용건을 떠넘기려고 하는 것처럼 보였다.

하지만 상대방은 기사단의 수장.

어떤 명령을 내리든 성실한 표정으로 얌전히 받아들일 수밖에 없다.

그런 내 생각을 읽은 것도 아닐 텐데 사비스 총장님은 들고 있던 펜을 내리놓고는 지극히 진지한 표정으로 입을 열었다.

"그래. 네가 꽃을 사 와줘야겠다."

"꽃이요?"

사비스 총장님과 꽃이라는 단어가 잘 연결되지 않아 무심코 되물었다.

그러자 총장님은 내가 왜 되물었는지 안다는 양 쓴웃음을 지었다.

"그래, 국왕에게 헌상하는 꽃이다."

"국왕 폐하!!"

아무렇지도 않게 나온 단어가 너무 무거워서 다시 되받아 외치고 말았다.

세상에. 만난 적도 없는 왕국 최고위 권력자에게 바칠 헌상품을 마련해오라는 부탁을 받았습니다.

"어, 그, 저기, 꽃, 을 사는 거죠?"

총장님의 설명이 너무 적어서 전체적인 내용을 파악하지 못했기 때문에, 하다못해 꽃의 종류 같은 정보가 필요했던 나는 매달리듯 총장님을 바라보았다.

그러자 총장님은 한쪽 손을 입술에 대고 생각에 잠기듯 시선을 배회했다.

그 모습은 어디까지 설명해야 하는지 고민하는 것처럼 보였다.

"……국왕은 정기적으로 무덤에 꽃을 바친다. 보통 국왕이 직접 꽃을 마련하지만, 이번에는 그걸 준비해달라더군."

"네."

"무덤의 주인은, ……성녀다. 그러니 모든 성녀에게 경의를 표하는 네가 적임이라 생각했다. 그러한 생각을 지닌 자가 고른 꽃을 바쳐야 할 테니까."

"…………."

나는 깜짝 놀라 총장님을 쳐다보았다.

왕가가 성녀를 소중히 여긴다는 건 알고 있었으나, 지엄한 관을 쓴 국왕 폐하가 정기적으로 그 무덤을 찾아갈 줄은 몰랐기 때문이다.

"어차피 나는 꽃의 종류를 잘 모르니, 내가 고르는 것보다 좋은 꽃이 되겠지. 그 정도의 마음가짐으로 부담 없이 마음에 든 꽃을 사 와라."

"알겠습니다."

한 달 후 꽃을 가져오라는 지시를 받은 나는 총장님에게서 받은 고액의 돈을 움켜쥐고 총장실을 뒤로했다.

10분 뒤, ———나는 이래저래 놀라면서 왕성의 정원을 걷고 있었다.

국왕 폐하가 정기적으로 헌화하러 찾아갈 만큼 성녀를 공경하고 있다니 생각지 못했기 때문이다.

아마도 널리 알려진 사실일 테지만, 총장님이 굳이 설명해주었다는 점에서 무게를 느꼈다.

왜냐하면 총장님에게는 나에게 자세한 설명을 할 의무가 없기 때문이다.

그런데도 이렇게 성실하게 대응해주었으니 열심히 고민해서 성녀에게 바치기 적절한 꽃을 준비해야만 한다는 마음가짐이 들었다.

나는 사람들이 잘 지나가지 않는 곳에서 차분히 생각하기 위해 녹색 샘이 있는 성 동쪽으로 향했다.

그리고 녹색 샘을 바라보며 생각에 잠기길 몇십 분…….

으음, 성녀를 상징하는 꽃은 뭘까?

나는 샘에 비친 내 모습을 바라보며 크게 고개를 갸웃거렸다.

전생에 대성녀였던 제2왕녀인 내 증표는 장미라, 전투할 때면 반드시 붉은 장미를 손목에 감았다.

또 전생에 서덜랜드를 방문했을 때 기념으로 붉은 꽃이 피는 아델라 나무를 심었다.

즉 300년 전에는 붉은 꽃을 성녀의 상징으로 사용하는 경향이 있었다.

다만 그건 머리카락의 색이 핏빛에 가까울수록 뛰어난 성녀의 그릇이라고 불리던 것에 기인하여 성녀에게 최상의 색이 붉은색이었기 때문이다.

그렇다면 붉은 꽃을 골라야 하나?

“헌화를 받을 성녀의 머리색이 궁금하지만, 상대방은 분명 여러 명이라 머리색도 제각기 다를 테니 색을 맞추는 건 어렵겠지. 게다가, ……성녀에게 바치는 붉은 꽃은 경의를 드러내니까 적어도 실례가 되진 않을 거야.”

거기까지 생각한 내 뇌리에 불쑥 아이디어가 떠올랐다.

“그래, 내 장미를 주면 되지 않을까?!”

대성녀였던 제2왕녀의 장미는 특별해서 당시엔 나 말고는 아무도 손에 넣을 수 없었다.

따라서 나에게서 내 장미를 받는다는 건 성녀에게 최상의 영예라고 불리곤 했다.

“……다만 문제는 내 장미의 원본이 남아있냐는 건데.”

‘대성녀의 장미’는 꽃잎이 특징적인데, 그건 내가 마력을 주입하며 키웠기 때문이다.

특정 품종의 장미에 봉오리가 맺히기 조금 전부터 매일 마력을 주입하면 ‘대성녀의 장미’로 변한다.

“만약 남아있다고 해도 지금은 평범한 장미로밖에 보이지 않을 텐데, 그 특별한 품종이 아니면 내 마력을 주입해도 ‘대성녀의 장미’가 되진 않는단 말이지.”

나는 자리에서 일어나 왕성 남쪽으로 향했다.

“300년 전에 내 장미가 심겨 있던 장소 주위에 같은 품종이 남아있을지도 몰라. 사철 꽃이었으니까 봄부터 가을까지 꽃이 피는 걸. 조금이라도 남아있으면 좋겠는데."

하지만 실제로 가 보니 한때 장미가 심겨 있던 장소에는 기사단의 남자기숙사가 세워져 있었다.

"크윽, 그렇게 나온단 말이지!"

어쩔 수 없다. 이건 어쩔 수 없다.

매일 열심히 단련하는 기사들의 침소는 장미 화원보다 중요하니까.

만약을 위해 남자기숙사 주변을 찾아보았지만 장미로 보이는 식물은 보이지 않았다.

어깨를 축 늘어트리고 있을 때, 지나가던 재커리 단장님이 말을 걸었다.

"피아, 뭐 찾아?"

"재커리 단장님! 네, 장미를 찾고 있었습니다."

"장미? 그게 뭐지? 처음 듣는 단어인데."

으헉! 꽃 중에서도 제일 유명한 품종일 텐데, 재커리 단장님처럼 땀내의 극한으로 달려가면 장미가 뭔지도 모르는 거군요.

"아뇨, 신경 쓰지 마세요. 먹을 것도 아니니까 틀림없이 재커리 단장님의 인생과는 연이 없는 단어일 겁니다."

그러자 재커리 단장님 뒤에 있던 기디온 마물부단장님이 쭈뼛거리며 입을 열었다.

"그, 피아 씨. 왕성 북동쪽에 장미 나무가 있습니다."

"네?"

재커리 단장님보다 한층 더 험상궂은 외모인 기디온 부단장님이 장미를 인식하고 있었다는 사실에 순수하게 놀랐다.

하지만 이전에 판명된 정보에 의하면 기디온 부단장님은 자신의 사역마에 '로즈'라는 이름을 붙였었다. 의외로 꽃을 좋아하는 건지도 모른다.

나는 고맙다고 인사한 후 가르쳐준 장소로 향했다.

———300년 전의 왕성은 '대성녀의 장미'가 다른 장미 품종과 자연 교배되는 걸 막기 위해 부지 내에 심는 장미는 전부 '대성녀의 장미'였다.

그 규칙이 아직 남아있을 것 같지는 않지만, 혹시나 하는 희망을 품고 찾아보자 연두색 꽃이 핀 장미를 발견했다. '대성녀의 장미'가 되는 품종이었다.

"저, 정말 있었어!"

나는 깜짝 놀라 눈을 크게 떴다.

잘못 본 게 아닌지 몇 번씩 확인했지만, 진한 녹색 꽃을 피우는 장미는 또 없을 것이다.

나는 신이 나서 '만세!!'를 세 번 외쳤다.

잘 보니 주변 일대에 장미 나무가 많이 있었다.

주위에 잡초가 나지 않은 걸 보면 제대로 손질되고 있는 모양이었다.

정원을 가꾸는 사람이 갑자기 장미의 색이 바뀐 걸 보고 놀라는 게 아닌지 걱정하면서도, 아직 봉오리가 나지 않은 가지에 천천히 마력을 불어넣었다.

그리고 그날부터 왕성 북동쪽에 있는 정원을 찾아가 장미에 마력을 주입하는 게 내 일과가 되었다.

◇ ◇ ◇

사비스 총장님이 지시한 한 달 뒤, 나는 의기양양하게 총장실로 향했다.

마치 노린 듯한 타이밍으로 첫 붉은 장미가 피었기 때문이다.

전부 꺾자 10송이 정도가 된 장미를 안고 총장실로 가져갔다.

방문 타이밍이 좋았던 건지 기다리지 않고 바로 안으로 들어갈 수 있었다.

"피아, 네 표정을 보아하니 만족스러운 꽃을 샀나 보군."

입을 열자마자 바로 그렇게 말한 총장님은 집무 책상을 사이에 두고 흥미롭다는 듯 나를 바라보았다.

나는 생긋 웃으면서 가져온 꽃을 내밀었다.

"네. 이 붉은 장미를 가져왔습니다."

"이건……."

하지만 장미를 보자마자 총장님의 표정이 일변하더니 큰 소리를 내며 의자에서 일어났다.

그러고는 책상을 빙 둘러 내 앞에 서더니 몸을 숙여 내가 안고 있는 장미를 확인했다.

반짝이는 꽃잎을 본 총장님을 눈썹을 확 찡그리며 몸을 일으킨 뒤 진지한 표정으로 나를 내려다보았다.

"피아, 이 꽃을 어디서 입수했지? 이건 '대성녀의 장미'처럼 보일 만큼 그 꽃과 아주 흡사하다."

"네?!"

흡사하다고 할지 그냥 그거인데요.

아니, 이 꽃이 '대성녀의 장미'라는 걸 간파하다니, 총장님은 정말 온갖 것에 정통하시군요.

거기까지 간파하는 건 곤란했던 나는 우연히 발견했다고 둘러대기로 했다.

"어어, 그게, 꽃집을 둘러봤는데 마땅히 느낌이 오는 게 없어서 생각을 정리하려고 성안을 산책했습니다. 그때 정원 구석에 이 장미가 있는 걸 보고 붉은 장미라면 괜찮을 거라는 생각에 꺾어 왔습니다."

하지만 말하던 도중에 내가 엄청난 짓을 저질렀다는 걸 깨닫는 바람에 충격을 받아 비명이 터질 뻔했다. 나는 비명이 나오지 않도록 허둥지둥 입을 틀어막았다.

두 손으로 입을 누른 채 눈을 부릅뜨고 있었더니 무슨 일이 일어났다는 걸 알아차린 총장님이 내 말을 재촉했다.

"왜 그러지? 뭐든 괜찮으니 생각한 것을 말해봐라."

"초, 총장님! 저는 왕성 안에 핀 꽃을 허가도 없이 꺾어버렸습니다!!"

"응? 아, 그래서. 오히려 네가 허가를 받고 꺾었다고는 생각하지 않았다. 꽃을 꺾는 것 정도는 문제없겠지."

"네? 괜찮은 거예요? 다, 다행이다. 엄청 혼날 줄 알았는데."

안도하며 가슴을 쓸어내렸더니 머리 위에서 한숨이 들렸다.
"……네 반응을 보아하니 우연히 이 꽃을 발견한 건가? 하지만 여태까지 아무도 이토록 특징적인 꽃을 발견하지 못했다고?"
확실히 이 장미는 꽃잎이 특징적이라 한 번 보면 누구나 그 특별함을 알아차릴 수 있다.
왜냐하면 마치 커팅된 보석처럼 꽃잎이 반짝반짝 빛나기 때문이다.
우후후후후, 아름답기만 한 게 아니라 효능도 대단하답니다.
이 꽃잎을 띄운 차를 마시기만 해도 온갖 효과를 얻을 수 있으니까요.
"이 반짝임을 보면 금서에 적힌 '대성녀의 장미'로 보이지만, 그 꽃은 300년 전에 멸종했을 터. 그게 왜 다시 나타난 건지……."
총장님이 생각에 잠긴 듯한 눈동자로 바라보자 나는 얌전히 표정을 가다듬고 입을 열었다.
"그냥 우연일 것입니다! 애초에 그건 '대성녀의 장미'처럼 생긴 장미일 뿐 진짜가 아닐지도 모르니까요."
"……너는 사태가 얼마나 중대한지 모르는군."
총장님은 몸을 굽히더니 바닥에 한쪽 무릎을 꿇었다.
"힉. 초, 총장님?!"
"귀중한 꽃을 배알한다."
사비스 총장님은 그렇게 말한 뒤 진지한 표정으로 장미꽃을 받았다.
아아, 총장님은 꽃에 경의를 표한 거구나. 그냥 식물일 뿐인데

'대성녀'라는 수식어가 붙었다고 거창한 대우를 받는 거야. 놀라워라.

총장님은 그대로 일어난 후 내 머리 위에 커다란 손을 올려놓았다.

"피아, 너는 늘 내 상상을 초월하는군. 네게 무언가를 부탁할 때는 더 신중하게 해야 할지도 모르겠다."

"네?"

"이 꽃을 어떻게 할지는 국왕과 상의해서 정하도록 하마. 피아, 고생했다. 훌륭히 잘해주었어."

총장님의 칭찬에 나는 기뻐서 자연스럽게 웃음이 새어나갔다.

"칭찬해주셔서 감사합니다!"

하지만 여기서 총장님에게 받았던 돈의 존재를 떠올렸다.

"맞다, 총장님. 돈 돌려드리겠습니다. 가게에서 구입하지 않았으니 돈도 쓰지 않았거든요."

주머니에서 꺼낸 반짝반짝한 동전을 내밀자 총장님은 내 손바닥 위에 자신의 손을 겹치고는 한 번 더 동전을 움켜쥐게 했다.

"그걸 내가 받을 수는 없다. 사는 게 몇 배는 더 간단했을 텐데, 너는 그렇게 하지 않고 이렇게 귀한 꽃을 찾아냈으니까. ……그래, 그걸로 친구와 식사라도 하도록."

"네? 아무리 그래도……."

"내가 허락한다. 애초에 그 돈은 국왕의 개인재산이다. 돌려줘도 국왕이 곤란해질 뿐이지. 아, 하지만 나는 지금 막 네게 무언가를 시킬 때는 신중하게 해야 한다고 다짐한 참이었지……. 부탁이니 식사하러 가서 미증유의 사건을 일으키면 안 된다?"
그렇게 말하며 장난기 가득하게 웃는 모습은 평소와 같은 총장님이었다.
나는 식사하러 갔을 땐 얌전히 있겠다고 약속한 후 총장실을 뒤로했다.

총장실에서 돌아가는 길, 복도에서 클라리사 단장님과 마주쳤다.
"어머, 피아잖아. 이런 곳에 어쩐 일이야?"
"네, 사비스 총장님께 장미꽃을 드리고 오는 길입니다."
"총장님께, 뭐라고?"
클라리사 단장님은 놀란 듯 멈춰서더니 내 발언을 재확인했다.
뭐, 그렇겠죠. 모두가 '총장님'과 '꽃'이라는 조합을 기이하다고 생각할 테니까요.
"어어, 극비정보가 섞인 것 같으니까 제 판단으로 생략하자면, 총장님께 꽃을 사 오라는 부탁을 받았고, 조달한 꽃을 드리고 오는 길입니다."
내 입으로 말하면서도 언급할 수 있는 부분이 너무 적다고 느꼈다.
이래서야 클라리사 단장님은 전혀 이해하지 못할 것 같다고 걱정했는데, 역시 정보통 단장님. 모든 것을 이해했다는 듯 '그렇구나' 하고 고개를 끄덕였다.
"총장님께서 꽃을 원하신다니 개인 용건은 아니겠지. 그리고 총장님께 일을 시킬 수 있는 분은 이 나라에 한 명뿐이니까, 국왕 폐하께서 성녀님께 바칠 헌화려나."

"저, 정답이에요!"

내가 제공한 적은 정보에서 훌륭하게 정답을 맞히는 바람에 깜짝 놀라 눈을 부릅떴다.

하지만 내 대답을 들은 클라리사 단장님도 커다란 눈을 한층 더 크게 떴다.

"뭐? 정말로?! 그거 말고는 없을 거라고 생각했지만, 그래도 정말?"

"네."

내가 긍정하자 클라리사 단장님은 나를 빤히 쳐다봤다.

"……피아는 총장님께 특별한 사람이구나. 그저 꽃을 준비했을 뿐이라고 생각할지도 모르지만, 그건 국왕 폐하께 의뢰받은 아주 중요한 일이야. 그걸 다른 사람에게 부탁하다니, 여태까지의 총장님이라면 절대 안 하셨겠지. 시릴도 데즈먼드도 아닌, ……피아가 적임이라고 판단하신 거야. 그런 식으로 특별한 자질을 인정받다니, 피아는 총장님께 인정받고 있구나."

"네? 그, 그 정도까진 아닌……."

"국왕 폐하께 부탁받은 용무를 총장님 대신 수행하라는 의뢰였으니까 그 정도로 거창한 이야기야. 놀랐어. 얼마 전에 이야기했던 게 현실이 되어버렸네! 총장님이 피아로 인해 문을 크게 여시다니."

"네?"

"놀랐지만 아주 좋은 일이지. 총장님께도, 기사단에게도."

그렇게 말하더니 클라리사 단장님은 기뻐하여 웃었다.

“피아는 새로운 바람이구나. 아무도 바꾸지 못했던 총장님을 조금씩 바꾸다니!”

처음 만났을 때부터 사비스 총장님은 절대 폐쇄적인 사람이 아니었다.

얼굴을 보는 횟수가 늘어날수록 이런저런 부탁을 받는 횟수가 늘어나는 건 당연하다. 그러니 조금도 특별하지 않다고 느낀 나는 살짝 고개를 갸우뚱 기울였다.

“죄송하지만 제가 특별대우를 받는 건 아닙니다. 총장님께선 모든 부하에게 친절하시고, 신뢰하며 일을 주실 테니까요.”

“……그렇게 말할 수 있는 피아니까…….”

“네? 뭐라고 말씀하셨어요?”

“아니야, ……그래, 사비스 총장님 같은 분 밑에서 일한다니 행복하다고 했어.”

“아, 그건 그래요. 진심으로 그렇게 생각합니다!”

나는 전면적으로 클라리사 단장님의 말에 동의한 뒤 새삼 사비스 총장님 밑에서 일하게 된 걸 행복하다고 느꼈다.

참고로 총장님에게 받은 돈은 데즈먼드 단장님, 재커리 단장님, 기디온 부단장님과 밥을 먹었더니 하룻밤 만에 사라졌다.

“아니, 20명이 먹고 마셔도 전부 다 쓸 수 없을 만큼 거금이었는데…….”

기사의 식욕에 어안이 벙벙해진 것은 어느 의미 당연하다.

그리고 나는 다시는 이 세 사람에게 밥을 사지 않겠다고 굳게 다짐했다.

———'대성녀의 장미'를 찾아낸 나에게 국왕 폐하가 흥미를 갖고 이래저래 일이 커지게 된 것은 조금 더 나중 일이다.

인기 투표 제5위【퀜틴 아거터】【SIDE】 제4마물기사단장 퀜틴「피아의 선물에 광희난무하다」

그날은 아침부터 사역마인 그리폰의 상태가 이상했다.

내 그리폰은 냉정침착해서 무슨 일에도 차분하게 대응하는데, 어째서인지 종일 안절부절 못하는 기색으로 하늘을 올려다보았다.

날씨라도 안 좋은 건지 구름의 움직임을 확인했지만, 딱히 비가 내릴 것 같은 전조는 보이지 않았다.

이런 날도 있는 건지도 모른다는 생각을 하며 하루 근무를 마치고 돌아갈 준비를 하고 있을 때 복도에서 활기찬 발소리가 들렸다.

"피아 님?!"

기다리던 인물의 발소리인 것만 같아 소망을 담아 외치면서 복도로 이어지는 문을 열었다.

그러자 문 앞에는 진짜로 내가 만나고 싶었던 소녀 기사가 이쪽을 올려다보고 있었다.

"퀜틴 단장님, 오랜만입니다! 지금부터 퇴근이세요?"

"피아 님! 영봉흑악에서 무사히 귀환하신 것을 기쁘게 환영합니다!!"

나는 진심에서 우러난 말을 건넨 후 재빨리 피아 님에게 다가가 두 손을 붙잡았다.

그녀의 전신을 시선으로 빠르게 훑었지만 다친 것 같지도 않고 어디 아픈 것 같지도 않았다.

다행이다. 카티스는 제대로 호위로서 역할을 다해주었구나. 가슴을 쓸어내리며 다시 피아 님의 얼굴로 시선을 돌렸다.

그러자 피아 님은 생글생글 웃으며 기뻐하는 얼굴로 입을 열었다.

"퀜틴 단장님, 걱정해주셔서 감사합니다. 왕도엔 별일 없었고요?"

"물론 별일이 많았습니다! 피아 님께서 부재하신 동안 사역마 우리의 사역마들은 눈에 띄게 기운이 없어졌고, 저도 쓸쓸했습니다."

"네? 퀜틴 단장님께서 쓸쓸하셨다고요?"

영문을 이해하지 못한다는 듯 눈을 깜빡이는 피아 님에게 나는 착실히 설명했다.

"맞습니다! 피아 님께서 사역마 우리에 와 주실 때마다 사역마들에게서 새로운 발견을 하게 되므로, 저는 하루가 천년인 것처럼 피아 님의 귀환을 기다리고 있었습니다!"

"아, 그런 뜻이군요."

나의 마음이 제대로 전해진 건지 피아 님은 이해했다는 표정을 짓고는 바로 장난꾸러기처럼 눈을 반짝였다.

"퀜틴 단장님, 지금부터 귀가하시는 거면 같이 밖으로 가지 않으시겠어요? 약속했던 영봉흑악 여행 선물을 드리고 싶습니다."

"선물!!"

그랬다. 피아 님은 나에게 특별한 여행 선물을 가져다주겠다고 약속했었다.

"피아 님, 저는 지난 한 달 동안 피아 님의 특별한 선물을 받을 권리를 가슴을 펴고 주장할 수 있도록 이보다 더할 수 없을 만큼 성실하게 지냈습니다! 시릴이 국내의 귀족을 호위하라고 시켰을 때도, 데즈먼드가 사역마를 써서 왕성의 상공을 감시하라고 시켰을 때도, 클라리사가 유행하는 빵집에서 갓 구워진 빵을 사 오라고 시켰을 때도 제 업무와는 상관없는 일임을 알면서도 순순히 따랐습니다!!"

"그, 그건……. 클라리사 단장님은 맛있는 빵을 먹게 되어서 기뻐하셨겠네요."

피아 님은 말을 고르는 것처럼 신중히 발언한 후 분위기를 전환하듯 웃었다.

"후후후, 기사단이 원활하게 운영되는 숨겨진 공로자는 퀜틴 단장님일지도 모르겠네요. 저도 애써 선물을 가져온 보람이 있습니다."

즐거워하는 피아 님과 나란히 복도를 걸어 건물 밖으로 나왔다.

그러자 그 순간, 피아 님을 향해 한 마리의 검은 새 같은 것이 날아왔다.

데즈먼드였다면 '까맣게 탄 새인가?! 구워 먹을 수고를 덜었네'라고 말했을 법하지만, 내가 그 모습을 잘못 볼 리 없다.

"흐, 흑룡왕님……!!"

나는 차렷 자세가 되어 그 미려하면서도 아름다운 모습에 넋을 놓았다.

생물은 자손을 낳고 세대를 거듭하며 더 뛰어난 형질을 획득하기 마련이지만, 흑룡왕님은 유일한 개체로서 지고의 형질을 획득하신다.

그 완성된 미를 보고 감동에서 말을 잃어버린 내 앞에 흑룡왕님이 천천히 날아오더니 피아 님의 어깨에 앉았다.

흑룡왕님의 형상이 작아졌기 때문에 그 전신을 시야에 넣을 수 있었다.

여태까지는 다른 마물로 의태하고 있었기에 작은 모습일 때는 반드시 탈을 뒤집어쓰고 있었던 흑룡왕님이 처음으로 진정한 모습인 채 축소화한 모습을 드러내셨다.

통상 크기였다면 너무 커서 전신을 시야에 채 담을 수 없지만 지금은 다르다.

지고의 조형을 남김없이 눈에 담을 수 있었다. 어쩜 이렇게 아름다울까. 진심으로 감탄이 나왔다.

아아, 훌륭한 선물을 받았구나. 나는 감동에 젖어 부르르 떨었다.

“피, 피아 님. 흑룡왕님을 데리고 돌아와 주시다니 최고의 선물입니다!! 심지어 평소와는 다르게 블루 도브로 의태한 모습이 아니라 흑룡왕님의 모습으로 작아진 형태를 보여주시다니 감개무량합니다!!”

하지만 피아 님은 내 말을 시원스레 부정했다.

“아뇨, 자빌리아는 친구로서 같이 돌아온 것뿐이고 선물이 아닙니다.”

“네?”

“퀜틴 단장님께 드리는 선물은 따로 있어요.”

피아 님은 그렇게 말한 후, 마치 신호라도 보내는 것처럼 하늘을 향해 한쪽 팔을 크게 들어올렸다.

선물은 흑룡왕님을 데리고 돌아와 주신 것만으로도 충분하다고 말하던 내 시야에 붉은 덩어리가 비쳤다.

마침 해질녘이라는 시간대를 맞아 하늘이 붉게 물들어 있었으나, 그 속에 한층 더 붉은 덩어리가 나타났다 싶더니 이쪽으로 점점 가까워졌다.

그리고 그 정체가 무엇인지 알아차린 순간 붉은 덩어리는――타오르는 듯한 주홍색 그리폰은 내 앞에 우아하게 내려앉았다.

"…………!!"

아름다워! 아름답구나!! ……그 말밖에 나오지 않았다.

지고의 그리폰이 갑자기 나타난 이유를 알 수 없어 어안이 벙벙한 채 피아 님에게 시선을 옮기자, 그녀는 희희낙락 두 팔을 벌렸다.

"짜잔, 퀜틴 단장님을 위한 여행 선물로 새 그리폰을 데려왔습니다! 어쩌면 단장님네 사역마의 짝일지도 몰라요!!"

"…………………………………………………………………."

뭐가 짜잔인 건지 모르겠다.

경천동지한 내 눈앞에서 피아 님은 생글생글 해맑게 웃었다.

아무래도 피아 님은 '여행 선물'의 의미를 제대로 이해하지 못하신 것 같다. 이건 완전히 선물의 범주를 넘어섰다.

"피아 님…… 이 그리폰을 어떻게 하실 생각이십니까?"

나는 생각을 포기한 후 맹렬하게 뛰는 가슴을 누르며 피아 님에게 질문했다.

"퀜틴 단장님의 사역마와 맞선을 보게 하는 건 어떨까 하는데요."

"네, 제 사역마와 맞선……."

생각을 포기한 나는 피아 님의 말에 순종적으로 따르기로 했다.

피아 님과 함께 사역마 우리로 향하며 나는 이 맞선이 실패하리라는 걸 이미 알고 있었다.

왜냐하면 피아 님은 오차 범위라며 신경 쓰지 않으시는 건지도 모르지만, 이 주홍색 그리폰은 변이종으로 통상 그리폰보다 능력이 뛰어났기 때문이다.

통상 그리폰은 A랭크의 마물이지만 이 변이종은 틀림없이 S랭크다. 에너지의 양이 완전히 다르다.

내 사역마를 상대해줄 것 같지도 않고, 애초에…….

"어, 어라?"

내 사역마를 만나게 하자마자 홱 고개를 돌린 주홍색 그리폰을 보고 피아 님은 놀라서 눈을 크게 떴다.

그러고는 당황하며 주홍색 그리폰에게 말을 걸었다.

"어? 하지만 너 내 머리끈을 보고 따라온 거잖아? 짝의 깃털이라서 따라온 거 아니었어?! 잠깐, 한 번 더 이 금색의 예쁜 그리폰을 봐 봐! 어때? 두근거리지??"

피아 님의 머리카락을 장식하는 세 개의 그리폰 깃털을 보고 이번 오해가 어떻게 발생한 건지 어렴풋하게 이해했다.

아아, 그런 거구나. 피아 님은 머리끈에 단 내 사역마의 깃털을 보고 주홍색 그리폰이 관심을 가졌다고 착각한 모양이지만, 실제로는 주홍색 그리폰과 같은 색의 머리카락을 지녔으며 어마어마한 에너지를 보유한 피아 님 본인에게 관심이 생겼으리라는 건 불 보듯 뻔하다.

"……아무래도 짝이 아니었던 모양입니다. 그리고 피아 님, 이 주홍색 그리폰은 암컷이죠. 꼬리깃 끝이 하얀색인 게 암컷의 공통적인 특징입니다. 그리고 제 그리폰도 암컷입니다."

"네?!"

피아 님은 눈을 동그랗게 뜨고는 믿어지지 않는다는 표정으로 입을 열었다.

"아, 암컷과 암컷?! 동성?? 시, 실수했다아아아……!!"

피아 님은 땅바닥에 털썩 무릎을 꿇고는 원통해하며 두 손으로 얼굴을 가렸다.

그러고는 어깨에 앉은 흑룡왕님에게 상의했다.

"자빌리아. 어, 어쩌지……?"

흑룡왕님은 친절하게 대답을 돌려주었다.

"방법은 둘이야. 이 그리폰에게 알아서 기자 협곡으로 돌아가게 하거나, 여기서 돌봐주거나. 아, 미리 말하지만 피아의 사역마로 삼는 건 안 돼."

"그, 그렇겠지. 하지만 이 그리폰을 기자 협곡까지 한 번 더 바래다줄 수 있을 만큼의 휴가를 시릴 단장님이 인정해주실 것 같지 않아. 게다가 가는 길에 다양한 마물의 영역을 지나갈 테니 혼자서 보내는 건 위험하고."

피아 님은 스스로를 설득하듯 중얼거린 후, 고개를 들고 부탁하는 듯한 표정으로 나를 바라보았다.

그 표정을 보자마자 무언가 엄청난 일이 일어날 예감이 들었다.

"피, 피아 님, 기다려주십시오! 제 인생이 바뀔 것 같은 예감이 듭니다. 진정할 시간을……."

가슴을 움켜쥐고 유예를 달라고 하는 내 목소리는 조금도 안 들린다는 듯 피아 님이 대뜸 요구했다.

"퀜틴 단장님, 이 아이도 단장님의 사역마로 받아주실 수 있을까요?"

"네?!"

무슨 말을 들은 건지 이해할 수 없다.

사역마가 되는 계약은 내가 주인으로서 걸맞은 능력을 마물에게 보여주고, 마물이 받아들인다고 판단한 순간 비로소 성립된다.

그리고 이 훌륭한 마물은 나보다 훨씬 뛰어난 능력을 지녔기 때문에 날 절대 받아들이지 않을 것이다.

"피아 님, 대단히 영광스러운 제안이긴 합니다만 그리폰이 받아들이지 않을 겁니다."

"확실히 그건 물어보지 않으면 모르죠. 하지만 먼저 퀜틴 단장님의 의향과 퀜틴 단장님 사역마의 의향을 확인하는 게 중요하다고 생각하니 가르쳐주실 수 있을까요?"

"그, 그런 기적이 일어난다면 저는 당연히 대환영이고, 그리폰은 원래 무리 지어 생활하는 마물이니까 제 사역마도 크게 기뻐할 겁니다."

그렇게 대답하며 확인을 위해 사역마에게 시선을 보내자 황금색 그리폰은 동의의 뜻으로 한 번 높이 울었다.

나와 사역마의 의사를 확인한 피아 님은 흡족하게 고개를 끄덕인 뒤 주홍색 그리폰을 향해 몸을 돌려 미안해하는 표정으로 조심스럽게 입을 열었다.

"정말로 미안해. 성별이라는 기본적인 속성을 확인하는 걸 깜빡했어. 즉 짝은 아니었지만 동료이긴 한 거니까, 여기서 당분간 살아보는 건 어때? 만약 기자 협곡에 돌아가고 싶어지면 책임지고 바래다줄게. 그때는 어떻게든 시릴 단장님에게 휴가를 받을 테니까."

아뇨, 이렇게 근시한 그리폰은 제가 바래다주고 싶습니다.

나는 마음속으로 갈망했다.

그러자 그때까지 일절 입을 열지 않았던 주홍색 그리폰이 재미있다는 듯 피식 웃었다.

"저런, 흑룡의 주인이라고 하기에 얼마나 고압적인 인물인가 했더니 의외로 배려심을 보이는구나."

"헉? 그, 그리폰이 말했어!!"

피아 님이 놀라서 눈을 부릅뜨자 그 모습을 보고 있던 흑룡왕님이 기가 막힌다는 듯 고개를 저었다.

"응, S랭크의 변이 그리폰이라면 말할 수 있지. 어쩌면 눈치채지 못했을지도 모르지만 조일도 말할 수 있어. 그 녀석은 고집을 부려서 일부러 말을 안 하려고 했던 모양이지만."

"어? 조일도?!"

충격을 받은 듯 침묵하는 피아 님을 보며 주홍색 그리폰이 눈을 가늘게 휘었다.

"후후후, 여기는 떠들썩하군. 이렇게 소란하면 많은 일을 잊을 수 있겠구나. 짝 말인데…… 나에게는 이미 짝이 있었지만, 최근에 죽었다. 기자 협곡은 슬픈 추억이 가득하니까 거주지를 바꾸고 싶던 참이었지. 가능하다면 안전하게 살 수 있는 장소가 필요한데, 이곳은 나쁘지 않은 것 같으니 여기서 신세 지도록 하마."

"엇!!"

예상치 못한 대답에 경악했다.

하지만 놀란 사람은 나뿐이었고, 피아 님은 그저 기뻐하며 웃었다.

"와, 고마워! 그럼 보호자가 있는 게 좋겠지? 여기 있는 퀜틴 단장님은 황금색 그리폰의 계약자야. 너도 단장님과 계약해보는 건 어때?"

아니, 그건 무리다. 급이 안 맞는다.

"피아 님, 아무리 그래도 그건……."

상식을 알려드리기 위해 입을 열었지만, 주홍색 그리폰이 가로막았다.

"그 제안도 받아들이지. 그대의 이름은?"

주홍색 그리폰은 그렇게 말하고는 나를 똑바로 바라보았다.

……이 고압적인 태도로 보아 명백하게 그리폰의 입장이 나보다 더 위다.

애초에 내 눈에 보이는 그리폰의 에너지량은 나보다 몇 배는 더 많으니까, 이대로 계약하면 내가 사역되는 게 아닐까?

……그거 좋은데? 이렇게 뛰어난 마물에게 사역당하는 건 나쁘지 않지.

그렇게 온갖 생각이 어지러이 난립하는 가운데 내 이름을 입에 담았다.

"퀜틴 아거터다."

그러자 주홍색 그리폰은 그 아름다운 주홍색 날개를 펄럭 펼치고는 계약의 말을 읊었다.

"나, 기자 협곡의 주인 기자라는 퀜틴 아거터와 계약한다. 나의 피와 살과 영혼으로 주인에게 영원한 충성을!"

"어? 이렇게 갑자기……?!"

놀라서 소리치는 사이에 눈앞에서 몇 겹의 빛이 교차하며 나와 그리폰을 감쌌다.

그 순간 뭐라 말할 수 없는 감각이 밀려들더니 팟 소리와 함께 빛이 터졌다.

동시에 내 손목을 따라 선혈색 빛의 고리가 생겨났다.

눈도 깜빡이지 못하고 쳐다보고 있었더니 그 고리가 점점 줄어들면서 내 팔에 동화했다.

남은 건 손목을 한 바퀴 감는 폭 1mm 정도의 주홍색 선——완전한 사역마의 증표였다.

"……………………."

나는 믿어지지 않는 기분으로 말없이 손목을 바라보았다.

행복한 꿈이라도 꾸고 있는 건지도 모른다는 생각에 몇 번이나 눈을 깜빡였지만 내 손목에는 가느다랗고 매끈한 완전복종의 증표가 선명하게 새겨져 있었다.

생각이 정지한 상태로 얼굴을 들자 주홍색 그리폰이 온순한 표정으로 나를 바라보고 있었다.

기자 협곡은 그리폰의 대규모 서식지다. 내가 잘못 들은 게 아니라면 이 그리폰은 그 땅의 주인이라고 말했다.

즉 나는 그리폰의 왕을 완전복종시켰다는 말인가?

"아니, 말도 안 돼. 나는 평범한 기사단장인데?! 아아, 안 되겠어. 완전히 내가 견딜 수 있는 내용을 초월했어."

그렇게 중얼거린 후 나는 털썩 주저앉아 그대로 등을 뒤로 기울여 바닥에 누워버렸다.

"퀘, 퀜틴 단장님?!"

피아 님이 걱정하며 내 이름을 불렀지만 나는 이미 대답할 기력도 없었다.

내 시야 한가득 아름다운 저녁 하늘이 펼쳐져 있다.

아아, 이대로 죽으면 나는 세상에서 제일 행복하겠구나.

"그리폰의 왕을 사역하다니, 이런 행복이 가능한가……."

그렇게 웅얼거리며 나는 의식을 잃었다.

눈을 떴을 때 가장 먼저 시야에 들어온 건 하늘을 가득 메운 별이었다.

여긴 어디지……. 주위를 둘러보려고 한 그때 따뜻한 무언가가 몸을 감싸고 있다는 걸 깨달았다.

퍼뜩 놀라 시선을 올리자 아름다운 주홍색 그리폰이 내려다보고 있었다.

"그리폰의 왕!"

그 순간 기억이 되살아나 벌떡 몸을 일으켰다.

"정신을 차렸나. 그대는 사역마 계약으로 체력을 소모해버린 모양이야. 퍽 오랫동안 기절이라도 한 듯 잠들었지."

아니, 그건 실제로 기절했던 거다.

명백하게 나보다 격 위인 마물과 주종 계약을 맺었으니, 영혼까지 빼앗겨버리지 않은 게 신기할 정도다.

한 손으로 사역마 증표를 어루만지며 주변을 둘러보자 이미 캄캄해진 뒤라 밤도 깊은 시각이라는 걸 추측할 수 있었다.

기자라 옆에는 황금색의 그리폰———댄디라이언이라고 이름을 붙인, 내 오랜 사역마가 바싹 붙어 앉아있었다.

벌써 이만큼 친해진 건가. 역시 그리폰은 무리 짓는 마물이구나.

"기자라, 정말로 나와 계약해도 괜찮았던 건가? 너는 왕이잖아? 그렇다면 기자 협곡에 돌아가지 않아도 되겠어?"

눈앞의 마물을 원하는 마음이야 굴뚝같지만, 그럴 수도 없기에 눈물을 삼키며 확인했다.

그러자 기자라는 가볍게 고개를 끄덕였다.

"상관없다. 그 땅에는 대리를 두고 왔지. 언젠가 그 녀석이 성장하면 나 대신 정식으로 왕이 될 거다. 게다가 조금 전에도 말했듯 나는 본래 안전하게 살 수 있는 땅을 찾고 있었다. 산란할 수 있는 장소를."

"사, 산란?!"

예상치 못한 이야기에 조마조마한 마음으로 되물었다.

"그래. 나와 죽은 짝의 알이다. 기자 협곡은 너무 시끄러워서 산란 장소로서 부적절했기에 안전히 낳을 수 있는 장소를 찾고 있었지."

"하, 그……, 뭐냐, 알…… 그래."

노도와도 같은 전개에 머릿속은 혼란스러웠지만, 분명한 것이 하나 있었다.

"즉 기자라, 알을 낳는다는 건 너 같은 훌륭한 마물이 더 늘어난다는 거로군?! 기쁜 일이 아닌가! 약속하지. 내가 반드시 널 위해 안전한 장소를 만들겠다!! 그리고 지켜줄게!!"

기자라는 뜻밖의 말을 들었다는 듯 눈을 휘었다.

"그대가 나를 지킨다고? ……후후후, 재미있군. 퀜틴. 나의 짝도 나보다 훨씬 약했지만 그대와 같은 말을 했었지. ……그래, 그대가 지켜다오."

이렇게 나는 믿어지지 않을 만큼 강하고 아름다운 그리폰의 주인이 되었다.

인기 투표 제6위【샬롯】
피아와 샬롯, 이웃 나라의 왕족과 약초를 채집하러 가다

화창한 어느 날, 나는 샬롯과 함께 성 안에 있는 약초를 채집하러 갔다.

주목적은 '녹색 샘'에 추가할 약초를 확보하는 거지만, 샘 주변을 둘러보자 잡초에 섞여 드문드문 다양한 종류의 약초가 자라고 있는 걸 발견했다.

좋은 걸 찾았다며 채집하자 샬롯이 의아하다는 듯 물었다.

"피아, 왜 잡초를 뜯는 거야?"

"어? 잡초 아니야. 이건 약초야."

"어?"

놀란 듯 눈이 휘둥그레진 샬롯 앞에 이파리 끝이 노란색으로 물든 약초를 내밀었다.

"잘 봐봐. 반이 노란색이고 반이 녹색인 이파리는 얘밖에 없어. 청력 회복에 도움이 되는 라이나 잎이야."

샬롯은 나에게서 약초를 받아 찬찬히 뜯어본 뒤에 난감하다는 듯 눈썹 꼬리를 내렸다.

"미안해. 난 약초 도감에 실린 약초는 전부 기억하지만 이런 색은 못 봤어. '라이나'라는 이름도 그렇고."

"뭐?!"

나는 두 가지 의미에서 놀라 눈을 부릅떴다.

하나는 300년 전에는 유명한 약초였던 라이나가 약초 도감에 실리지 않았다는 사실.

또 하나는 도감에 실린 약초를 전부 기억한다는 샬론의 똑똑함이다.

"앗, 아니야. 나 그렇게 기억력 좋지 않아! 약초 도감에 실린 건 82종이니까 계속 읽다 보니 외운 것뿐이야."

샬롯은 내 감탄한 표정을 보고 허둥지둥 손을 내저었지만 아직 어린아이인데 대단한 게 맞다. 나는 샬롯의 머리를 쓰다듬었다.

"당연히 대단한 일이지! 직접 본 적 없는 약초도 많을 텐데 전부 기억하다니 열심히 읽었구나."

나는 기뻐하며 뺨을 붉히는 샬롯을 훈훈하게 바라보았다.

그렇게 많이 외웠다면 다음 단계로 넘어갈 시기구나.

"도감에 실린 게 100종 미만이라는 건, 샬롯이 읽은 건 기초 약초 도감인 건가? 전부 망라된 약초 대도감이라면 이 약초도 실려 있을 텐데……."

그렇게 말하며 고개를 갸웃거리자 샬롯이 조심스럽게 입을 열었다.

"……피아, 약초는 82종밖에 없어. 물론 삽화가 있는 도감이나 고명한 성녀님이 적은 상세 설명이 붙은 도감 등 책에 따라서 내용은 달라지지만, 어느 책에도 82종의 약초만 실려있어. 왜냐하면 현재 지정된 약초는 그게 전부니까."

"흐억?!"

나는 놀라서 소리쳤다.

그럴 리가 없는데.

왜냐하면 전생의 약초 수는, ……세어 본 적은 없었지만 300인가 400인가, 아무튼 더 많이 있었다.

"어? 어? 그럼 청력 회복약은 어떻게 만들어?"

"청력 회복약이 뭔데? 처음 들었어……."

"세상에!"

이럴 수가. 300년이 지나는 사이에 성녀의 힘이 쇠퇴했다는 건 알았지만, 약초 지식도 소실되었다니.

……하지만 그렇구나. 성녀의 수가 줄어들고 힘이 쇠퇴했다면 300년 전처럼 온갖 증상에 대처하지 못하게 된 건지도 모른다.

따라서 상처 회복이나 해독 같은 주요 효능에만 특화할 수밖에 없었던 건지도.

그 결과 청력 회복이라는 비교적 환자 수가 적은 병에 대처하는 약은 만들지 않게 되고, 사용하지 않는 약초는 의미가 없으니 지정 약초에서 빠진 건지도 모른다.

아아, 많은 성녀가 긴 시간에 걸쳐 조사하고 뛰어난 효능을 찾아냈던 약초들이 사라져버리다니!

쓸쓸한 기분이 밀려들었지만 고개를 휘휘 내젓고 생각을 전환했다.

……그렇다면 잃어버린 약초의 효능을 아는 내가 다음 세대의 성녀들에게 제대로 전해줘야지.

"좋아, 샬롯. 오늘은 새로운 약 제조에 도전하자!"

하지만 청력 회복약을 만들려면 재료인 '환록(丸綠)의 열매'가 부족하다.

그 열매가 자라는 나무는 이 성에 없을 텐데 어떻게 해야 할지 고민하고 있을 때, 얼굴을 찌푸린 데즈먼드 단장님이 걸어가는 게 보였다.

"여, 피아. 잡초 놀이 중이야? 너는 늘 놀기만 하고 즐거워 보이는구나."

데즈먼드 단장님은 한 손을 들어 올려 인사하고는 내 손에 있는 약초를 빤히 쳐다봤다.

"오랜만입니다, 데즈먼드 단장님. 외출하세요?"

"네, 외출입니다. 너네 단장이 일을 떠넘겼거든."

"네?"

놀라서 눈을 크게 뜨자 벌레 씹은 듯한 표정이 된 데즈먼드 단장님과 시선이 마주쳤다.

"이웃 나라에서 갑자기 왕족이 찾아와선 나브 왕국에서 풀을 뜯고 싶댄다. 너도 잡초를 뜯고 있던데 요즘 유행하는 거야? 나 원, 요인경호는 제1기사단의 일인데 급한 일이라 담당할 사람이 없다고 책임자를 떠넘겼어."

"어머, 그거 큰일이네요. 이웃 나라라면 디타르 성국인가요?"

"아니, 왕도에서 동쪽으로 직진한 곳에 있는 스쿠르노 왕국."

"아, 그렇군요."

데즈먼드 단장님이 말하는 '풀 뜯기'는 약초 채집일 테니까, 성녀가 많이 있는 성국에서 온 손님인 줄 알았는데 아무래도 오답인 모양이다.

"그래서 어느 숲으로 안내하는데요?"

"당연히 여기서 가장 가까운 '별내림 숲'이지. 거기에는 풀이 많이 자라거든."

"풀……."

확실히 모든 숲에는 풀이 많이 자란다.

하지만 일부러 이웃 나라에서 왕족이 약초를 캐러 왔다면 중요한 사명을 지녔으리라는 건 틀림없다. 게다가 어느 약초를 채집하고 싶은지 사전에 알리기도 했을 텐데……. 데즈먼드 단장님은 너무 무성의하구나.

하지만 지금은 그게 딱 좋았다.

"그럼 같이 가도 괜찮을까요? 마침 여기 성녀님과 '별내림 숲'에 약초를 채집하러 가려고 했던 참이었으니 같이 가게 해 주시면 감사합니다. 성녀님이 같이 가는 거니까 약초에 대해서 조금은 도움이 될 수 있을 거예요."

"피아, 너 치고는 웬일로 유용한 의견이잖아! 사실 나는 풀에 대해선 아는 게 없었는데 잘 됐어."

네, 알고 있었습니다.

"하지만 피아, 너는 어느새 성녀님과 아는 사이가 된 거야? 성녀님은 다른 사람과 엮이지 않으려고 하는데. 대단한 일이잖아."

그렇게 말한 뒤 데즈먼드 단장님은 샬롯에게 예의 바르게 인사했다.

그 모습을 보면서 데즈먼드 단장님이야말로 대단하다고 느꼈다.

평소엔 입이 거칠고 행실이 불량하고 덤벙거리는 기사로 보이는데, 예의범절에 맞춰 인사하거나 긴급 시에 부하에게 지시를 내리는 등 여차할 때는 우수한 기사단장으로 보이게 하는 일면이 있기 때문이다.

역시 왕국의 기사단장. 사실은 훌륭한 기사구나!

평소에는 숨겨진 데즈먼드 단장님의 유능함을 알아차린 나는 순순히 대단하다며 감탄했다.

그 후 우리는 스쿠르노 왕국의 손님들과 합류한 뒤 숲으로 향했다.

이웃 나라에서 온 손님은 노란색 머리카락을 지닌 12살의 제1왕녀로, 예르다 스쿠르노라는 이름이었다.

스쿠르노 왕국의 문장이 그려진 화려한 마차에 성녀인 샬롯과 그 호위라는 명목으로 내가 동석했다.

예르다 왕녀님은 두 명의 시녀 사이에 끼듯이 앉았는데, 나와 눈이 마주치자 심약하게 눈을 깜빡인 뒤 샬롯에게 시선을 옮겼다.

"……샬롯 님, 나브 왕국의 성녀님께서 동행해주셔서 영광입니다. 저는 어떻게든 찾고 싶은 약초가 있습니다. 오늘은 잘 부탁드립니다."

샬옷은 내 반응이 신경 쓰이는지 힐끗힐끗 시선을 보냈다.

아무래도 성녀라는 걸 숨기고 싶은 내 의사를 존중하면서도, 한편으로는 내가 병풍이 된 게 마음에 걸리는 모양이었다.

괜찮아, 샬롯. 나는 호위니까 이렇게 대하는 게 맞아.

그런 마음을 담아 생긋 웃자 샬롯은 난감한 듯 눈썹꼬리를 내리며 왕녀님에게 질문했다.

"예르다 님은 특정 약초를 찾으시는 건가요? 약초에 따라 자라는 장소가 달라지니 어떤 약초인지 가르쳐주셨으면 하는데요."

"저는…… '환록의 열매'를 찾고 있습니다."

"환록의 열매?"

어라, 내가 찾으려던 재료랑 일치하잖아.

샬롯은 왕녀님의 말에 신기하다는 듯 고개를 갸웃거렸다.

아마도 샬롯이 읽은 약초 도감에는 실리지 않은 약초였기 때문에 생각에 잠긴 거겠지.

하지만 조금 전 나와 대화하던 걸 떠올린 건지 난처한 표정으로 말했다.

"그건 약초 도감에 실리지 않은, 잃어버린 약초로군요."

"어머, 역시 성녀님이세요! 잃어버린 약초가 있다는 걸 아시다니. ……네, 200년 전에 작성된 우리 왕가 비장의 약초 도감에 실린 식물입니다. 도감에 의하면 '환록의 열매'는 나브 왕국이나 아르테아가 제국에서 채집할 수 있다고 하더군요. 다만 아무래도 오래된 책이다 보니 삽화 부분이 열화되어 저는 어떤 식물인지 제대로 판별할 수 없었습니다."

예르다 왕녀님은 자신이 아는 정보를 설명한 뒤 기대하는 눈으로 샬롯을 바라보았다.

하지만 샬롯은 면목 없다는 표정으로 말을 이었다.

"그, 죄송하지만 잃어버린 약초가 있다는 건 알지만 그 내용에 대해서는 잘 모릅니다.”

“그렇…… 겠죠.”

샤롯의 대답을 들은 왕녀님은 한눈에 봐도 풀이 죽은 모습으로 고개를 숙였다.

그런 왕녀님을 향해 나는 마음속으로 격려했다.

……괜찮습니다. 우연이지만 지금부터 가는 숲에는 그 나무가 자라거든요.

애초에 저도 ‘환록의 열매’가 필요해서 ‘별내림 숲’에 가는 거니까 같이 채집합시다. 아마 만들고 싶은 약도 같은 약일 테고요.

하지만 내 마음의 목소리가 들리지 않는 왕녀님은 무릎 위에서 꾹 주먹쥔 자신의 손을 불안해하는 표정으로 계속 쳐다보았다.

“그럼 왕녀 전하, 마음껏 둘러보십시오. 전하 주변에는 기사가 동행하니 위험하지 않다는 건 보증합니다.”

숲에 도착해 마차에서 내린 예르다 왕녀님에게 데즈먼드 단장님이 가슴에 손을 올리고 재빨리 설명했다.

왕녀님은 샤롯을 데리고 나무들을 바라보며 숲 안쪽으로 쑥쑥 들어갔다.

그 주변을 12명의 기사가 경계하면서 호위하고, 나도 놓치지 않도록 따라갔다.

그래, 아무래도 왕녀님은 ‘환록의 열매’라는 이름에서 녹색 열매가 자란 나무라고 추측하고 생김새로 찾는 모양이었다.

실제로 ‘환록의 열매’는 녹색 열매이니 좋은 착안점이었다.

샬롯이 불안해하며 이쪽을 쳐다보는 게 보였다. 그래, 이쯤에서 슬슬 힌트를 주지 않으면 걱정되겠지. 나는 호들갑스러운 동작으로 손뼉을 짝 쳤다.

이어서 막 떠올랐다는 듯 큰 목소리로 말했다.

"아, 그러고 보면 전에 기사 동료에게서 맛있는 나무 열매를 받은 적이 있었어! 그 열매 녹색이었는데. 아주 맛있길래 그 나무가 있던 장소를 알려달라고 했었지."

내 말을 들은 데즈먼드 단장님은 즉시 이쪽으로 다가오더니 키 차이를 이용해서 내려다보았다.

"피아, 너는 또 갑자기 이해할 수 없는 소릴 하고! 하지 마!"

그러고는 내 귓가에 입을 가져간 후 작은 목소리로 말했다.

"마차 안에서 무슨 이야기를 들었는지 모르지만, 왕녀 전하가 원하시는 건 아무도 들어본 적이 없는 나무 열매라고. 보여준 도감의 그림도 열화되어서 생김새를 판별할 수 없었고 왕궁에 사는 성녀님이나 약사에게 확인해도 아무도 존재를 모르는 식물이었어. 원래 정보가 부족하니까 특정하는 건 불가능한 식물이란 말이야. 그러니까 왕녀님에게 맡기고 포기할 때까지 찾아보게 하면 되는데 네가 이상한 소릴 했다가 못 찾으면 기사에게 책임이 오잖아."

어라. 데즈먼드 단장님은 책임이 무거운 기사단장다운 신중한 사고방식이군요.

하지만 저는 책임이 가벼운 일반 기사니까요. 마음대로 하겠습니다.

"저기……."

작은 목소리에 돌아보자 예르다 왕녀님이 바로 뒤에 서 있었다.

"저기, 괜찮다면 그 나무 열매가 자라는 장소까지 안내해주실 수 있나요? 저에겐 아무런 단서도 없으니 가능성이 있는 건 시도해보고 싶습니다. 안내해준 장소에 아무것도 없었다고 해도 화내지 않을 테니까요."

왕녀님의 말을 들은 데즈먼드 단장님은 순간 얼굴을 찡그렸으나 바로 기사의 예를 취했다.

"……물론입니다, 왕녀 전하. 안내해드리겠습니다."

그로부터 한 시간 정도 걷자 우리는 탁 트인 장소로 나왔다.

키가 큰 교목이 난립한 깊은 숲속에 우두커니 존재하는, 주변 일대를 둘러볼 수 있는 공간.

그곳에는 다른 장소와는 다르게 교목이 없고 관목 사이에 드문드문 중간 높이의 나무가 섞여 있을 뿐이었다.

"오, 바람이 잘 부네."

나는 기분 좋은 듯 눈을 가늘게 뜬 데즈먼드 단장님을 감탄하며 바라보았다.

왜냐하면 처음으로 데즈먼드 단장님이 실전에서 싸우는 모습을 봤는데 어마어마하게 강했기 때문이다.

여기까지 오는 동안 몇 번 마물과 마주쳤고, 그 중에는 C랭크의 마물도 있었는데 데즈먼드 단장님은 거의 혼자서 쓰러트려 버렸다.

'왕국의 호랑이'라고 불리며 시릴 단장님과 나란히 칭송받는 이유가 이거였구나!

하지만…….

나는 전투 중에 느낀 위화감의 정체를 확인하기 위해 데즈먼드 단장님을 빤히 응시했다.

……혹시 왼쪽 귀가 안 들리는 건가?

예전에는 그런 기색이 없었으니까 최근에 나빠진 건지도 모른다.

걱정되어서 쳐다보고 있었더니 시선을 느낀 데즈먼드 단장님이 '왜 그래? 화장실?' 하고 물었다.

"아, 아닙니다!"

다급히 반박했지만, 덕분에 도저히 귀 문제에 대해 물어볼 분위기가 아니게 되었다.

결국 이야기는 거기서 끝나버렸다.

데즈먼드 단장님의 최대 단점은 감수성이 둔감한 점이라고 본다.

한편 에르다 왕녀님은 탁 트인 장소로 나오자마자 깜짝 놀란 듯 주변을 둘러보았다.

"세상에, 여기만 환경이 다르군요! 어쩌면 이 근방에는 다른 곳과 다른 식물이 자랄지도 모르겠어요."

흥분해서 주변에 난 나무를 두리번두리번 확인하더니 하나하나 신중하게 살펴보기 시작했다.

그렇게 얼마 후, 왕녀님은 '녹색 열매다!!'라며 흥분한 목소리로 외쳤다.

"피아 님, 녹색 열매가 있었습니다! 도감에 실린 크기와 일치하니 분명 이거일 거예요!!"

정답입니다, 왕녀님.

하지만 재료를 찾는 것에만 이렇게 시간이 걸려서야 과연 약을 만들 수 있을지 걱정되었다.

왜냐하면 300년 전에도 상태 이상 회복약을 만들 수 있는 성녀는 처음엔 나뿐이었기 때문이다.

그걸 성녀들에게 끈질기게 지도한 덕분에 간단한 종류의 약이라면 제작할 수 있는 성녀가 드문드문 나타나는 수준까지 도달했다. 청력 회복약은 그런 약 중 하나다.

아쉽게도 내 지도법은 이해하기 어려운지 몇 번을 가르쳐도 성녀들은 잘 모르겠다고 대답했다.

그래서 요령을 파악하고 약으로 만들 수 있게 된 몇 없는 성녀들에게 제조법을 이해하기 쉽게 기록해서 기술을 후세에 남겨달라고 부탁했는데, 실제로 올바르게 전해졌는지 걱정이었다.

샬롯도 제조법을 걱정한 건지 나를 힐끔 쳐다봤다.

어떻게 해야 하는지 판단이 서지 않는 것 같았기에 뒷일은 맡겨달라는 뜻을 담아 샬롯에게 고개를 끄덕인 후 나는 예르다 왕녀님에게 말을 걸었다.

"왕녀 전하의 말씀대로 이 열매가 틀림없을 겁니다. 아마도 신선할 때 약으로 만드는 게 효과가 클 테니 서둘러 본국에 돌아가시거나 우리나라에서 약을 만드시는 게 좋지 않을까요?"

"그렇…… 겠죠."

하지만 왕녀님의 표정이 순간 어두워진 것을 보고 답을 읽어냈다.

……제조법을 모르는구나.

아마도 도감에서 효능만 조사한 뒤 서둘러 채집하러 왔을 뿐이고, 제조법은 앞으로 시도해볼 생각인 거겠지.

하지만 무작정 시도한다고 성공하는 마법이 아니란 말이지. 어떻게 해야 하나…….

고민하며 고개를 갸웃거리고 있을 때 샬롯이 쭈뼛쭈뼛 입을 열었다.

"저, 저기, 제가 시험삼아 만들어볼까요?"

"네?!"

샬롯의 제안에 예르다 왕녀님은 놀란 듯 눈을 크게 떴다.

"제가 원하는 건 '청력 회복약'으로, 지금은 사라져버린 상태 이상 회복약입니다. 그걸 샬롯 님께선 제작하실 수 있는 건가요?!"

"약속은 드릴 수 없지만, 시도해볼 수는 있습니다. 다, 다만, 저는 정신이 불안정해서, 믿을 수 있는 기사 피아에게 도움을 받는 게 필수조건이지만요."

으음, 샬롯. 열심히 머리를 굴린 설명이긴 하지만 내가 샬롯의 정신안정제 역할이라는 걸 다른 사람들이 믿어줄까.

그렇게 생각하며 데즈먼드 단장님을 힐긋 쳐다보자 귀를 기울이고 있던 단장님이 나에게만 들릴 만큼 작은 목소리로 인정사정 없는 평가를 중얼거렸다.

"허, 피아가 옆에 있으면 정신이 안정된다고? 이 녀석이야말로 모두의 정신을 파괴하는 트러블 메이커인데?! 피아에게 그런 효능이 있을 리가!!"

……나는 왜 이런 기사의 귀를 낫게 해 주려고 특효약을 만들려 하는 거지?

데즈먼드 단장님의 한쪽 귀가 들리지 않는 걸 알아차린 순간 '샬롯에게 회복약 제조 기술을 전수한다'에서 '단장님의 귀를 치유하는 약을 만든다'로 목적이 바뀐 나를 진심으로 신기하게 여기면서 샬롯과 함께 잽싸게 약을 만들 준비를 했다.

옆에서는 에르다 왕녀님이 기도하듯 두 손을 깍지 끼고 바라보고 있었다.

데즈먼드 단장님이 먹을 분량도 한꺼번에 만들기로 한 나는 재료를 조금 넉넉하게 섞은 뒤 그걸 두 개의 병에 나눠 담아 샬롯의 손에 쥐여주었다.

그 후 샬롯의 손 위로 내 손을 겹쳤다.

……딱히 어려운 약도 아니니까 1초면 제작이 끝나지만, 다른 성녀들은 시간이 더 걸렸지.

너무 순식간에 만들면 의심할지도 모르니까 전생의 성녀들이 제작할 때 걸린 시간을 떠올리며 천천히 마력을 주입했다.

으음, 앞으로 5분 정도 지나면 다 했다고 해도 되려나.

그런 생각을 하고 있을 때 불현듯 머리 위가 어두워졌다.

의아해하며 고개를 들자 몽견조가 둥실 날고 있었다.

"이런 때에!"

나는 무심코 소리쳤다.

왜냐하면 몽견조는 환각을 보여주는 성가신 마물이기 때문이다.

이 숲에 자빌리아를 찾으러 왔을 때도 마주쳐서 고생했었던 게 기억에 생생하다.

이런, 약을 제조하는 도중에 이 수준의 마물과 전투하는 건 상정하지 않았는데. 난감해하며 하늘을 올려다보고 있었더니 시야 구석에서 데즈먼드 단장님이 칼자루에 한쪽 손을 올린 채 도움닫기를 하는 게 보였다.

어? 놀라서 돌아보자 데즈먼드 단장님이 몽견조의 궤도를 읽고 먼저 위치를 잡아 크게 뛰어오르며 검을 빼든 기세 그대로 내리긋는 게 보였다.

"어어??"

쿵! 소리와 함께 몽견조는 고작 한 번의 공격으로 데즈먼드 단장님 앞에 무릎 꿇었다.

어안이 벙벙해서 단장님을 올려다보자 단장님의 얼굴이 일그러졌다.

"아니, 새 한 마리 쓰러트렸다고 놀라다니 날 얼마나 약하다고 생각한 거야? 신경 쓰지 말고 계속해."

그 가벼운 태도에 속을 뻔했지만, 아니 지난번 재커리 단장님이 이 마물을 상대로 고전하는 걸 봤거든요. 애초에 B랭크 마물이고요.

놀라는 나와는 반대로 데즈먼드 단장님은 검을 검집에 놀려놓은 뒤 여유로운 태도로 몇 걸음 뒤로 물러났다.

……여, 역시 '왕국의 호랑이'구나.

토벌 경험이 있었던 건지도 모르지만, 몽견조를 단칼에 쓰러트리다니 훌륭하다는 말밖에 나오지 않았다.

심지어 왕녀님이나 샬롯이 무서워하지 않도록 별로 대단한 마물이 아닌 것처럼 말하는 배려심도 살아있다.

"데, 데즈먼드 단장님은 대단한 단장님이었군요!!"

새삼스럽게 감탄하자 단장님이 못마땅한 듯 미간을 찌푸렸다.

"피아, 너는 정말 기사단장을 너무 막 대해. 너네 단장은 그런 대우를 받으면서 짜릿해 할지도 모르지만 아쉽게도 나에게 그런 취향은 없어."

"실례했습니다. 죄송합니다. 더불어 지금 말씀은 시릴 단장님께 전해드리겠습니다."

깊이 머리를 숙이자 다급한 목소리가 내려왔다.

"피아! 당연히 농담이지!! 나는 털털한 기사단장이니까 네가 뭐라고 하든 신경 안 써! 제1기사단 녀석들은 단장을 닮아서 융통성이 없…… 고지식하니까 농담이 통 안 통한다고!"

허둥지둥 말을 늘어놓는 데즈먼드 단장님을 보며 나는 마음속으로 중얼거렸다.

주변 사람을 대하는 단어 선택은 영 그렇지만, 데즈먼드 단장님은 정말로 훌륭한 기사단장입니다.

샬롯의 손에 올려놓았던 내 손을 떼자 작은 성녀님은 자신감 없이 입을 열었다.

"끄, 끝났습니, 다?"

물어보듯 나를 바라보는 모습은 도저히 샬롯이 특효약을 제작한 것처럼 보이지 않는다.

으음, 부차 목적이 되고 말았지만 샬롯에게 청력 회복약 제조법을 전수하고 싶었는데, 아무래도 잘 전해지지 않은 모양이다.

제조법 전수는 다음 기회로 미뤄야겠다고 생각하며 나는 두 손을 뺨에 대고 놀란 듯 소리쳤다.

"샬롯, 대단해! 완벽한 '청력 회복약'이 완성되었어!! 와, 첫 시도에 이렇게 성공하다니, 샬롯은 천재구나!"

하지만 어째서인지 데즈먼드 단장님이 얼굴을 찡그렸다.

"피아, 여전히 네 연기력은 처참하구나! 네 주변에 있는 녀석들은 이러니저러니 해도 착한 녀석들이니까 그 어설픈 연기를 보고도 못 본 척해주고 있겠지만, 결국 네겐 도움이 안 된다고. 즉 이 약은 실패한 거지? 스쿠르노 왕국의 왕족에게 실패한 약을 드릴 수는 없으니까 두고 가. 원래도 성공 가능성이 희박한 약이었으니 신경 쓰지 않아도 돼."

나는 데즈먼드 단장님을 힐끗 올려다보고는 몸을 숙여달라고 손짓했다.

"왜 그래?"

이러니저러니 해도 착한 단장님은 시키는 대로 허리를 숙였다.

나는 데즈먼드 단장님 왼쪽으로 이동해 두 손을 내 입 주변에 대고 작게 속삭였다.

"데즈먼드 단장님, 일주일 동안 저녁 사주세요."

단장님은 적나라하게 얼굴을 굳히더니 재빨리 나에게서 거리를 벌리고 조심스럽게 쳐다보았다.

나는 천진난만하게 웃었다.
"아셨죠?"
데즈먼드 단장님은 순간 주저하는 기색을 보였으나 내 표정에서 별문제 없는 내용이었다고 판단한 듯 천천히 고개를 끄덕였다.
"……그래."
그 순간 나는 득의양양하게 외쳤다.
"흐하하하하, 걸렸구나! 저는 지금 일주일 동안 저녁을 사 달라고 요구했거든요! 데즈먼드 단장님이 긍정하신 거 들었으니까요! 여기 있는 기사들이 증인입니다."
드높이 선언한 나와는 다르게 명백하게 움츠러든 기색인 기사들은 소극적으로 대답했다.
"……확실히 데즈먼드 단장님께서 긍정하신 건 확인했지만."
반면 데즈먼드 단장님은 나와 비슷하게 큰 목소리로 항의했다.
"피아! 너 비겁하잖아!! 순진한 얼굴로 흉악한 요구를 하다니."
"따지고 보면 한쪽 귀가 안 들리면서 허세 부린다고 들리는 척했던 단장님의 자업자득입니다! 예상대로 귀 상태를 숨기기 위해 들리는 척하셨잖아요."
내 말을 들은 순간 다들 놀라서 움직임을 멈췄다.
"뭐?! 피아, 너 어떻게 안 거야?!"
이건 데즈먼드 단장님의 발언.
""어? 데즈먼드 단장님 한쪽 귀가 안 들리십니까?!""
이건 기사들의 발언이다.
데즈먼드 단장님은 민망해하는 표정을 지었다가 체념한 듯 입을 열었다.

"젠장, 피아. 그러고 보면 너는 총장님의 오랜 상처를 간파할 만큼 날카로운 구석이 있었지. ……어, 그래. 왼쪽 귀가 잘 안 들리긴 했는데 바빠서 방치했더니 아예 안 들리게 되었어. 늦게나마 의사에게 확인해보자 과로가 원인일 거라더라. 아무래도 난청 증상은 방치하면 한두 달 내에 고정되어 낫지 않게 된다고 해."

""다, 단장님…….""

주변에 있는 기사들의 몸이 동요한 듯 흔들렸다.

그런 기사들을 향해 데즈먼드 단장님은 손을 팔랑팔랑 흔들었다.

"문제없어. 귀는 두 개 있잖아."

담백하게 단언한 데즈먼드 단장님이었지만 아마 본인도 알고 있을 것이다.

한쪽 귀가 들리지 않게 되면 소리의 방향과 거리를 가늠하기 어려워지므로 기사로서는 커다란 핸디캡을 안게 된다는 것을.

애초에 원인이 과로라면 주변 기사들에게 불평 한마디라도 하고 싶을 텐데, 꾹 참는 데즈먼드 단장님은 성숙한 사람이다.

보통은 시시껄렁한 푸념을 줄줄 쏟아놓지만 중요한 순간에는 누구의 탓도 하지 않는 멋진 단장님이구나.

그렇게 생각하며 나는 단장님에게 병을 내밀었다.

"여기요. 데즈먼드 단장님 왈 실패한 약입니다. 보셨다시피 재료는 안전한 풀과 나무 열매와 물이니까 먹어도 몸에 지장은 없어요. 한 번 드셔보세요."

"……오냐. 나에게 효과가 없다면 스쿠르노 왕국에도 못 주게 할 거야.”

그러더니 단장님은 주변에 들리지 않을 만큼 작은 목소리로 혼잣말을 중얼거렸다.

“큭, 검은 왕 소동 이후로 언제 나는 인체실험 대상자가 된 거지?!”

단장님은 병에 든 약을 단숨에 마시고는 당연하다는 표정으로 입을 열었다.

“달라진 거 없는데.”

“그럴 겁니다. 회복약과 마찬가지로 즉효성이 아니니 천천히 효과가 돌 거예요. 그럼 이 숲에서 볼일은 끝났으니 돌아갈까요.”

그렇게 우리는 숲을 뒤로했다.

성에 도착하자 마차에서 내리자마자 말에 탄 채 따라오던 데즈먼드 단장님이 들이닥쳤다.

“야, 야야, 피아! 왼쪽 귀가 들리게 됐는데?!”

나는 두 손을 허리에 올리고는 승자의 웃음을 터트렸다.

“흐하하하하, 그렇겠죠! 여기 있는 샬롯은 뛰어난 성녀님이니까요!!”

“그, 그랬구나! 감사합니다, 샬롯 님!!”

한쪽 귀가 들리지 않아도 문제없다고 단언했던 조금 전의 말은 허세였던 건지, 데즈먼드 단장님은 샬롯을 향해 두 손을 모으고는 머리를 숙였다.

그 모습을 보고 예르다 왕녀님은 흥분해서 뺨을 붉혔다.

“세상에, 정말로 청력 회복 효과가 있었나요?! 괴, 굉장해요!!”

돌아가는 마차 안에서 들은 바에 의하면, 데즈먼드 단장님과 마찬가지로 일을 너무 많이 한 왕녀님의 오빠가 한쪽 귀에 문제가 생겼다고 한다.

그래서 오빠와 사이가 좋은 왕녀님이 어떻게든 하고 싶다며 나브 왕국까지 재료를 채집하러 왔다고 했다.

왕녀님은 소중히 특효약을 움켜쥐고는 그날 내에 자국으로 돌아갔다.

착한 일을 하면 복이 오듯이 그날부터 일주일 동안 나와 샬롯은 매일 데즈먼드 단장님에게서 호화로운 저녁식사를 얻어먹었다.

근사하게도 아무리 먹고 아무리 마셔도 데즈먼드 단장님은 불평 한번 없이, 오히려 계속해서 새 요리를 주문해주었다.

내 직속 상사인 훌륭하신 기사단장님은 '기사가 동료를 지키는 건 당연한 직무 범위입니다. 그런데 보수를 노리고 특정 기사를 우선하는 건……'이 어쩌고저쩌고하셨다는 모양이다.

그건 참으로 타당한 말씀이지만, 이 정도의 포상은 눈감아주세요. 시릴 단장님.

최고급 고기를 우적우적 씹어 먹으며 나는 속세의 행복에 푹 잠겼다.

전생한 대성녀는
성녀임을 숨긴다

후기

읽어주셔서 감사합니다!

덕분에 이 시리즈도 6권이 되었습니다.

등장하는 캐릭터의 수가 점점 늘어나면서, 5권에서 공지한 '캐릭터 인기 투표'를 실시했습니다.

캐릭터의 인기를 가시화하는 건 첫 시도였기 때문에 결과를 받았을 때 무척 두근거렸습니다. 크리스마스 선물을 열어보는 듯한 심경이더라고요.

많은 분께서 참가해주셨고 코멘트도 받아서 너무 기뻤습니다. 감사합니다!!

모처럼이니 결과를 활용해서, 1위~6위가 된 캐릭터의 이야기를 이번 권에 실었습니다.

더 즐겁게 읽어주시도록 chibi님께 부탁해 멋진 일러스트로 꾸며봤습니다.

chibi님, 매번 근사한 일러스트를 그려주셔서 감사합니다!

여담으로 담당편집자님이 잉꼬를 기르는데, 회의할 때마다 '찌직찌직'하고 존재를 주장합니다.

이번에 '새 흉내'라는 마인이 등장한 걸 보면 아무래도 저는 영향을 잘 받는 타입인 모양입니다.

자 그럼, 2권 후기에 시력이 떨어졌다고 말씀드렸는데요. 그 경과보고입니다.

정기 건강검진 때 검사해보자 깨끗하게 보이는 건 오른쪽 눈이 0.1, 왼쪽 눈이 0.4였습니다.

동그라미의 빠진 부분을 확인하는 방법으로 검사했는데, 이다음 단계부터는 전혀 판별할 수 없었습니다. 위인 것 같기도 하고 아래인 것 같기도 하고 오른쪽인 것 같기도 하고 왼쪽인 것 같기도 하고……. 즉 안 보입니다. 아무래도 나빠진 모양입니다.

종일 컴퓨터 화면을 쳐다보면서 시력 회복에 도움이 되는 일이라고 해봤자 블루베리를 먹은 게 전부니까요. ……회복될 리가 없긴 하지.

하지만! 그래도! 저는 학창 시절에 몇 번이나 시험을 쳐 본 몸입니다.

1점이라도 많이 받고 싶어서 답을 몰라도 무작정 무언가를 적었던 학창 시절을 떠올리며 끝까지 발버둥 쳐야 하지 않을까.

확률은 4분의 1이니까 적당히 찍으면 몇 개는 맞을지도……. 그렇게 시도해본 결과.

"오른쪽이 1.5, 왼쪽이 1.2입니다."

"네?!"

말이 돼?! 전혀 안 보이는데??

……저는 시력 대신 무언가 굉장한 힘을 손에 넣은 모양입니다.

주말에라도 근처 복권 판매소에 가 보려고 합니다.
(주 : 시력 검사의 목적을 탈선했다는 건 압니다.)

마지막으로, 여기까지 읽어주셔서 감사합니다.
이 작품이 책으로 나오기까지 힘을 모아주신 여러분, 읽어주신 여러분, 정말 감사합니다.
덕분에 이번에도 서적화 작업이 즐거웠습니다.

전생한 대성녀는
성녀임을 숨긴다

전생한 대성녀는 성녀임을 숨긴다 6

2023년 5월 15일 1판 1쇄 발행

저 자 토야
일러스트 chibi
옮 긴 이 현노을
발 행 인 유재옥
본 부 장 조병권
담당편집 정영길
편 집 1 팀 김준균 김혜연
편 집 2 팀 정영길 조찬희 박치우 정지원
편 집 3 팀 오준영 이해빈 이소의
미 술 김보라 박민솔
라이츠담당 김정미 맹미영 이윤서
디 지 털 박상섭 김지연
발 행 처 ㈜소미미디어
인쇄제작처 코리아피앤피
등 록 제2015-000008호
주 소 서울 마포구 토정로 222, 403호(신수동, 한국출판콘텐츠센터)
판 매 ㈜소미미디어
마 케 팅 한민지 최정연 박종욱 최원석
물 류 허석용
전 화 편집부 (070)4164-3962, 3963 기획실 (02)567-3388
판매 및 마케팅 (070)4165-6888, Fax (02)322-7665

ISBN 979-11-384-1847-8 04830
ISBN 979-11-384-0200-2 (세트)